A MÃE PERFEITA

A MÃE PERFEITA

AIMEE MOLLOY

TRADUÇÃO
Alice Klesk

HarperCollins
RIO DE JANEIRO, 2019

Título original: The Perfect Mother

Diretora editorial: *Raquel Cozer*

Gerente editorial: *Alice Mello*

Editor: *Ulisses Teixeira*

Preparação: *André Sequeira*

Revisão: *Anna Beatriz Seilhe*

Diagramação: *Abreu's System*

CIP-Brasil. Catalogação na Publicação
Sindicato Nacional dos Editores de Livros, RJ

M74m
Molloy, Aimee
A mãe perfeita / Aimee Molloy ; tradução Alice Klesk. – 1. ed. – Rio de Janeiro: Harper Collins, 2019.
304 p.

Tradução de: The perfect mother: a novel
ISBN 978-85-9508-161-1

1. Ficção americana. I. Klesk, Alice. II. Título.

19-58873 CDD: 813
CDU: 82-3(73)

Meri Gleice Rodrigues de Souza – Bibliotecária CRB-7/6439

HarperCollins Brasil é uma marca licenciada à Casa dos Livros Editora LTDA.

Rua da Quitanda, 86, sala 218 — Centro
Rio de Janeiro, RJ — CEP 20091-005
Tel.: (21) 3175-1030
www.harpercollins.com.br

Para Mark

Três ratos cegos, três ratos cegos,
Veja como eles correm, veja como eles correm!

PRÓLOGO

Dia das Mães

14 de maio

Joshua.

Eu acordo febril. A claraboia acima vibra com a chuva, e passo os dedos pelo lençol, lembrando-me de que estou sozinha. Fecho os olhos e volto a dormir, até ser acordada de novo, tomada por uma dor profunda e súbita. Desde que ele partiu, acordo sempre com uma sensação nauseante, mas logo percebo que esta é diferente.

Há algo errado.

Dói pra andar. Escorrego da cama e me arrasto pelo chão, sujo de areia e poeira. Encontro o telefone na sala, mas não sei para quem ligar. Ele é a única pessoa com quem quero falar. Preciso dizer-lhe o que está acontecendo e ouvi-lo falar que tudo vai ficar bem. Preciso lembrá-lo, apenas mais uma vez, do quanto o amo.

Mas ele não vai atender. Pior, vai atender e esbravejar, me dizendo que não vai mais aturar isso, que, se eu voltar a ligar, ele vai...

A dor me atinge tão forte nas costas que não consigo respirar. Espero pelo momento de alívio que me prometeram, mas ele não vem. Não é isso que os livros ou o médico disseram que aconteceria. Eles falaram que seria gradual. Que eu saberia o que fazer. Que vou sentir o tempo das coisas, vou sentar na bola de ioga que comprei, vou ficar o máximo de tempo em casa para evitar as máquinas, as drogas, todas as coisas que eles têm no hospital para forçar que um bebê saia antes do seu corpo estar pronto.

Eu não estou pronta. Faltam duas semanas para a data do parto e não estou pronta.

Pego o telefone. Não é o número dele que digito, mas o dela, o da doula — uma mulher cheia de piercings chamada Albany, que só encontrei duas vezes.

Estou auxiliando um parto e não posso atender à sua ligação. Se você está…

Rastejo com o laptop até o banheiro e sento nos ladrilhos frios, com um pano molhado na nuca, o computador fino apoiado sobre o contorno volumoso do meu filho. Abro o e-mail e escrevo uma nova mensagem pra elas, as Mamães de Maio.

Eu queria saber se isso é normal. Minhas mãos tremem enquanto digito. Estou me sentindo nauseada. E com muita dor. Está acontecendo rápido demais.

Elas não vão responder. Estão fora, jantando, comendo alguma coisa apimentada para apressar os próprios partos, roubando goles da cerveja dos maridos, desfrutando de uma noite tranquila a dois — algo que mães experientes nos alertaram a jamais esperar de novo. Elas só vão ver o meu e-mail pela manhã.

Mas o computador apita na mesma hora. A doce Francie.

Está começando!, escreve ela. Marque o tempo das contrações e peça para o seu marido manter uma compressão firme no seu cóccix.

Como vai indo?, escreve Nell. Vinte minutos se passaram. Ainda está sentindo?

Estou deitada de lado. Com dificuldade, digito Sim.

Fica tudo escuro e, quando a luz volta — dez minutos, uma hora depois, não faço ideia —, sinto uma dor latejante no galo na minha testa. Rastejo de volta até a sala e ouço um barulho, um animal uivando, mas logo percebo que sou eu que faço o som. *Joshua.*

Consigo chegar até o sofá e me reclino nas almofadas. Estendo a mão até o meio das pernas. Sangue.

Visto um casaquinho fino por cima da camisola. De alguma maneira, consigo descer a escada.

Por que não preparei a bolsa da maternidade? Todas as Mamães de Maio escreveram sobre isso e, ainda assim, a minha continua no armário do quarto, vazia. Nada de iPod com música relaxante, nada de água de coco, nada de óleo de menta para o enjoo. Nem mesmo uma cópia impressa do meu plano de parto. Sob a luz de um poste de rua, espero o táxi segurando a barriga pela parte de baixo. Quando ele chega, entro no banco traseiro pegajoso e tento não notar a expressão preocupada no rosto do motorista.

Eu me esqueci da roupinha que comprei para o bebê voltar para casa.

Já no hospital, alguém me direciona ao sexto andar, onde dizem para que eu aguarde na sala de triagem.

— Por favor — digo, finalmente, à mulher atrás do balcão. — Estou me sentindo muito fria e tonta. Pode chamar o meu médico?

Ele não está de plantão nesta noite. É outra médica, uma que nunca vi. Fico apavorada quando me sento em uma cadeira verde de plástico e um líquido com cheiro de terra, como a lama do quintal dos fundos em que eu e a minha mãe costumávamos remexer e tirar minhocas quando eu tinha 6 anos, começa a vazar.

Sigo pelo corredor, decidida a continuar em frente, a manter-me ereta, me lembrando do rosto dele, quando lhe contei. Ele ficou zangado, e insistiu que eu o enganara. Exigiu que me livrasse do bebê. *Isso vai estragar tudo*, dissera ele. *Meu casamento. Minha reputação. Você não pode fazer isso comigo. Eu não vou deixar que faça isso comigo.*

Eu não falei que já tinha visto a luz verde piscante do batimento cardíaco, que já tinha ouvido o compasso do coração, uma corda de pular girando rápido, o som emanando pelos alto-falantes do teto. Não falei que nunca quis tanto uma coisa na vida como esse bebê.

Mãos fortes me erguem do chão. Grace. É isso que diz o crachá dela. Grace me conduz até uma sala, com as mãos em volta da minha cintura, e me diz para deitar na cama. Reluto. Não quero me deitar. Quero saber se o bebê está bem. Quero que a dor vá embora.

— Eu quero a peridural — falo.

— Desculpe — responde Grace. — Mas é tarde demais.

Aperto as mãos dela, grossas pelo sabão e pela água hospitalar.

— Não, por favor. Tarde demais?

— Para a peridural.

Penso ter ouvido passos apressados no corredor em direção ao meu quarto. Acho que o ouço me chamar.

Eu me rendo e deito. É ele. É Joshua me chamando em meio à escuridão. A médica está ali. Ela fala comigo e eles enroscam alguma coisa no meu bíceps, mergulhando devagar uma agulha na minha pele, na dobra do meu braço, como a lâmina de um patim sobre o gelo. Me perguntam quem veio comigo, onde está o meu marido. A sala gira à minha volta e sinto o cheiro do líquido que vaza de mim. Como terra e lama. Meus ossos se partem. Pego fogo. Isso não pode estar certo.

Sinto a pressão. Sinto a quentura. Sinto o meu corpo, o meu bebê, se partindo em dois.

Fecho os olhos.

Faço força.

CAPÍTULO 1

Catorze meses depois

PARA: Mamães de Maio

DE: As amigas do Village

DATA: 4 de julho

ASSUNTO: Conselho de hoje

SEU FILHO: CATORZE MESES

Em homenagem ao feriado, o conselho de hoje é sobre independência. Você percebeu como o seu pequenino, antes tão destemido, de repente fica com medo de tudo quando você não está por perto? O cão amistoso do vizinho agora é uma fera aterrorizante. A sombra no teto se transformou em um monstro sem braços. É normal que o seu filho comece a sentir o perigo do mundo, e agora a sua função é ajudá-lo a passar por esses medos, fazendo com que ele saiba que está protegido. Mesmo que não esteja à vista, a mamãe sempre estará ali para protegê-lo, independentemente de qualquer coisa.

Como o tempo voa.

Pelo menos, era isso que as pessoas sempre diziam para a gente. Estranhos com as mãos nas nossas barrigas, falando que devemos ser cuidadosas para aproveitar a gravidez. Como tudo vai passar em um piscar de olhos. Como antes de perceber, eles já vão estar andando, falando e saindo de casa.

Já se passaram 411 dias e o tempo não voou. Tento imaginar o que o dr. H diria. Às vezes, fecho os olhos e me imagino no consultório, a consulta quase terminando, a paciente seguinte tamborilando os dedos ansiosamente na sala de espera. *Você tem a tendência de ficar ruminando as coisas,* diria ele. *Mas, curiosamente, nunca sobre os aspectos interessantes da vida. Vamos pensar nisso.*

Coisas positivas.

O rosto da minha mãe, como ela parecia tão tranquila quando éramos apenas nós duas no carro a caminho do lago.

A luz das manhãs. A sensação da chuva.

Aquelas tardes preguiçosas de primavera, sentada no parque, o bebê dando cambalhotas dentro de mim, os pés inchados explodindo para fora das minhas sandálias, como pêssegos amassados. Bem antes de todos os problemas começarem, quando Midas ainda não havia se tornado o *bebê Midas*, a causa mais recente de todo mundo, quando ele era somente outro recém-nascido no Brooklyn, um em um milhão, nem mais nem menos extraordinário que uma dúzia de bebês com futuros brilhantes e nomes peculiares, dormindo na roda da reunião das Mamães de Maio.

As Mamães de Maio. Meu grupo de mamães. Nunca gostei desse termo. *Mamãe*. É tão forçado, tão político. Não somos *mamães*. Somos mães. Pessoas. Mulheres que por acaso ovularam no mesmo período e depois deram à luz no mesmo mês. Estranhas que escolheram — pelo bem dos seus bebês e da nossa sanidade — tornarem-se amigas.

Fizemos a inscrição no site do Village — "a fonte mais preciosa das mães do Brooklyn" — e conhecemos umas às outras por e-mail, meses antes de nos encontrarmos, muito antes de parirmos, debatendo sobre essa nova fase da vida com tantos detalhes que as nossas amigas de verdade jamais aguentariam. A descoberta da gravidez. Os meios perspicazes de contar às nossas próprias mães. As sugestões de nomes de bebês. As preocupações sobre a musculatura pélvica. Foi Francie que sugeriu que nos conhecêssemos pessoalmente no primeiro dia da primavera, e todas fomos com dificuldade até o parque, naquela manhã de março, arrastando as barrigas de terceiro trimestre. Sentadas à sombra, o cheiro de grama fresca no ar, ficamos felizes com esta união, enfim dando rostos aos nomes. Continuamos a nos encontrar e nos matriculamos nas mesmas aulas de parto, no mesmo curso de primeiros socorros, no mesmo estúdio de ioga, fazendo posturas diferentes lado a lado. Então, em maio, os bebês começaram a chegar, exatamente como esperado, a tempo do verão mais quente já registrado na história do Brooklyn.

Você conseguiu!, nós escrevíamos, respondendo com ternura ao mais recente aviso de nascimento, diante de fotografias de um bebezinho embrulhado em uma coberta hospitalar azul e rosa.

Que bochechinhas!

Bem-vindo ao mundo, pequenino!

Algumas mães do grupo não se sentiram seguras para sair de casa durante semanas, enquanto outras mal podiam esperar para exibir o seu bebê — eram tão novos que não nos referíamos a eles pelos nomes, Midas, Will, Poppy, mas apenas por "o bebê". Liberadas do emprego por alguns meses, se não estávamos preocupadas com as nossas carreiras, nos reuníamos no parque duas vezes por semana, embaixo de um salgueiro perto das quadras de beisebol, caso uma de nós tivesse a sorte de chegar primeiro e pegar esse ponto cobiçado. No começo, o grupo mudou muito. Pessoas chegavam e partiam — as céticas em relação a grupos de mães, as mais velhas que não conseguiam engolir a ansiedade coletiva, aquelas que já estavam se mudando para os subúrbios abastados de Maplewood e Westchester. De qualquer forma, eu sempre podia contar com as três habituais.

Primeiro, Francie. Se o grupo tivesse uma mascote, alguém para se fantasiar com plumas e animar a torcida pela maternidade, essa pessoa seria ela. A Senhorita Ávida para Agradar, para não fazer nenhuma burrada, tão rechonchuda de esperança e rica em carboidratos sulistas.

Depois, Colette, por quem todo mundo era apaixonado, nossa amiga de confiança. Uma das mais bonitas, com os cabelos de comercial de xampu castanho-avermelhados, parto feito em casa e criação sem esforço no Colorado. A mulher perfeita, com cobertura de açúcar de confeiteiro.

E, por fim, Nell, com a tradicional tranquilidade britânica, evitando livros e conselhos de especialistas. Tão confiante na própria intuição. Tão do tipo "eu realmente não deveria" — eu realmente não deveria comer esse bolinho de chocolate, essa batatinha frita ou tomar o terceiro gim-tônica. Mas tinha outra coisa em relação a Nell, algo que notei logo no primeiro dia: por baixo da capa externa de irritação, assim como eu, ela guardava um segredo.

Eu jamais me tornaria uma frequentadora habitual, mas ia o máximo que conseguia suportar. Primeiro, arrastando o corpo de gestante; depois, empurrando o carrinho pela colina do parque. Estendia o cobertor na sombra do salgueiro, e deixava o carrinho ao lado dos outros, sentindo que ficava dormente enquanto ouvia as ideias delas sobre a maternidade e os modos bastante específicos de como determinadas coisas precisavam ser feitas. Aleitamento materno exclusivo. Atenção sagaz aos sinais de sono. Andar expondo o bebê em todas as oportunidades, como se fosse uma peça da Bloomingdale's.

Não me admira que eu acabasse com tanta repulsa a elas. Francamente, quem consegue suportar esse nível de indagações? Ou passar por tanto julgamento?

E se você não consegue acompanhar tudo isso? E se não está amamentando? E se, por exemplo, seu leite secou, por mais que você tome ervas chinesas ou que tenha passado horas atracada a uma bomba durante a madrugada? E se você está exausta e gastou todo o seu tempo e dinheiro aprendendo a decifrar os sinais do sono? E se você simplesmente não tem energia para trazer um petisco para compartilhar?

Colette levava muffins. Eram sempre 24 minimuffins daquela confeitaria chique que abrira há pouco tempo, onde antes funcionava um local que vendia *tapas*. Ela abria a caixa de papelão e oferecia, passando acima dos corpos dos bebês.

— Winnie, Nell, Scarlett, sirvam-se — dizia ela — São de outro mundo.

Muitas na roda declinavam com educação, e mencionavam o peso que ainda queriam perder, pegando as suas tirinhas de cenoura e fatias de maçã. Mas não eu. Minha barriga já estava lisa como antes de engravidar. Agradeço à minha mãe por isso. Boa genética, é isso que as pessoas sempre disseram em relação a mim. Falam que sou alta e magra, que tenho um rosto quase simétrico. Só não falam dos outros genes que herdei. Os que foram passados não pela minha mãe também simétrica, mas pelo meu pai, excepcionalmente bipolar.

Os genes de Joshua não são melhores. Às vezes, eu conversava com ele a respeito, e perguntava se isso era algo que o preocupava, o DNA que ele precisava se esforçar para superar. O próprio pai era louco: um médico brilhante, tão terno e encantador com os pacientes, mas um alcoólatra violento por trás de portas fechadas.

Joshua não gostava quando eu falava do pai dele, e aprendi a ficar quieta. Claro que não mencionei nada disso às Mamães de Maio — meus genes, Joshua, o pai dele. Não contei a elas como tudo era difícil sem Joshua. O quanto eu o amava. Como abriria mão de tudo — tudo — para ficar de novo com ele. Mesmo que só por uma noite.

Eu não podia contar aquilo a elas. Não podia contar a ninguém. Nem mesmo ao dr. H, o psicólogo extraordinário, que fechara o consultório logo quando eu mais precisava dele, mudando-se com a esposa e os três filhos para a costa Oeste. Portanto, eu não tinha mais ninguém no início, e ia às reuniões na esperança de encontrar algo em comum com elas, algo na experiência compartilhada da maternidade que talvez ajudasse a remover a escuridão daqueles primeiros meses, que todos diziam ser os mais difíceis. *Vai ficar mais fácil*, escreviam os especialistas. *Dê tempo ao tempo.*

Bem, não ficou mais fácil. Fui considerada culpada pelo que aconteceu na noite do Quatro de Julho. Mas nem um dia se passa sem que eu não me lembre da verdade.

Não foi culpa minha. Foi culpa delas.

Foi por causa delas que Midas desapareceu e eu perdi tudo. Mesmo agora, um ano depois, fico aqui sentada sozinha nessa cela de prisão, passando o dedo na cicatriz irregular no meu abdômen, e penso em como tudo teria sido diferente se não fosse por elas.

Se eu não tivesse me inscrito no grupo. Se elas tivessem escolhido outra data, outro bar ou outra pessoa que não a Alma para ficar de babá naquela noite. Se não tivesse acontecido o negócio com o telefone.

Se ao menos as palavras de Nell naquele dia — a cabeça inclinada na direção do céu e as feições engolidas pelo sol — não tivessem sido tão premonitórias: *Coisas horríveis acontecem em um calor desses.*

CAPÍTULO 2

Um ano antes

PARA: Mamães de Maio
DE: As amigas do Village
DATA: 30 de junho
ASSUNTO: Conselho de hoje

SEU BEBÊ: DIA 47

A maioria de vocês já deve estar tranquila quanto à amamentação durante as seis últimas semanas, mas, quem ainda está com dificuldades, não desista! O leite materno é, de longe, a melhor coisa que você pode dar ao seu bebê. Se estiver enfrentando algum problema com isso, preste atenção à dieta. Laticínios, glúten e cafeína podem diminuir o seu suprimento. Se você sente dor ou desconforto, considere a possibilidade de conversar com uma consultora de amamentação. Pode ser o dinheiro mais bem gasto da sua vida.

— O que você quis dizer com *coisas horríveis acontecem em um calor desses*? — pergunta Francie, com os cachos arrepiados em volta do pescoço e o rosto preocupado.

Nell espanta uma mosca com o jornal que está usando para se abanar.

— Está fazendo 30ºC — responde ela. — No Brooklyn. Em junho. Às dez horas da manhã.

— E daí?

— E daí que isso pode ser normal no Texas…

— Eu sou do Tennessee.

— … mas aqui, não.

Uma brisa quente sopra a ponta da coberta, cobrindo o rosto do filho de Francie.

— Bem, você não deveria falar uma coisa dessas — avisa Francie, colocando o bebê nos ombros. — Eu sou supersticiosa.

Nell solta o jornal e abre o zíper da bolsa de fraldas.

— O Sebastian sempre fala isso. Ele cresceu no Haiti. Podemos dizer que eles estão mais acostumados que nós, americanos, a prestar atenção ao planeta.

Francie ergue as sobrancelhas.

— Mas você é britânica.

— Tudo bem aí? — grita Colette para Scarlett, que está de pé, em meio aos carrinhos parados à sombra, com os bebês dormindo. Scarlett amarra os cantos de um cobertor fino de algodão às alças do seu carrinho e volta ao grupo.

— Achei que ele tivesse acordado — diz ela, retomando o seu lugar ao lado de Francie e tirando um frasco de álcool em gel da bolsa. — Foi uma noite longa, então, por favor, ninguém chegue perto dele. O que foi que eu perdi?

— Parece que o mundo está acabando — fala Francie, sugando o chocolate de um pretzel, o único prazer que ela se permite.

— Verdade — responde Nell. — Mas tenho o antídoto. — Ela ergue a garrafa de vinho que retirara da bolsa de fraldas.

— Você trouxe *vinho*? — pergunta Colette, sorrindo, torcendo os cabelos e fazendo um coque, enquanto Nell gira a tampa.

— E não é um vinho qualquer. É o melhor vinho branco que doze dólares podem comprar às 9h30 da manhã. — Ela serve dois dedos em um dos copinhos plásticos que traz na bolsa de fraldas e passa um para Colette. — Beba rápido. Está um pouco quente.

— Eu não quero — diz Yuko, enrolando um cobertor na filha e a ninando junto ao peito. — Tenho ioga mais tarde.

— Nem eu — diz Francie. — Estou amamentando.

— Ah, que papo furado — fala Nell. — Todas nós estamos amamentando. — Ela ergue a mão para esclarecer. — A menos que vocês não estejam. A menos que estejam indo para casa, fechando as cortinas e dando fórmula em segredo. E tudo bem também. De qualquer jeito, um vinhozinho não vai fazer mal.

— Não é isso que o livro diz — fala Francie.

Nell revira os olhos.

— Francie, pare de ler propaganda. Está tudo bem. Na Inglaterra, a maioria das minhas amigas bebia um pouquinho ao longo da gravidez.

Colette assente para tranquilizar Francie.

— Pode tomar um copo, se você quiser. Não vai prejudicar o Will.

— É mesmo? — Francie olha para Nell. — Então, tudo bem. Mas só um pouquinho.

— Eu também. Para comemorar — diz Scarlett, estendendo a mão para pegar o copo seguinte. — Não sei se cheguei a comentar, mas estamos prestes a fechar negócio em uma casa. Em Westchester.

Francie dá um gemido.

— Você também? Por que todo mundo está se mudando para o subúrbio?

— Para ser franca, eu gostaria de me mudar até mais para o interior, mas o Professor Marido está bem no seu emprego na Columbia, e precisa ficar por perto. — Scarlett dá uma olhada em volta. — Sem querer ofender, sei que muita gente adora, mas não consigo me imaginar criando um filho nessa cidade. Desde a chegada do bebê, só vejo como isso aqui é imundo. Quero que ele conviva com ar puro e natureza.

— Eu não — diz Nell. — Quero que o meu bebê seja criado na imundície.

Francie dá um gole no vinho.

— Bem que eu gostaria de ter condições financeiras para nos mudarmos para Westchester.

— Winnie? — pergunta Nell. — Vinho?

Winnie olha um casal jovem lançar um frisbee de um lado para o outro em um campo comprido e um collie correndo entre os dois. Ela não parece ouvir Nell.

— Winnie, amor. Volte para nós.

— Desculpe — diz ela, sorrindo para Nell, depois dando uma olhada em Midas, que começa a se mexer, as mãozinhas tocando as orelhas. — O que você falou?

— Quer um pouco de vinho?

Winnie ergue Midas junto ao peito e olha para Nell, com os lábios nos cabelos pretos dele.

— Não, obrigada…

— Por que não?

— Álcool nem sempre me cai bem.

— O que há com vocês, gente? — Nell serve um pouco de vinho no copo e tampa a garrafa. Uma imensa tatuagem de um beija-flor fina e em tons pastéis aparece por baixo da manga da sua camiseta preta. Ela toma um gole. — Deus, isso é horrível. Ah, escutem essa. Ontem, saí sem o bebê para tomar um café. Uma mulher olhou para a minha barriga, me deu parabéns e perguntou para quando era.

— Que merda — diz Yuko. — O que você respondeu?

Nell ri.

— Novembro.

Francie olha para Winnie, que está observando o outro lado do gramado de novo, com uma rigidez no rosto.

— Você está bem?

— Sim. — Ela coloca uma mecha atrás da orelha. — Esse calor está me matando.

— Falando nisso, podemos discutir sobre outro local para o nosso encontro? — pergunta Yuko, deitando o filho na coberta e procurando uma fralda limpa na sacola. — O tempo só vai ficar mais quente e os bebês vão derreter aqui.

— A gente poderia ir para a biblioteca — sugere Francie. — Eles têm uma sala vazia nos fundos que dá para reservar.

— Nossa, isso me parece horrível — diz Nell.

— Alguma de vocês já esteve naquele barzinho ao ar livre perto do parque grande? — pergunta Colette. — Charlie e eu fomos outro dia e havia alguns grupos de mães por lá com os seus bebês. Talvez a gente possa fazer isso de vez em quando. Poderíamos nos encontrar para almoçar.

— E tomar sangria — diz Nell, com os olhos animados. — Melhor ainda: por que não fazemos algo assim à noite? *Sem* os bebês.

— Sem os bebês? — pergunta Francie.

— É. Eu volto a trabalhar na semana que vem. Estou louca para me divertir um pouco enquanto ainda tenho tempo.

— Não sei, não… — diz Francie.

— Por que não?

— Ele só tem sete semanas.

— E daí?

— Ele não é pequeno demais para ficar sozinho em casa? Além disso, ele fica impossível à noite. Aparentemente, estamos no auge da amamentação coletiva.

— Deixe o seu marido tomando conta dele — diz Scarlett. — É importante que eles criem laços nos primeiros meses.

— O meu marido? — pergunta Francie, franzindo a sobrancelha.

— É — responde Nell. — Você sabe, o Lowell. O homem cuja ejaculação concebeu metade do seu bebê?

Francie se retrai.

— Nell, que nojo. — Ela olha para Winnie. — Você iria?

Winnie coloca Midas no sling e recolhe a coberta.

— Não sei.

— Ah, vamos — diz Colette. — Será bom para a gente ter uma folga dos bebês.

Winnie se levanta, o vestido rosa-claro pendendo até os tornozelos.

— Eu ainda não tenho uma babá para o Midas.

— E quanto ao seu...

— Merda — diz ela, dando uma olhada no relógio de prata no pulso. — O tempo passou mais rápido do que pensei. Preciso ir.

— Para onde você vai? — pergunta Francie.

Winnie coloca óculos de sol enormes e um chapéu de aba larga.

— Vocês sabem, tenho um milhão de coisas para fazer. Vejo vocês da próxima vez.

Todas observam Winnie atravessar o gramado colina acima, os cabelos pretos soltos nos ombros, o vestido tremulando em volta dos tornozelos. Quando ela desaparece, depois de passar pelo arco, Francie suspira.

— Eu me sinto mal por ela.

Nell ri.

— Você se sente mal por *Winnie?* Por quê? Por ela ser deslumbrante? Ah, não, espera, por ela ser tão magra?

— Por ela ser mãe solteira.

Colette engole o vinho.

— O quê? Como você sabe disso?

— Ela me falou.

— Está brincando. Quando?

— Alguns dias atrás. Eu parei no Spot para aproveitar o ar-condicionado e comer um sanduíche. Will teve um ataque enquanto eu estava na fila e fiquei morta de vergonha. Mas Winnie apareceu. Midas dormia no carrinho, então ela pegou o Will e o segurou junto ao peito. Ele se acalmou na hora.

Nell estreitou os olhos.

— Eu sabia que aqueles peitos eram mágicos. Também fico calma só de olhar para eles.

— Nós passamos um tempinho juntas. Foi legal. Ela é tão quieta, não é? Ela me disse que é solteira.

— Ela falou isso do nada? — pergunta Nell.

— É, mais ou menos.

— Quem é o pai?

— Não perguntei. Notei que ela não usa aliança, mas perguntar, assim, de forma tão direta... pareceu inoportuno. — A expressão de Francie fica melancólica. — Ela também me disse que estou indo muito bem com o Will. Foi legal. Nós não dizemos isso umas às outras. O Will sabe ser difícil. — Francie parte um pretzel ao meio. — Na maior parte do tempo, sinto que estou fracassando. É bom ouvir que eu talvez não esteja.

— Ah, Francie, não seja boba — diz Colette. — O Will é ótimo. Você está indo bem. Nenhuma de nós sabe o que está fazendo.

— Não é estranho que a gente não soubesse disso? — pergunta Yuko. — Sobre ela ser mãe solteira?

— Na verdade, não. — Nell coloca o vinho ao seu lado e puxa a gola esticada da camiseta. Ela ergue a filha, Beatrice, e a põe para mamar. — Nós só conversamos sobre coisas relativas *aos bebês.*

— Mas ter *marido?* — diz Francie. — Isso meio que se relaciona *aos bebês*. Deus, dá para imaginar? Fazer isso sozinha? Que solitário.

— Eu morreria — fala Colette. — Se o Charlie não me ajudasse com a mamadeira à noite e conferisse o estoque de fraldas, eu ficaria doida.

— Eu também, mas... — diz Scarlett, para parar logo depois.

— O quê? — pergunta Colette.

— Nada.

— Scarlett, o que foi? — Francie olha para ela. — O que você ia dizer?

Scarlett para um instante.

— Tá, tudo bem. Eu acho que tem mais alguma coisa acontecendo.

— Como assim?

— Não quero trair a confiança de Winnie com algo que ela me disse, mas demos umas voltas juntas. Somos vizinhas e parece que sempre vamos para o mesmo lado quando tentamos fazer os bebês dormirem. Eu não contaria a vocês se não achasse necessário, mas ela está deprimida.

— Ela falou isso? — pergunta Colette.

— Deu pistas. Está sobrecarregada. Não tem ninguém para ajudar. Ela também me disse que o Midas tem muita cólica.

— Muita cólica? — pergunta Francie, incrédula. — O *Will* tem muita cólica. O Midas parece tão tranquilo.

— Uma amiga minha de Londres foi diagnosticada com depressão pós-parto severa — diz Nell. — Ela sentia muita vergonha dos pensamentos que tinha para revelá-los a alguém, até que o marido a fez buscar ajuda.

— Não sei, não — diz Colette. — A Winnie não me parece deprimida. Deve ser só tristeza passageira com o bebê. Afinal, quem aqui nunca vivenciou isso de vez em quando?

— E aí, pessoal?

Elas olham para cima e veem Token de pé com um bebezinho no sling atravessado no peito. Ele limpa a testa na manga da camiseta.

— Deus, que calor. — Token tira os tênis e abre a coberta que tirou da sacola de fraldas, ao lado da de Colette, no chão. — Está difícil fazer a Autumn tirar o cochilo matinal. Faz uma hora que estou andando e tentando fazê-la dormir. — Ele senta. — Vocês estão bebendo vinho?

— Sim — diz Nell. — Quer um pouco?

— Claro. É bom?

— Dá para dar uma ondinha.

Os olhos de Francie continuam em Scarlett.

— Nós temos que fazer alguma coisa, não é? Talvez a gente devesse organizar algo para ela dar um tempo para relaxar, longe do bebê.

— Para quem? — pergunta Token.

— Para a Winnie.

Ele para com o copo a caminho da boca.

— O que há de errado com ela?

Francie olha para ele.

— Não há nada de errado com ela. Só estamos dizendo que talvez seja bom que ela tenha uma noite de folga.

Yuko franze o cenho.

— Mas, espera, talvez ela não tenha dinheiro para isso. Mãe solteira? Com a babá, as bebidas e o jantar, tudo pode chegar a uns duzentos dólares.

— Duvido que essa seja a questão — diz Francie. — Vocês não notaram as roupas que ela usa? Não me parece alguém que se preocupa com dinheiro. A questão é encontrar uma babá.

— Vou perguntar a Alma se ela pode — diz Nell.

— Alma?

O rosto de Nell se anima.

— Ah, me esqueci de contar a vocês. Finalmente encontrei alguém. Ela vai começar amanhã por algumas horas e depois em tempo integral, quando eu voltar ao trabalho. Ela é *incrível.* Vou me oferecer para pagá-la pela noite. Um presente de despedida para Winnie.

Nell estica a mão para pegar o telefone e verifica a agenda.

— Que tal no dia Quatro de Julho? — Ela dá uma olhada para o grupo. — Ou vocês ficam em casa e recitam o Juramento à Bandeira nessa noite?

— É isso que eu faço — diz Colette. — Mas posso abrir uma exceção esse ano.

— Estou dentro — fala Token.

— Eu também — diz Francie. — Yuko? Scarlett?

— Claro — responde Yuko.

Scarlett franze o cenho.

— Acho que os meus sogros vêm nos visitar na casa nova. Não quero que contem comigo e eu acabe atrapalhando depois não conseguindo ir. Quem sabe quanto tempo ainda vou ficar no Brooklyn?

— Vou mandar um e-mail para todas as Mamães de Maio — diz Nell. — Vamos dar uma noitada. Vou procurar algum lugar divertido para irmos.

— Que bom — fala Francie. — Só trate de convencer a Winnie a ir.

Nell deita Beatrice na coberta à sua frente.

— Será ótimo. Algumas horas fora. Um pouco de liberdade. — Ela ergue o copo e toma o restante do vinho. — Nada de que vamos nos arrepender. Só um drinque.

CAPÍTULO 3

4 de julho

PARA: Mamães de Maio
DE: As amigas do Village
DATA: 4 de julho
ASSUNTO: Conselho de hoje

SEU BEBÊ: DIA 51

Nessa sétima semana, seu bebê deve começar a dominar o controle muscular — chutando, se mexendo e erguendo a cabeça, sempre bonito e forte. Conforme ele fica com os movimentos mais controlados e entrosado no ambiente, não deixe de oferecer beijos e sorrisos, e alguns *Vivas!*, demonstrando o quão orgulhosa está dos grandes avanços que ele faz.

20h23

O ar está pesado, quente e tem cheiro de álcool, a música tão alta que pode desencadear uma dor de cabeça. Ela reverbera dos alto-falantes, misturando-se às ondas de riso juvenil. A garotada de 20 e poucos anos de volta à cidade, de férias da faculdade, está reunida no bar, empunhando os cartões de crédito dos pais. Estão perto da pista de bocha e esperam a sua vez de arremessar uma bola pela areia; em uma sala lateral com luz de penumbra, eles dançam juntos, próximos a um homem sem camisa como DJ.

Nell se espreme entre as pessoas até o deque dos fundos, onde os seus amigos estão. Token une algumas mesas e procura por mais cadeiras. Francie, de vestido preto de algodão com um decote chocante, segue abraçando e dando oi a todas: Yuko, Gemma e Colette, que está mais bonita que de costume, com os cabelos brilhosos soltos nas costas e os lábios pintados de rosa-shocking. Bem perto tem um grupo de outras mulheres, muitas das quais Nell não reconhece, que há tempos não participam de uma reunião e cujos nomes ela nunca vai lembrar.

— Oi — diz ela, aproximando-se de Token. Ele está com o seu uniforme padrão: camisa desbotada, camiseta com o nome de uma banda que Nell nunca ouviu falar, short e tênis All Star gastos. — Esse bar é meio esquisito, não?

— Com certeza.

— Quem escolheu?

— Você.

— Ah, é. É um pouco mais bagunçado do que eu esperava. — Ela analisa a multidão à procura de uma garçonete, inquieta pela forma atenta como Token parece observá-la. Ele dá um gole na sua cerveja, que deixa uma espuma no lábio superior. Nell resiste ao ímpeto de passar o polegar para limpar. — Onde você arranjou essa bebida?

— Tem que ir até o bar — diz Token, se aproximando. — A essa hora, eles não vêm atender nas mesas.

De repente, Francie está ao lado deles. As pálpebras brilham com a sombra prateada.

— Cadê a Winnie?

— Oi, Francie. Eu estou ótima, obrigada por perguntar.

— Desculpe — diz Francie. — Oi. Mas e aí, ela vem?

— Sim. Deve chegar em breve — diz Nell, cética quanto à presença de Winnie. Após dois e-mails e um telefonema, Winnie havia declinado do convite, dizendo apenas que não podia. Então, ontem, tarde da noite, Nell recebeu uma mensagem de texto dizendo que ela mudara de ideia.

Quero ir com vocês, escreveu Winnie. Será que a Alma ainda pode ficar de babá?

— Imagino que ela deva estar deixando o Midas com a Alma.

— Que bom. Vou ficar de olho para ver se ela chega.

— E eu vou pegar uma bebida. — Nell volta lá para dentro e vai na direção do bar. Pede um gim-tônica, pensando na discussão que tivera semana passada com Sebastian. Ela estava no banheiro escovando os dentes, e informou a ele que havia contrariado o marido e oferecido o emprego a Alma.

"Nell", disse ele com um tom de irritação.

"O quê?", falou ela, se olhando no espelho.

"Nós conversamos sobre isso. Realmente gostaria que não tivesse feito isso."

"Por quê?"

"Você sabe muito bem." Ele fez uma pausa. "Ela é ilegal."

Ela cuspiu na pia.

"Você quer dizer sem documentos."

"Não vale a pena correr esse risco."

"Que risco? Das nossas carreiras políticas em ascensão?" Ela lavou a boca e passou por ele, seguindo até a cozinha para pôr a chaleira no fogo. "Tenho certeza de que as minhas chances na política acabaram no quintal da casa de Michael Markham, quando eu tinha 15 anos."

"Você sabe que não foi isso que quis dizer. Mas precisa tomar cuidado..."

Ela sente um tapinha no ombro, conforme Colette chega ao seu lado, e faz um sinal para o bartender.

— Você está ótima — diz Colette, dando uma olhada no ombro de Nell. — Eu já disse o quanto gosto dessa sua tatuagem deslumbrante?

— Quer saber? — Nell se aproxima e ergue a bainha da blusa. — Estou usando uma calça de gestante. O bebê tem dois meses e eu ainda precisa usar essa merda.

Colette ri.

— A grande recompensa da gravidez: a descoberta do cós elástico. — Ela vê por cima de Nell. — Ah, que bom. Ela chegou.

Nell vira e vê Winnie em pé, sozinha, perto da entrada. A mulher usa um vestido amarelo justo que exibe o brilho suave do seu pescoço e das suas clavículas, e uma barriga surpreendentemente lisa para alguém que deu à luz sete semanas atrás. Parece inspecionar a aglomeração em volta.

— Ela parece... preocupada — diz Nell. — Não é?

— Você acha? — Colette a observa. — Bem, quem pode culpá-la? Deve ser difícil deixar o bebê com uma estranha pela primeira vez. Eu ainda não tive coragem.

Nell acena para Winnie antes de pegar o drinque e seguir Colette até a mesa deles do lado de fora, passando por um grupo de jovens que fedem a maconha.

— Oi — diz Winnie, forçando para atravessar a multidão no deque com um drinque na mão.

— Tudo bem? — pergunta Nell.

— Sim. O Midas já estava dormindo quando a Alma chegou.

— Não se preocupe — diz Nell. — Ela é profissional.

Elas se sentam e preparam um brinde.

— Às Mamães de Maio! — grita Francie, acima da música, e promete não falar de bebês.

— Então, do que vamos falar? — pergunta Token. — Dos nossos interesses pessoais?

— Que são? — indaga Yuko.

— Alguém está lendo algum livro bom?

— Eu acabei de comprar aquele livro novo de treinamento do sono — diz Francie. — *Doze semanas para a paz.*

— Vocês já leram aquele outro de que todo mundo está falando? — pergunta Gemma. — *A abordagem francesa* ou algo assim?

— Acho que isso é meio que conversar sobre bebês — fala Nell. — Colette, ajude a gente aqui. O que você está lendo?

— Nada. Não consigo ler quando estou escrevendo um livro. Embola a minha cabeça toda.

— Você está escrevendo um livro?

Colette desvia o olhar de Nell, como se não tivesse tido a intenção de revelar essa informação.

— Espere aí — diz Nell. — Nós nos conhecemos há quatro meses e você só me conta essa novidade agora?

Colette dá de ombros.

— É que não surgiu o assunto de trabalho.

— Que tipo de livro é? — pergunta uma mulher no fim da mesa, com as unhas pintadas de laranja-neon, uma que Nell acha que tem gêmeos.

— Uma biografia.

— Na sua idade? Que incrível.

Colette revira os olhos.

— Na verdade, não. Não é uma autobiografia. Sou ghost-writer.

— O que isso quer dizer? — pergunta Francie. — Você está escrevendo o livro de uma pessoa famosa?

— Mais ou menos. Eu gostaria de poder dizer quem, mas... — Colette acena e olha na direção de Winnie que, Nell notou, está olhando para o celular desde que se sentou. — Tudo bem?

Winnie apaga a tela.

— Sim, tudo.

Nell percebe as unhas de Winnie roídas até o sabugo e a leve expressão de preocupação escondida por trás do sorriso. Mesmo antes de Scarlett lhes dizer que Winnie admitira estar deprimida, Nell havia notado como a amiga andava distraída e abatida, e como ela começara a perder várias reuniões.

Um garçom de cabeça raspada e uma porção de piercings na sobrancelha se aproxima da mesa.

— O serviço nas mesas está aberto agora, senhoras. O que desejam?

Nell pousa a mão no braço de Winnie.

— O que vai beber? Essa rodada é por minha conta.

Winnie sorri.

— Chá gelado.

Nell recosta na cadeira.

— Chá gelado?

— É. Eles fazem um bom chá gelado aqui. Sem açúcar.

— Um chá gelado *bom* sem açúcar? Isso não existe. — Ela ergue as sobrancelhas. — Não quero dar sermão, mas essa noite é para tomarmos um drinque de verdade.

— Eu estou bem — fala Winnie, dando uma olhada para o garçom. — Só quero o chá mesmo.

— Tudo bem — diz Nell, erguendo o seu copo. — Outro gim-tônica para mim. Quem sabe quando eu vou ter outra chance de sair como essa?

— Olha, não sei como você vai fazer — diz Francie, depois que o garçom se afasta. — Voltar ao trabalho na *semana que vem*.

— Ah, não seja boba. Vou ficar bem. Aliás, estou ansiosa para voltar. — Nell desvia o olhar, torcendo para que ninguém perceba a verdade: ela está nervosa por ter que reduzir a licença-maternidade e voltar ao trabalho em cinco dias. Ainda não está pronta para deixar o bebê, mas não tem escolha. Sua empresa, a Simon French Corporation, a maior editora de revistas do país, está pressionando para que ela volte.

"Claro que não estamos forçando nada, Nell", disse Ian, quando ligou três semanas antes para "ver como iam as coisas". "Mas, bem, você é diretora de tecnologia, e essa mudança para o novo sistema de segurança é o motivo pelo qual nós a contratamos." Ele fez uma pausa. "Você é a única pessoa que pode fazer isso. O momento é ruim, mas isso é importante."

Importante?, Nell quis perguntar a Ian, seu chefe com topete de personagem de desenho animado. Ian, com seus cintos ridículos, azuis-marinhos com baleias cor-de-rosa ou verdes com abacaxis bordados. O que era importante? Garantir que ninguém invadisse os arquivos de segurança? Afugentar as intenções russas sinistras de acessar a entrevista enfadonha de Catherine Ferris, a estrela de um reality show qualquer, revelando as suas dicas secretíssimas para manter a pele limpa (duas colheres de sobremesa de óleo de peixe todas as manhãs e uma xícara de chá de jasmim toda noite)?

Nell olha para a mesa, e percebe o grupo de mulheres com os rostos penalizados.

— Ah, vamos, moças — diz ela. — É bom para os bebês que eles vejam as mães saindo para trabalhar. Isso os deixa confiantes. — *E o que mais eu posso fazer?*, ela teve vontade de perguntar. Nell não pode correr o risco de ser substituída, com o custo de vida em Nova York, com o aluguel que eles pagam por um apartamento de dois quartos a duas quadras do parque, com o crédito estudantil. Ela ganha mais do que o dobro de Sebastian como curador assistente do MoMA, e é o salário dela que permite que eles tenham uma vida em Nova York. Ela não pode pôr tudo em risco por mais quatro semanas de licença maternidade não remunerada.

— Eu fui até o Whole Foods ontem — diz Colette, suas pulseiras de ouro reluzindo. — A caixa me disse que ela só ganhou quatro semanas de folga depois que teve o bebê. Não remuneradas, é claro.

— Isso é contra a lei — diz Yuko. — Eles são obrigados a garantir o emprego dela por três meses.

— Foi o que falei para ela. Mas a mulher simplesmente deu de ombros.

— Tenho uma amiga que mora em Copenhage — diz Gemma. — Ela recebeu dezoito meses de licença-maternidade. *Remunerados*.

— No Canadá — diz Colette —, eles garantem o emprego da mulher por um ano. Na verdade, os Estados Unidos são o único país, além de

Papua-Nova Guiné, que não tem licença-maternidade remunerada. Os Estados Unidos. O país dos valores familiares.

Nell toma a sua bebida, sentindo o efeito do álcool nos músculos.

— Vocês acham que se lembrarmos as pessoas de que, até bem pouco tempo atrás, os bebês eram fetos, mais gente vai querer a apoiar a licença-maternidade?

— Escute essa — diz Yuko, lendo em voz alta algo no seu telefone. — Finlândia: dezessete semanas de licença remunerada. Austrália: dezoito semanas. Japão: catorze semanas. Estados Unidos: zero semanas.

A música muda e "Rebel Yell", de Billy Idol, toca nas caixas de som. Nell aponta o dedo para o ar e canta junto.

— "*She don't like slavery. She won't sit and beg. But when I'm tired and lonely, she sees me to bed.*" Esse deveria ser o hino da maternidade — diz ela. — Nossa canção de luta. "*I walked the ward with you, babe. A thousand miles with you. I dried your tears of pain, babe. A million times for you.*"[1]

Nell percebe que Winnie está olhando para o telefone de novo, então estende a mão, retira o aparelho dela e o põe na mesa.

— Vamos, vem dançar comigo — diz ela, levantando e puxando Winnie para ficar de pé. — "*I'd give you all and have none babe, justa justa justa just to have you here by me, because...*" Lá vamos nós! — Nell agarra a mão de Winnie, conforme o volume aumenta e todas as mulheres da mesa explodem cantando o refrão. — "*In the midnight hour, we need more, more, more. With a rebel yell, we cry more, more, more.*"[2]

Nell ri e ergue o copo.

— Abaixo o patriarcado! — grita ela.

Winnie sorri e depois, delicadamente, se livra da mão de Nell e desvia o olhar da mesa, para além do grupo, além da aglomeração em volta delas, conforme o flash da câmera de alguém ilumina, por um momento, os traços do seu rosto perfeito.

---

1 "Ela não gosta de escravidão. Ela não senta e implora. Mas quando estou cansado e sozinho, ela me leva para a cama. Eu passei pelos problemas com você, amor. Mil milhas com você. Eu sequei suas lágrimas de dor, amor. Mil vezes por você." (*N. do E.*)

2 "Eu daria tudo em troca de nada por você, amor, só para só para só para só para ter você aqui comigo, porque... À meia-noite, nós precisamos de mais, mais, mais. Com um grito rebelde, vamos gritar mais, mais, mais." (*N. do E.*)

21h17

No bar, Colette tem que berrar duas vezes para ser ouvida — "Uísque com gelo!" —, pensando em pedir um duplo, balançando os quadris no ritmo da música. O bartender desliza o copo na sua direção e ela toma um gole. Faz três meses que não sai para tomar um drinque com as amigas, sem ter que cuidar de Poppy ou se preocupar com o livro, cujo prazo de entrega se aproxima de forma aterrorizante. Na maioria das noites, a essa hora, Colette está com o laptop na cama, no quarto que ela imaginara como o seu escritório quando os pais de Charlie compraram o apartamento para eles, dois anos antes, mas que havia se tornado o quarto do bebê. Ela olha para a página em branco, sentindo-se exausta e inepta. *Como é que eu fazia isso mesmo?* Ela completou uma obra inteira — a biografia de Emmanuel Dubois, o supermodelo que agora está ficando velho — em dezesseis semanas, mas, desde Poppy, as palavras se tornaram como sopros de ar, velozes demais para que o cérebro tenha habilidade de capturá-las.

Ela dá outro gole, saboreando o calor do uísque na garganta e sente a mão de alguém na base das suas costas. Token.

— E aí? — diz ele. Ela chega para o lado e ele fica entre ela e uma mulher de chapéu de caubói que tenta chamar a atenção do bartender. — Está fazendo mil graus lá fora.

— Não brinca. Quer beber alguma coisa?

— Perdão, o quê?

Ela se inclina mais para perto dele.

— Posso pedir uma bebida para você?

— Estou bem. — Ele ergue o copo, ainda pela metade. — Vi você vindo para cá. Pensei em dar um oi e aproveitar o ar-condicionado.

Ela sorri e depois desvia o olhar. Colette está com Charlie há quinze anos, uma vida inteira, mas Token é o tipo de cara por quem ela se sente atraída: quieto, despretensioso e, provavelmente, bom de cama. Nell tem certeza de que ele é gay. *Eu já ouvi*, disse ela. *Ele usou a palavra parceiro.* Mas Colette tem suas dúvidas. Ela o observou pelas últimas semanas, desde que chegou a uma reunião das Mamães de Maio com Winnie. Pelo jeito como ele às vezes olha para Winnie, tocando no braço dela quando conversam, Colette nota que Token é hétero. Sem dúvida.

— Então — diz ele —, você não pode nos contar de quem é o livro que está escrevendo, mas pode dizer como vai indo? Não consigo imaginar como deve ser escrever um livro *e* cuidar de um bebê.

Colette pensa em mentir e relatar para ele a história que vem dizendo a Charlie: *Está tudo bem, estou conseguindo*, mas, em vez disso, decide admitir a verdade.

— É horrível. Aceitei o trabalho duas semanas antes de descobrir que estava grávida. — Ela faz uma careta brincalhona. — O bebê não foi exatamente planejado.

Ele olha fixo e assente.

— Você vai conseguir?

Colette dá de ombros e os seus cabelos se soltam, caindo até as costas.

— Quando escrevo, sinto necessidade de estar com Poppy. E quando estou com ela, só penso que preciso escrever. Garanti ao editor e ao prefeito que o bebê não vai interferir no prazo de entrega, que é em quatro semanas. Quer saber a verdade? Estou pelo menos um mês atrasada.

Ele ergue as sobrancelhas.

— O prefeito? Teb Shepherd?

Colette sente uma pontada de arrependimento.

— Em geral, sou boa em guardar segredos. É culpa desse uísque escuro e delicioso. Mas, sim, estou escrevendo a segunda biografia dele.

Token assente.

— Como todo mundo, eu li a primeira. — Ele dá um gole lento na cerveja. — Você também escreveu aquela?

Ela assente.

— Estou impressionado.

— Não conte a ninguém, ok? Nem sei por que mencionei isso lá na mesa. Esse pessoal é bem do tipo "mães do lar". Minha situação é complicada.

— Não se preocupe. Sou bom em guardar segredos. — Um homem atrás dele o empurra, pressionando o seu corpo junto ao de Colette. Ele aponta na direção do deque. — Vamos voltar?

Eles voltam e sentam nos seus lugares, bem na hora em que Francie bate no seu copo com um talher.

— Detesto interromper a conversa — diz Francie —, mas está na hora.

— De quê? — pergunta Nell.

Francie se vira na direção de Winnie.

— Winnie?

Ela ergue os olhos do telefone.

— Sim?

— É a sua vez.

— Minha vez? — Ela parece ter sido pega desprevenida pela atenção da mesa. — De fazer o quê?

— De contar a sua história do nascimento.

Colette gosta de Francie. Ela é tão bondosa e jovem; pela aparência, não tem nem 30 anos. Uma mulher do tipo que termina os seus e-mails com três pontos de exclamação. Mas Colette gostaria que ela deixasse esse ritual de lado. Isso foi ideia de Scarlett, quando elas ainda estavam todas grávidas, de começar cada reunião com alguém compartilhando a história do plano do nascimento. Depois que os bebês nasceram, a prática se transformou em longas e detalhadas experiências do nascimento, e quase não faz sentido negar o que isso de fato é. Uma competição. Quem desempenhou melhor o ato de abertura da maternidade? Quem foi a mais voraz? Quem, entre elas — as mães da cesárea — falhou? Ao mesmo tempo em que torce para que o grupo simplesmente abandone esse negócio, Colette não pode negar a curiosidade que sente para ouvir o que Winnie tem a dizer.

Mas Winnie apenas dá uma olhada ao redor da mesa.

— Sabe de uma coisa? Vou aceitar o conselho de Nell. Vou tomar alguma coisa. Uma bebida apropriada. — Ela assente para o copo vazio de Token. — Quer me acompanhar?

— Claro — responde ele.

Colette estuda os dois saírem e depois vira para ouvir parte das conversas à sua volta, empenhando-se para continuar entrosada, surpresa por ter terminado o segundo drinque tão rápido, pensando se deveria pedir mais um. Ela se levanta para usar o banheiro. No caminho, vê Winnie em pé, no bar, conversando com um cara lindo. Ele veste um boné vermelho de beisebol e está bem próximo dela, falando no seu ouvido. Token não está à vista. Colette sente que deve desviar o olhar, que está presenciando algo que não deveria ver. Mas ela não o faz. Em vez disso, contorna um casal à sua frente para analisar melhor. A mão dele está na cintura de Winnie e ele passa o dedo no laço do vestido. O homem sussurra alguma coisa, e ela recua, olhando nos olhos dele, irritada. Algo sobre ele, sobre o seu corpo tão perto do de Winnie, algo na expressão dela...

— Você está bem? — pergunta Nell. Ela surge na frente de Colette com um cardápio na mão, bloqueando a vista para Winnie.

— Sim. A caminho do banheiro.

— Quero dizer, está com fome? Posso pedir alguma coisa.

— Não, obrigada — diz Colette. — Já comi. — Nell caminha até uma das garçonetes e Colette olha de volta para o bar.

Os dois sumiram.

Ela analisa a multidão e depois segue em direção ao banheiro, passando pelo pessoal na pista de bocha. Entra na fila atrás de um trio de mulheres com roupas praticamente iguais e as caras enfiadas nos celulares. Colette sacode a cabeça. *Deve ser um conhecido da Winnie*, conclui. Essa inquietação é resultado do uísque e da exaustão; é só a sua cabeça pregando uma peça, como tem acontecido nos últimos dias; naquela manhã mesmo, por exemplo, ela distraidamente tinha despejado café em uma das mamadeiras de Poppy.

Colette sai do banheiro e vai até o lado de fora, para ligar para Charlie, que diz que Poppy está dormindo e que ele está trabalhando nas últimas revisões do seu romance.

— Fique tranquila — diz ele. — Está tudo sob controle por aqui.

Voltando à mesa, ela se senta ao lado de Francie e vê o telefone, junto a uma porção de frascos grudentos de pimenta, na frente de onde Token estava sentado.

— Cadê o Token? — pergunta ela, guardando o celular na bolsa.

— Foi embora.

— Tá brincando. Quando?

— Um minuto atrás. Foi estranho. Ele saiu correndo. Disse que aconteceu alguma coisa em casa.

— Que estranho. Eu estava lá fora, ligando para o Charlie e não vi ele saindo. — Colette estende a mão para pegar o telefone. — Ele esqueceu isso.

Nell volta, equilibrando dois pratos de batatas fritas nas mãos.

— Que tipo de bar não serve vinagre com as fritas? — pergunta ela. — Isso seria crime na Inglaterra. — Nell percebe Colette. — Ah, fala sério. Primeiro a Winnie, agora você no celular? Nós saímos hoje para um encontro romântico com os nossos telefones?

— Não é dela — diz Francie, empurrando o prato de batatas fritas e estendendo a mão para pegar a sua água. — É do Token. Ele deixou aqui.

— Na verdade, não. É da Winnie. — Colette vira o telefone, mostrando a foto de Midas como papel de parede. — Dentro do estojo tem uma chave também.

— Cadê ela, aliás? — pergunta Francie. — Ela não voltou depois que foi pegar um drinque.

Colette passa a mão na tela, que acende com um vídeo granulado, brilhando em tom esverdeado.

— Espere, o que é isso? — Ela vira o aparelho na direção da Nell e Francie. — É o quarto do Midas?

Francie rouba o telefone da mão de Colette.

— É um vídeo. Esse é o berço dele.

— Deixa eu ver — diz Nell. Francie hesita. — Francie, deixa eu ver. Acho que é aquele aplicativo. — Nell lambe o sal dos dedos e pega o telefone das mãos da amiga. — É sim. Eu conheço a pessoa que desenvolveu isso.

— Conhece? — pergunta Francie. — Como?

— Eu trabalhei com ele em Washington depois da faculdade, fazendo segurança de dados. É uma boa ideia. Você pode assistir o monitor do bebê no seu telefone, contanto que tenha wi-fi.

— Já ouvi falar disso — diz Francie. — Acho que o nome é *Peek-a-Boo*. Eu pensei em baixar, mas custa, tipo, 25 pratas ou algo assim. Por um aplicativo? É loucura.

— A loucura é que ela estava olhando para isso o tempo todo — diz Nell. — Um vídeo embaçado do berço de Midas.

— Não vejo nada de errado.

— Qual é o sentido de pagar uma babá se você vai ficar assistindo o bebê a noite inteira?

— É a primeira vez que a Winnie sai de casa sem o filho. Dá um tempo — diz Francie. — Mas, sério, cadê ela?

— Ela estava conversando com um cara — diz Colette. — Um cara bem gato.

— Eu também vi — afirma Francie. — Ele foi direto até ela quando a Winnie chegou no bar. Mas isso foi há quinze minutos.

Francie estica o pescoço na direção da multidão.

— Ele era meio atirado. Você reparou como ficava tocando no corpo dela? Vou atrás da Winnie. Ela provavelmente quer o telefone de volta.

Francie estende a mão, mas Nell segura o aparelho junto ao peito.

— Ela é uma mãe solteira, longe do bebê pela primeira vez. Deixe a mulher se divertir um pouco.

— Nell — fala Colette, olhando o copo diante da amiga e imaginando quantos drinques ela já tinha tomado. — Não seja chata. Ela vai querer o telefone.

— Só um segundo. — Nell passa a mão na tela.

— O que você está fazendo? — pergunta Francie.

— Tendo uma ideia terrível.

— O quê? — pergunta Colette.

Nell fica em silêncio enquanto mexe no celular e depois desliga.

— Pronto.

— O que você fez?

— Apaguei o aplicativo. O *Peek-a-Boo* já era.

— Nell! — diz Francie, cobrindo a boca.

— Ah, por favor. Vamos falar a verdade. Nós estamos aqui por *ela*. Para que Winnie possa relaxar, ter uma folga. Admirar o bebê não se qualifica em nenhuma dessas coisas. — Nell estende a mão e coloca o telefone de Winnie na bolsa. — Está tudo certo. É para o próprio bem dela. Vai levar dois minutos para reinstalar, se quiser.

Colette sente uma dor por trás dos olhos que vai aumentando. A música, a multidão se aglomerando em volta delas no deque, a atitude de Nell. Ela está pronta para ir embora.

— Pelo menos, me dê o telefone dela — diz Francie. — A chave está aí dentro. Deixe-me ficar com o aparelho até Winnie voltar para a mesa.

— Está comigo. Relaxa. — Nell dá as costas para Colette e se inclina em direção às mulheres do outro lado. — Do que vocês estão falando?

— Minha irmã — diz uma delas. — Ela está com trinta semanas e acabou de descobrir que tem um útero prolapso. Uma droga. Vai precisar usar o fórceps.

— Que diabo é isso?

— Eu sei — diz Nell, falando um pouco alto demais. — Você enfia na vagina. Tem um gancho na ponta, para puxar. Seria ótimo ter um para as compras no mercado ou para ir à lavanderia. — Ela chacoalha o gelo no copo e engole o restinho do drinque. — Já volto. — Levanta-se, cantando baixinho, e segue em direção ao bar. — "*I want more, more, more. More more more.*"[3]

22h04

— Acho que ela precisa de menos, menos, menos — diz Francie a Colette, abanando uma nuvem de fumaça das pessoas que fumam junto à grade do deque, em frente à placa PROIBIDO FUMAR. Ela espera o máximo que consegue, então espia o próprio telefone dentro da bolsa. Já se passaram doze minutos e Lowell ainda não respondeu à mensagem que ela mandou. A noite está ficando mais úmida — uma sensação pesada, diferente da que ela tinha no Tennessee — e sua cabeça começa a latejar. É o seu terceiro dia sem cafeína. Ela tem sofrido com a vontade de tomar ao menos um gole de café, mas não pode. Tudo que lê diz que, caso a quantidade de leite esteja diminuindo, a melhor coisa do mundo é abrir mão da cafeína. Will tem andando muito irritadiço e infeliz naqueles últimos dias. Ele nunca foi um bebê fácil — a enfermeira que atende no consultório do pediatra sempre diz que é um caso clássico de cólica. Que vai passar por volta da quinta semana. Mas Will já passou da sétima e só piora. Ela concluiu que não é cólica. Ele se irrita porque tem fome de leite materno. E ela com certeza pode abrir mão da cafeína, se isso for ajudar.

Ela envia outra mensagem para Lowell, sabendo que ele vai mandar ela ir se divertir. Ela não conseguiu parar de pensar no filho desde que deixou o apartamento, certa de que o menino passou as duas últimas

3 "Eu quero mais, mais, mais. Mais mais mais." (*N. do E.*)

horas berrando, inconsolável, do jeito que ele às vezes faz à noite até ficar enjoado.

Está tudo bem? Você recebeu as minhas últimas mensagens? Ela aperta enviar e, na mesma hora, fica aliviada ao notar os três pontinhos indicando que Lowell está escrevendo a resposta. Ela espera, apertando o telefone.

Você quer a boa ou a má notícia primeiro?

Uma onda de medo percorre o seu corpo.

O que aconteceu?, pergunta ela. Lowell, me responda. Qual é a má notícia?

Três pontinhos. Nada. Três pontinhos.

O jogo do Cardinals foi uma merda.

Ela expira.

Por favor, não faça isso. Como está o bebê?

Essa é a boa notícia. Dormindo. Tomou a mamadeira e apagou.

Francie sente uma ponta de preocupação. Ela mandou Lowell dar a mamadeira de fórmula somente se o bebê estivesse aborrecido. Seria a primeira vez que Will tomaria a fórmula. Ela vinha colocando o relógio para despertar bem cedo nas últimas manhãs, na esperança de acordar antes dele para tirar leite extra. Contudo, Francie não tinha quase nada.

Isso significa que ele estava aborrecido?

Alguém senta na cadeira ao lado. Ela ergue os olhos, torcendo para que seja Winnie voltando à mesa. Mas é Colette.

— Acabei de dar uma volta rápida pelo bar — diz Colette. — Não consegui encontrar ela.

Francie solta o telefone dentro da bolsa.

— Que estranho. Ela não pode ainda estar falando com aquele cara.

— Por que não? — pergunta Colette. — Ela é solteira. Talvez tenha ido para casa com ele.

— Para *casa* com ele? Ela não faria isso.

— Por que não?

— Porque não iria embora sem o telefone e a chave. E porque precisa voltar para casa, para o Midas.

— Não sei. O resto do pessoal está começando a ir embora. Eu meio que quero ir também.

— Não podemos ir embora sem ela — diz Francie, parecendo cada vez mais preocupada. — Onde foi que a Nell se meteu?

Um grupo de mulheres jovens chega fazendo barulho no deque, acendendo os cigarros umas das outras, compartilhando o isqueiro e se plantando no colo de rapazes sentados nas cadeiras que ficaram vagas pelas Mamães de Maio. Mães que foram para casa cuidar dos seus bebês.

— Vou ver onde ela está — diz Francie.

Lá dentro, ela circula pelo bar e verifica o salão lateral, passando por casais dançando, a batida do baixo ecoando dentro do seu peito. Winnie não está lá. Ela também não está perto da pista de bocha, na calçada em frente ou nos cubículos do banheiro, pelo que a amiga consegue ver por baixo das portas. Francie para diante do espelho. Os dois copos de champanhe a deixaram meio tonta. Ela molha uma tolha de papel e passa no pescoço. Volta à mesa, quase dando de cara com Nell no caminho.

— Aí está você. Por onde andou? — Francie percebe um passo hesitante e uma expressão meio sombria nos olhos dela.

Nell ergue um copo.

— Pegando um drinque.

— Esse tempo todo? Você estava com a Winnie?

— Winnie? Não. Eu não vejo ela desde, bem, você sabe.

— Não, não sei. Desde quando?

— Desde antes. Quando eu vi ela.

Francie pega o cotovelo de Nell.

— Vamos.

Colette está sozinha na mesa.

— Cadê todo mundo? — pergunta Nell.

— Foram embora. É hora de a gente ir também.

— Já?

— Sim — diz Colette. — Pode me dar o telefone da Winnie?

— O telefone dela? — Nell senta. — Ah, é. O telefone dela. — Ela ergue a bolsa, depois deixa cair e todo o conteúdo se espalha pelo chão. — Merda — diz, se abaixando, toda desajeitada, e ficando de joelhos. Ela joga uma carteira velha e um pacotinho de lenços umedecidos de volta na bolsa. — Essa bolsa é grande demais.

Francie se agacha e pega um estojo de óculos escuros.

— Está aqui dentro?

— Não — diz Nell. Ela aperta a ponte do nariz. — Eu gostaria que eles abaixassem essa música. Minha cabeça está me matando.

— Ligue para o número de Winnie para ver se a gente ouve o telefone tocar — sugere Colette. Enquanto as outras duas se levantam, Nell precisa segurar na mesa para não perder o equilíbrio.

— Ela não voltou aqui para pegar, não é? Uma de nós teria visto a Winnie. — Francie olha mais uma vez ao redor do salão. — Vocês acham mesmo que ela foi para casa? Seria uma pena. Eu realmente queria que ela se divertisse essa noite.

— A Winnie disse a Alma que voltaria até as 22h30 — diz Nell. — Ela tem uma filha de 1 ano e não gosta de ficar de babá à noite.

O garçom se aproxima.

— Mais uma rodada?

— Não — fala Nell, acenando para dispensá-lo. — Chega de drinques.

— Nós ainda vamos voltar caminhando juntas para casa, certo? — diz Francie. — Eu sei que não é longe, mas não quero andar sozinha.

— Já estou pronta — diz Colette. — Bebi um pouco além da conta e preciso trabalhar amanhã.

Um telefone toca.

— Ah, graças a deus — diz Francie. — É o telefone da Winnie?

Nell procura de novo dentro da bolsa.

— Não, é o meu. — Ela fecha um dos olhos e estreita o outro para a tela. — Que estranho. Alô? — Ela tapa o ouvido que não está no celular. — Fale devagar, não consigo entender... — Ela fica em silêncio. Então, algo muda na sua expressão.

— O que foi? — pergunta Francie. — Quem é?

Nell assente, devagar.

— Nell — diz Francie. — Diga alguma coisa...

Mas, antes que ela consiga terminar, Nell abre a boca, com a voz engasgada de pavor, e o som sai com um gemido.

— *Nããããão*.

22h32

— Como assim, o Midas sumiu?

— Eu não sei. Foi o que a Alma disse.

— Sumiu para onde?

— Eu não sei. Sumiu. Não está no berço.

— Não está no berço?

— É.

— O que isso quer dizer?

— Sei lá. Ela foi ver o bebê e o berço estava vazio. Foi difícil entender o que ela dizia. Ela está desesperada.

— A Winnie está lá? Ela deve ter ido para casa e levado ele para algum lugar.

— Não. A Alma ligou para ela, mas caiu na caixa postal. Cadê a porra do telefone?

— A Alma ligou para a polícia?

— Sim. Eles ainda não chegaram. Ela está esperando.

Francie pega a bolsa.

— Vamos. Vamos embora.

22h51

O som dos saltos batendo no asfalto e de respiração ofegante ecoa pelas ruas inusitadamente desertas, pois todos viajaram por conta do feriado ou estão reunidos ao longo do rio, recolhendo crianças exaustas e isopores de cerveja vazios, depois de terem aguardado mais do que imaginavam pelo início da queima de fogos.

— É logo ali — grita Colette, passando na frente de Nell e Francie. — Só mais uma quadra.

Ela para na esquina, diante de um prédio com ornamentos góticos. Número 50. As luzes vermelhas e azuis de uma viatura policial estacionada próxima estão piscando.

— Esse é o prédio dela? — pergunta Francie.

— Número 50? — Nell está sem ar, as palavras saem emboladas. — Foi esse o endereço que ela me pediu para dar a Alma.

Colette sobe os degraus em L até a porta da frente. Procura por um interfone.

— Só tem uma campainha. Qual é o número do apartamento dela?

— Espere. Olhe ali. — Francie aponta e depois corre até um caminho gramado que conduz a uma porta vermelha, deixada ligeiramente aberta, na lateral do prédio.

Colette e Nell estão logo atrás, conforme Francie entra em silêncio no hall de entrada, com uma dúzia de pinturas rothkoescas penduradas nas paredes acinzentadas. O pé direito possui ao menos seis metros e há quatro degraus largos de mármore que levam até um corredor, de onde se pode ouvir alguém aos prantos.

— Ai, meu Deus — diz Nell. — Esse prédio inteiro é a casa dela.

Elas caminham pelo corredor e entram em uma cozinha bem equipada, ao lado de uma escadaria iluminada por uma claraboia. Um policial uniformizado, com um crachá escrito CABRERA, está nos degraus ouvindo o rádio no ombro.

— Quem são vocês?

— Somos amigas da Winnie — diz Colette. — Ela está aqui?

— Saiam — manda ele, visivelmente irritado.

— Podemos apenas… — diz Francie.

— Fora!

Enquanto procura nos bolsos por um celular tocando, ele se vira bruscamente para subir a escada apressado.

— Isso é uma cena de crime.

Elas o ignoram e prosseguem rumo a uma imensa sala de estar. Quando entram, elas a veem.

Winnie está encolhida em uma poltrona em frente a uma parede de vidro que fica escura de noite, os braços em volta dos joelhos, um cobertor creme sobre os ombros. Seus olhos estão vagos, enquanto ela morde o lábio inferior. Há um detetive sentado perto dela escrevendo alguma coisa em um bloco de papel, um copo de café para viagem esquecido no chão ao lado dele.

— F-foi a massa — gagueja Alma, do outro lado da sala, de onde Winnie não pode ouvi-la. Ela está sentada em um pufe de couro macio e segura um terço na mão. De tempos em tempos, acena para o teto com a mão cheia de lenços amassados de papel, oferecendo uma prece em espanhol que nenhuma das mães consegue entender. Ela comeu tanta massa trazida de casa, que acabou se sentindo enjoada e foi deitar no sofá da sala com o telefone para dar boa-noite à filha, em casa com a sua irmã. Acabou pegando no sono. Ela insiste que isso não acontece com ela, lançando um olhar cheio de vergonha para Winnie, mas a filha tinha acordado quatro vezes na noite anterior por causa dos dentinhos nascendo. Quando despertou, ela checou o monitor. O berço parecia vazio.

— Você não ouviu nada? — pergunta um segundo detetive. Ele usa um anel de formatura em um dos dedos grossos, as sobrancelhas grisalhas peludas ameaçando tomar a testa. Em uma corrente fina em volta do pescoço, ele traz um crachá da polícia de Nova York com o nome STEPHEN SCHWARTZ, que balança de um lado para o outro, como o pêndulo de um relógio moribundo.

— Não — diz Alma, e recomeça a chorar.

— Nenhum passo? Nenhum choro?

— Nada. — Schwartz pega uma caixa de lenços de papel na mesa e estende para ela. Alma pega um, levantando uma nuvem de poeira junto ao rosto dele. — O monitor. Estava bem aí. — Ela limpa os olhos e aponta o local onde o detetive está sentado. — Bem aí, onde o senhor está. O tempo todo.

— O monitor estava ligado?

— Sim.

— Você não desligou em nenhum momento?

— Eu nem toquei nele, exceto para verificar algumas vezes.

— O que viu quando checou?

— O bebê. Ele estava dormindo. Só quando acordei é que percebi que ele tinha sumido.

— E o que você fez quando notou?

— O que eu fiz?

— Sim. Foi ver a janela do quarto dele? Procurou pela casa? Foi lá para cima?

— Não. Eu já disse. Voltei para cá correndo e peguei o meu celular. Estava em cima da mesa. Liguei para Winnie, mas ela não atendeu.

— E depois?

— Aí, liguei para Nell.

— Você bebeu alguma coisa?

— Se eu bebi alguma coisa? É claro que não. Só o chá gelado que a Winnie fez para mim.

— Ela fez chá gelado para você — afirma Schwartz, escrevendo alguma coisa no caderno. Depois abaixa o tom de voz. — E onde foi mesmo que você disse que a mãe estava?

— Fora.

— Fora, certo. Mas ela lhe disse onde, exatamente?

— Eu esqueci. Ela anotou. Estava fora bebendo.

Ele olha acima, erguendo as sobrancelhas.

— Fora bebendo, você disse?

— Último aviso, senhoras — diz o policial Cabrera, da escada, passando por elas com uma parceira que usa jaqueta. — Saiam. Não vou repetir.

— Estamos indo — diz Colette.

Francie e Nell também seguem de volta até o hall, e saem para a calçada silenciosa. Mas não antes de todas irem até Winnie e afagarem as suas mãos. Não antes de abraçarem-na por tanto tempo que levam para casa o cheiro do seu xampu. Não antes de Francie se ajoelhar e segurar o rosto de Winnie com as mãos, os olhos de ambas a apenas alguns centímetros de distância.

— Eles vão encontrá-lo, Winnie. Vão. Nós teremos o Midas de volta. *Prometo.*

E não antes que elas ficassem junto ao alambrado do terraço, admirando Brooklyn, as milhares de janelas por trás das quais bebês dormiam protegidos; os habitantes possivelmente olhando de volta para elas, três mães arrasadas, com os cabelos revoando ao vento quente de julho, os corações repletos de pavor.

CAPÍTULO 4

Dia um

PARA: Mamães de Maio
DE: As amigas do Village
DATA: 5 de julho
ASSUNTO: Conselho de hoje

SEU BEBÊ: DIA 52

Quantas vezes já você ouviu esse conselho: "Durma quando o bebê dormir"? Nós sabemos que pode parecer cansativo (rs) ouvir isso, mas é verdade. Algumas mães têm dificuldade de relaxar enquanto o pequeno dorme, portanto, aqui vão algumas dicas: evite cafeína e bebidas açucaradas. Pratique alguns dos exercícios de respiração nos quais você se aperfeiçoou na preparação para dar à luz. Tome um copo de leite morno, coma um pedaço de queijo ou até um pouquinho de peito de peru, antes de ir para cama — esses alimentos contêm triptofano, que auxilia em uma boa noite de sono.

Francie está na sua pequena cozinha, perdida diante de um armário aberto banhado por tons rosados do nascer do sol, resistindo ao ímpeto de beber uma Coca Zero que ela viu na geladeira. Ela não deve ter dormido mais que duas horas essa noite, entre cair no sono no ombro de Lowell e acordar em pânico. Sonhou que tinha deixado Will no supermercado, dormindo no carrinho, perto da geladeira de iogurte. Demorou tanto tempo para escolher um entre todos os sabores dos oito tipos de iogurte e, quando percebeu o que tinha feito, já estava na metade do caminho de casa. Voltou correndo para o mercado, a roupa molhada de suor. Quando encontrou o carrinho, ele estava vazio. Will tinha sumido.

Acordou no susto e deu um pulo à frente, na direção do berço. Só depois de pousar a mão no peito de Will e sentir a respiração é que confiou que havia sido um sonho. Ele ainda estava lá. Mas a comoção assustou o menino e ele acordou com um choro tão desesperado que ela não sabe como Lowell conseguiu continuar dormindo. Francie levou duas horas andando com ele pela sala e no corredor estreito, ninando e balançando, dando de mamar no peito direito dolorido, antes que ele, enfim, voltasse a dormir, com os dedinhos curvos como parênteses, em volta dos olhos.

Ela, no entanto, acordou de vez. Durante as duas últimas horas, andou pela sala, sete passos para um lado e sete para o outro, cubos de gelo derretendo em um dos paninhos do bebê que ela pôs na nuca, vendo o rosto de Winnie enquanto ela falava com o detetive na noite anterior. Francie ainda tentava ligar os acontecimentos da noite anterior e dar sentido ao que aconteceu. Winnie chegou. Ela parecia quieta, mas não aborrecida. Francie sugeriu que ela contasse a história do nascimento e, então, ela e Token foram até o bar pegar uma bebida. Winnie conversou com aquele cara. Então, de repente, ela sumiu.

Francie se sente tomada pela culpa. Se ela ao menos não tivesse perdido Winnie de vista. Se não tivesse dado o telefone da amiga para Nell. Ela está furiosa consigo mesma por não ter ficado com o aparelho. Nell estava claramente bêbada até o fim da noite. Francie não pode ter sido a única a notar que a amiga derrubou batatas fritas no colo ou aquele olhar vidrado, isso sem falar que Nell levou vinho ao encontro das Mamães de Maio da semana anterior.

Francie abre a geladeira para pegar os ovos e procura o pimentão que jura que comprou. Lowell está sempre lhe dizendo que pare com os "e se". E se ela tivesse insistido, como queria fazer, para ficar com o celular? E se Nell não tivesse conseguido apagar o aplicativo *Peek-a-Boo*? Francie teria deixado o telefone na mesa, bem à sua frente, com certeza. Então, talvez o movimento no quarto de Midas tivesse acendido a tela, e ela teria visto o bebê no berço com alguém em pé ao lado. Teria dito a Nell que ligasse pra Alma, o que provavelmente a teria acordado. E ela ligaria para a polícia. Midas ainda estaria…

Ela sente a mão de alguém na cintura, no pneu grosso de gordura acima do elástico do pijama, e se retrai tão depressa que deixa cair os ovos, esvaziando a caixa inteira aos seus pés, as gemas escorrendo por entre seus dedos do pé.

— Desculpe — diz Lowell. — Não queria assustar você.

O cheiro do sabonete "primavera irlandesa" emana de sua pele.

— Eu não ouvi você levantar.

Três dos ovos quebraram na bancada e, por um instante, Francie imagina se pode salvá-los, catando os pedaços de casca e gema e misturando tudo com um pouco de leite. Ela não suporta a ideia de ir até o mercado. Hoje, não. Encarar os corredores estreitos e lotados ou as filas intermináveis dos caixas, a longa caminhada de volta para casa nesse calor com um bebê amarrado ao peito, as coxas roçando por baixo da sua última saia limpa, as sacolas pesadas balançando nos dois antebraços doloridos. Lowell vai até o armário pegar o esfregão, enquanto ela limpa o ovo dos pés com uma toalha de papel. Só então percebe que ele está vestido para ir trabalhar.

— Você está saindo agora?

— Em alguns minutos.

— Mas não são nem sete horas. Achei que a gente ia tomar café juntos.

Ele dá um empurrãozinho nos pés dela para tirá-los do caminho.

— Desculpe, preciso me preparar para amanhã.

— O que tem amanhã?

Ele ergue as sobrancelhas.

— Você está de brincadeira, né?

É claro. A reunião. Faz dias que ele anda preocupado com isso — a última rodada de entrevistas; uma reforma em uma antiga igreja para transformá-la em um hotel. Como ela pôde esquecer? Aquele trabalho seria o maior contrato dele, mais dinheiro do que eles ganharam desde que Lowell decidiu, há dois anos, pedir demissão da firma onde trabalhava em Knoxville e se mudar para Nova York — uma cidade que ela nunca nem havia *visitado* — para começar uma empresa particular, junto com um amigo da faculdade de arquitetura. Ela tentou dissuadi-lo. *Eles precisam reformar prédios aqui no Tennessee também*, ela sempre dizia. Mas Lowell falou que era o seu sonho, então, claro que ela concordou em se mudar. *Além disso*, poderou ele, na época, *os hospitais em Nova York são melhores. Talvez a inseminação* in vitro *possa funcionar melhor lá.*

— Desculpe. É claro que eu lembro. — Ela limpa as mãos na camiseta larga que usou durante a gravidez, agora manchada de requeijão e gotinhas de leite do peito e pega o esfregão de Lowell. — Nós precisamos mesmo desse trabalho. Você está preparado?

Ele assente e passa por ela, indo até a geladeira.

— Quase. Você está bem?

— A história saiu no jornal.

Ele para.

— Já?

— É, no *New York Post*. — Ela tinha visto no celular enquanto dava de mamar às três da madrugada, após um clique em uma pequena manchete que dizia: BEBÊ NO BROOKLYN PODE TER SIDO SEQUESTRADO. — Foi uma matéria curta. A polícia afirma que não há sinais de arrombamento. Eles não mencionaram o nome de Winnie, mas claro que é ela.

— Só pode ser um mal-entendido. Talvez o pai tenha vindo buscá-lo.

— Que pai? Não tem pai nenhum.

— É mesmo? — Ele faz uma careta. — Ela é a Virgem Maria?

— Não. Quero dizer... Se fosse o caso, teriam escrito isso no jornal. Encaram como um caso de sequestro.

— Não se preocupe, France. Eles vão encontrá-lo. — Ele toca no seu braço. — Provavelmente é só alguma confusão. Um membro da família ou algo assim. Em geral, é. — Ele pega duas bananas meio pretas da fruteira na bancada e as coloca no bolso externo da capa do laptop. — Tente não pensar nisso. Volto na hora do almoço.

Ela lhe dá um beijo de despedida, tentando não transparecer a decepção por ele ter que trabalhar. Deixou-a sozinha depois dessa notícia horrível.

Tudo que ele faz é pela gente, ela lembra a si mesma, enquanto enxagua a garrafa vazia de cerveja deixada na bancada na noite anterior. Ele trabalha o tempo todo para pagar o aluguel, o plano de saúde. Para comprar os ovos que ela acabou de desperdiçar. Claro que Lowell precisa trabalhar muitas horas, sem se importar com o próprio desejo de passar mais tempo com o bebê, com eles dois. Ela precisa entender. Afinal, foi ela quem o convenceu a usar o dinheiro do casamento que os sogros deram para fazer a fertilização *in vitro* e, depois, quando a primeira tentativa falhou, implorou que ele pedisse ao irmão, um anestesista bem-sucedido de Memphis, que fizesse um empréstimo para que eles tentassem outra vez.

O barulho da porta se fechando após a saída de Lowell acorda Will. Ela ergue o seu corpo quentinho do balanço antes que ele comece a chorar e o carrega até o quarto deles, colocando-o na mesa de fraldas improvisada que ela ajeitou em cima da cômoda. A manhã se estende interminável à sua frente — pelo menos cinco horas até Lowell voltar para almoçar. Por que ela não planejou alguma coisa? O que ela quer fazer de verdade é mandar um e-mail para as Mamães de Maio e perguntar se alguém está livre para um encontro improvisado. Quer encontrá-las junto com os seus bebês, embaixo do salgueiro, para falar de Midas, assimilando o que aconteceu. Mas isso não é uma opção. Ontem à noite, depois de deixar a casa de Winnie, Colette as convenceu de que não era papel delas contar ao grupo, que elas deveriam esperar Winnie dar a notícia. E Francie sabe que mesmo que as outras por acaso tenham visto a matéria no *New York Post*, mesmo que tenham lido que um bebê foi raptado no Brooklyn, elas jamais vão pensar, nem por um segundo, que isso aconteceu na área delas — muito menos, com uma *delas*.

Francie viu que, enquanto estava com Colette e Nell na casa de Winnie, Yuko, na sua casa, criava um álbum de fotografias no Facebook das Mamães de Maio, chamado UM PROGRAMA NOTURNO. Ela conclamou as pessoas a postarem suas fotos no Jolly Llama. Francie nem conseguiu abrir e ver as imagens de todo mundo se divertindo, enquanto Midas era levado do berço, roubado da mãe.

Ela carrega Will até a sala, contornando um cesto transbordando de roupas e fraldas de pano sujas. Ela conclui que tem roupa de sobra para lavar e preencher a sua manhã bem na hora em que o telefone toca.

— Alô? — diz, em um tom ávido demais. Ela não reconhece o número e espera que seja Winnie para dizer que Midas foi encontrado. Lowell estava certo. Foi só uma confusão. Mas não é a amiga.

— Oi, Mary Frances. É a sua mãe.

Francie gela.

— Mãe. Oi. — Ela pega o controle remoto e põe a televisão no mudo. Silêncio do outro lado da linha. — Desculpe, não reconheci o número.

— Comprei um celular.

— Comprou? — Francie não consegue acreditar. Marilyn Cletis, a mulher que proibia música na sua casa e costurava todas as roupas da família, a pessoa que mantinha uma vaca para prover leite fresco aos filhos; essa mulher tem um *telefone celular* agora?

— Sim. Uma amiga da igreja me convenceu de que já estava na hora. Sei até mandar mensagens de texto.

— Que ótimo, mãe.

— Eu recebi o comunicado de nascimento que você mandou. Bonitinha, a foto. Mas…

— O que foi?

— Kalani?

— Sim. William Kalani. Nós o chamamos de Will.

— Isso não é nome de preto?

Francie ri com escárnio, antes de conseguir se conter.

— Nome de preto? Não, mãe. É havaiano. — Ela ouviu durante a lua de mel deles. — Significa "enviado do céu". — É o nome perfeito para o seu filho.

— Ah… Achei que fosse um negócio de Nova York. — Ela ouve a mãe guardando a louça. — Eu contei ao seu avô. Não sei se ele entendeu muito bem, mas pareceu honrado por vocês terem escolhido William.

Francie não estava disposta a dizer que o bebê não tinha, de fato, recebido o nome em homenagem ao pai de Marilyn, sempre ausente, mas por causa de Lowell, cujo nome do meio era William. Com delicadeza, ela deita Will no colchão, embaixo de um móbile com um monte de bichinhos da fazenda, e fica na frente do ventilador da janela abanando a camisa.

— Lamento não ter tido tempo para ligar. As coisas estão meio agitadas.

— Não precisa se desculpar. Eu também já fui mãe. — Marilyn faz uma pausa, mas Francie não sabe bem o que responder. — Como vai o bebê?

— Bem — diz Francie. — Na maior parte do tempo. Tenho um pouco de dificuldade para amamentar. Parece que ele não está sendo alimentado direito.

— Então, dê a fórmula. Misture com um pouquinho de cereal de bebê.

— Isso nem existe mais. E estou tentando não…

— O pessoal da igreja tem rezado por você. Cora Lee me perguntou como foi o parto, e me dei conta de que não sabia. Você não me contou.

— Não? — Francie se sente mais leve. — Foi perfeito. Parto normal, sem nenhum analgésico. — Não foi fácil. Umas mil vezes, durante nove horas ininterruptas com contrações, ela quis desistir e tomar a peridural, mas conseguiu se manter firme, andando em círculos pelo quarto do hospital, dançando em ritmo lento com Lowell para a dor passar. Ela sempre percebe, mesmo quando não quer, a admiração com que Lowell, às vezes, olha para ela: não como a esposa baixinha, de coxas grossas e cachos rebeldes ficando prematuramente grisalhos aos 31 anos, mas como uma guerreira indomável que cospe fogo e dá à luz a um filho saudável de mais de três quilos, nada menos que no Dia das Mães.

— Como assim "sem nenhum analgésico"? Você não pediu a peridural?

— Não. Nem um único Advil.

Silêncio.

— De propósito?

— Sim.

— Por que faz isso?

Francie fecha os olhos, sentindo-se com 10 anos. Ela mantém a voz equilibrada.

— Porque eu quis. Lowell e eu desejávamos vivenciar o parto mais natural possível. Os sem medicação agora são...

Marilyn dá uma risada.

— Ah, Mary Frances, isso é tão você. Nunca quer fazer nada que nem os outros. — Francie fica surpresa ao sentir a garganta dando um nó. — De qualquer maneira, estou ligando porque tenho algo para o William. Um vestido de batismo. — Marilyn faz uma pausa. — E gostaria de visitá-lo.

— Me visitar? — Ela pensou que Marilyn jamais viria a Nova York. A mulher nunca tirou os pés de Tennessee. — Não precisa fazer isso, mãe. O Lowell e eu estamos economizando para comprar passagens de avião e irmos até você para que possa conhecer o Will.

— O batizado deve ser em breve. Eu poderia procurar por um voo, na semana que vem, talvez? Você vai precisar de ajuda, imagino.

— Desculpa, mãe. Semana que vem não dá. — Ela se esforça para pensar em uma desculpa plausível. — O Lowell tem uma entrevista importante. Ele está trabalhando o tempo todo e vai se sentir mal se não puder passar um tempo com você. Além disso, tem as Mamães de Maio. Nós...

— Mamães de Maio?

— É um grupo de amigas que eu fiz. Um grupo de mamães. — Francie pode até imaginar como a sua mãe julgaria todas elas: Nell, com a tatuagem espalhafatosa no ombro; Yuko, amamentando sem cobrir o seio na frente dos maridos de outras mulheres; Token, um pai gay do lar. — Mas aconteceu uma coisa terrível...

— Ele vai precisar do vestido. Foi seu e, antes disso, foi meu. — A mãe aguarda, pois sabe o que está fazendo. Sabe que Francie não vai batizar o filho e está obrigando-a a mentir. — Quando vai ser o batizado?

— Ainda não temos certeza. Como falei, o Lowell está trabalhando muito. — Apesar do ventilador, o suor escorre pelas costas de Francie. Ela desvia da janela, dando uma olhada em Will, no colchãozinho, e o aparelho de TV mudo, tentando imaginar o que dizer.

Então, o coração dela para.

É Winnie. Na televisão. Mas não a Winnie que ela conhece. É uma bem mais jovem, adolescente. Ela está de pé em um palco, e usa um vestido tomara que caia dourado, com os cabelos presos em um coque, de braços dados com uma mulher quase idêntica a ela, só que mais velha, que só pode ser a sua mãe. Outra imagem surge: Winnie de maiô vermelho e uma saia comprida de tule, com sapatilhas de balé amarradas até os joelhos. Francie pega o controle remoto da televisão em cima do balcão e aumenta o volume.

— ... Gwendolyn Ross é mais conhecida pelo seu papel em *Bluebird*, o seriado cult que foi ao ar no início dos anos 1990.

— Mary Frances?

— Desculpe, mãe. Preciso ir. O bebê acordou.

Ela põe o telefone na mesa. A repórter está diante de uma calçada coberta de folhas, uma fita amarela de isolamento policial visível atrás dela. Francie se aproxima ainda mais do aparelho. Vê a fachada do prédio de Winnie.

— Fontes de dentro da polícia mantêm as informações em sigilo, dizendo apenas que tratam esse caso como o rapto de uma criança e que todas as pistas estão sendo investigadas. O bebê desapareceu há quase nove horas. Zara Secor, falando ao vivo, do Brooklyn.

— Obrigado, Zara. Agora, mais uma notícia desanimadora. A conferência climática chegou a...

Francie vai até a mesa de cabeceira e pega o laptop. *Bluebird.* Alguém, talvez Gemma, certa vez mencionou que Winnie era atriz, mas metade das pessoas que Francie conheceu desde que chegou a Nova York diz trabalhar com atuação. Ela não sabia que Gemma se referia a isso. Winnie era famosa. Estrela de um programa de televisão, no começo da década de 1990, sobre uma jovem bailarina tentando uma vaga de aprendiz no Balé da Cidade de Nova York. Winnie — que tinha o nome de Gwendolyn — era a bailarina. Era a garota a quem chamavam de Bluebird.

Francie não fazia ideia. Ela tinha cerca de 11 anos quando *Bluebird* foi exibido, e era exatamente o tipo de programa — com insinuações sobre a sexualidade adolescente e relacionamento inter-racial — que sua mãe jamais teria permitido em casa. Ela abre a Wikipédia e descobre a página de Winnie. Estudos clássicos na School of American Ballet, um verão na Royal Ballet School. Uma fundação de família no nome da mãe, que dava bolsas de estudo a jovens dançarinos.

Francie não deveria estar surpresa. No instante em que viu Winnie, na primeira reunião das Mamães de Maio, quatro meses antes, ela soube que havia algo de especial na mulher. Francie ainda via. Gemma dizia ao grupo que ela tinha pago para armazenar o sangue do cordão umbilical do seu filho — um processo do qual Francie nunca tinha ouvido falar. "É caro, mas isso pode salvar a vida deles, se um dia precisarem, se tiverem uma doença grave", falou Gemma quando as pessoas voltaram a atenção para um ponto do outro lado do gramado, para a mulher caminhando na direção delas, a barriga de grávida aparecendo por baixo do vestido curto turquesa, um bracelete largo de prata em cada punho. Todas abriram espaço para ela, arrumando as cobertas e os bebês, e ela se sentou bem ao lado de Francie, que puxou o short, enquanto olhava Winnie se acomodar, dobrando as pernas compridas e sentando em cima.

"Eu sou Winnie", informou ela, pousando os dedos sobre a barriga, pouco abaixo dos seios. "Desculpem o meu atraso."

Francie teve dificuldade de tirar os olhos dela, observando o quanto ela era linda. Um rosto de capa de revista e passarelas: as sardas espalhadas no nariz, a pele morena perfeita que dispensava os corretivos que Francie passava há mais de uma década.

E depois, o momento que as duas compartilharam na cafeteria. Francie se sentiu muito constrangida pelo súbito rompante de Will, acanhada pelos olhares de dois jovens mexendo nos seus laptops perto da janela, a cara feia da garota atrás do balcão, esperando que Francie, desconcertada demais, escolhesse a bebida. Winnie pareceu surgir do nada, inabalada pelo choro do bebê, erguendo-o dos braços da mãe e caminhando por entre as mesas, dando tapinhas no bumbum, sussurrando no seu ouvido, fazendo com que ele se acalmasse.

"Como você fez isso?", perguntou Francie, depois de se sentar com ela, em uma mesa de canto. "Eu acho que sou a única mãe do grupo que não tem a menor ideia do que está fazendo."

"Não seja boba", disse Winnie. "Essas Mamães de Maio se esforçam muito para fazer com que isso pareça fácil, mas não deixe que elas enganem você." Ela tinha uma expressão furtiva nos olhos, como se fossem amigas de longa data compartilhando um segredo. "Isso não é fácil para *nenhuma* delas. Pode acreditar em mim."

Mais de uma hora depois, quando Will enfim adormeceu no moisés, com o aspirador próximo ligado no mínimo para acalmá-lo, Francie se depara com o obituário de Audrey Ross, mãe de Winnie. Ela morreu no aniversário de 18 anos da filha, a caminho da loja para comprar sorvete. Sua morte foi veiculada em diversos jornais, não apenas por ser a mãe de Gwendolyn Ross, a jovem atriz famosa, mas também por ser herdeira do negócio multimilionário de imóveis do pai, um dos maiores do setor.

Fazia todo sentido. A casa de Winnie. As roupas. O carrinho de bebê caro que Francie invejou; o mesmo que ela tinha desejado comprar na Babies "R" Us, até ver que custava quase o que Lowell e ela pagavam de aluguel. Francie encontra a foto do funeral: a amiga e o pai caminhando rumo a uma igreja rural, próxima a casa deles de fim de semana no interior de Nova York, não muito longe de onde Audrey Ross morrera. Foi um acidente horrível. Os freios falharam sem explicação. O carro despencou por uma ribanceira de mais de vinte metros. Winnie deixou *Bluebird* alguns meses depois. O programa foi cancelado logo após isso.

Francie não pode acreditar quando ouviu o sino da igreja, ao longe, anunciando o meio-dia. Ela fecha o laptop, se retrai ao perceber a pilha intocada de roupa suja e vai para a cozinha preparar o almoço. Esgotada e com os olhos embaçados, sabe que precisa assumir a postura mental correta para o regresso de Lowell. Ele vai estar exausto e faminto, ansioso para vê-la. Mas ela não tem como negar o peso que sente na boca do estômago, imaginando o que Winnie perdeu, tudo que ela conquistou — uma carreira de sucesso como estrela do próprio programa de TV e um relacionamento feliz com um músico que mencionou em uma entrevista concedida depois da morte da mãe.

"Tenho contado com Daniel", disse ela, referindo-se ao namorado, quando um repórter perguntou como ela lidava com a situação. "É a única pessoa que me ajuda a passar pela tristeza."

E tudo aos 18 anos.

Francie começa a ferver a água para o macarrão e não consegue evitar imaginar o que ela própria estava fazendo naquela idade: cantando no coral da igreja, lecionando nas aulas dominicais, deixando que o sr. Colburn, seu professor de ciências, levantasse sua saia e mergulhasse o dedo dentro dela, no laboratório, durante os estudos. Pelo menos foi assim que começou. Não tardou para que ele estivesse fazendo isso depois da aula, no carro estacionado atrás da antiga sapataria Payless no centro comercial, e depois na casa dele, um apartamento ferrado de quarto e sala, pago pelo programa de voluntários. Era um negócio católico qualquer. Os alunos da Ivy League passavam um ano depois da formatura lecionando em uma escola menos privilegiada de ensino médio, como a Nossa Senhora da Perpétua Ajuda, de Francie, em Estherville, Tennessee. Foi nesse apartamento que ela experimentou vinho e maconha pela primeira vez. Também foi lá que o sr. Colburn — James, como ela se atrevia a chamá-lo quando estavam sozinhos — a segurou e tirou seu uniforme de vôlei, apesar dos seus protestos.

Francie ouve os passos pesados de Lowell na escada, conforme ela raspa o restinho de atum da lata para dentro da vasilha. Ela limpa a mão no short e corre até o banheiro para se olhar no espelho, domar os cabelos arrepiados e borrifar um perfume floral nos punhos. Antes que Lowell sequer tenha a chance de enfiar a chave na fechadura, ela já está abrindo a porta.

— Sabe da maior? Winnie estava no noticiário. Ela é uma atriz famosa...

Então, ela percebe a barba por fazer no rosto do homem, o barrigão, a arma na lateral do quadril. Francie congela com as palavras no ar, enquanto observa o olhar cinzento e vago por baixo de um quepe da polícia de Nova York.

— Nell. — Ela sente a mão de alguém no braço. — Você precisa acordar.

Nell, a polícia está aqui.

Quinze anos atrás. Ela está no seu apartamento em Washington, abrindo as cortinas e vendo um sedan escuro estacionado do outro lado da rua, um homem de camiseta preta e óculos escuros recostado no carro acendendo um cigarro, o olhar fixo na sua janela.

— Nell. — Sebastian sacode o ombro dela, dissolvendo a lembrança. — Acorde.

Sua boca tem um gosto amargo e ela tenta se sentar, mas a cabeça está latejando. Sebastian coloca uma caneca de café na mesa de cabeceira e afasta os cabelos dela dos olhos.

— A polícia está aqui.

Ela, enfim, se senta.

— Sério? Por quê?

— Querem falar com você. Sobre ontem à noite.

Ontem à noite.

Tudo volta de uma vez só. Winnie. Midas. A volta a pé para casa. Acordando Sebastian para contar o que aconteceu, antes de cair em um sono irregular e torturante.

— Eles estão na sala.

Ela sai da cama devagar e olha no espelho acima da cômoda, ainda com a camisa que usou na noite anterior. O rímel borrou embaixo dos olhos e os lábios parecem uvas-passas, manchados de batom seco.

— Onde está o bebê?

— Dormindo.

Nell pega a caneca. O café queima o fundo da garganta.

— Certo, já vou.

O quarto gira conforme ela caminha até o banheiro. Abre a torneira, espera que a água esfrie o máximo possível e joga no rosto. Fecha os olhos bem apertados.

O que aconteceu?

Ela consegue se lembrar do começo da noite. Bebericando uma taça de vinho enquanto se arrumava para sair. Chegando e sentando na área externa dos fundos do local. O calor dos corpos ao redor, as conversas. Sente a onda do primeiro drinque, o gim na sua boca. Billy Idol. O telefone de Winnie que ela colocou na bolsa. E depois... Nell não consegue se lembrar dos detalhes. Somente que Francie e Colette estavam preocupadas com Winnie. As duas não sabiam dela. Nell procurou o telefone. Tinha desaparecido.

Quando Nell entra na sala, com a calça de ioga e uma túnica fina de algodão que tirou do topo do cesto de roupa, Sebastian está à mesa diante do detetive, com um prato com biscoitinhos de chocolate que a mãe mandou da Inglaterra. O investigador tem pouco mais de 40 anos, é bonito, com olhos castanhos expressivos e uma barba ligeiramente por fazer, um pouco semelhante a Tom Cruise. Ele exibe uma tatuagem imensa de uma águia com o número 1775 no antebraço direito.

— Marinha — diz ele, virando o braço para que ela possa ver melhor. — Ano que a instituição foi fundada. Servi durante seis anos. — Ele assente para o ombro direito dela. — Um beija-flor?

— É. — A voz de Nell sai parecendo areia. — Um beija-flor calíope, para ser mais exata. Representa fuga. E liberdade.

A palma da mão dele está suada ao apertar a dela.

— Detetive Mark Hoyt. Desculpe incomodá-la em casa. — Atrás dele há um homem com sobrancelhas desgrenhadas do qual ela se lembra. Stephen Schwartz. Era ele quem falava com Alma no apartamento de Winnie. Da poltrona, Hoyt estende a mão para pegar um biscoito e depois ergue o prato para Schwartz, que pega três.

— Desculpe — diz Schwartz. — Noite movimentada. Nem tomei café da manhã.

— Estamos procurando montar um panorama do que aconteceu ontem à noite — fala Hoyt, pousando o prato de volta à mesa, antes de cruzar com os olhos de Nell. — Falando com algumas de vocês que estiveram com Winnie Ross.

Nell se senta no sofá, a cabeça latejando.

— Certo.

Ela percebe a câmera montada em um tripé frágil, na qual Schwartz entra atrás e aperta um botão.

— Concorda que a gente grave isso? — pergunta Hoyt. — É um novo protocolo do departamento.

— Claro. Posso só pegar um copo d'água antes de começarmos?

Hoyt a observa e dá um sorrisinho malicioso.

— Noite difícil?

Ela não retribui o sorriso.

— Toda noite com um recém-nascido é difícil.

— Eu pego para você — diz Sebastian.

— Então, esse grupo, as Mamães de Maio — fala Hoyt. — Pode nos contar um pouco a respeito?

Ela limpa a rouquidão da garganta.

— É um grupo de mães. Todas temos bebês da mesma idade. Nós nos encontramos há cerca de quatro meses, desde que estávamos grávidas.

— Nesse bar? O Jolly Llama?

Ela deixa escapar uma risada rápida.

— Não. No parque.

— E de quem foi a ideia de tudo isso? De se encontrarem?

— De Francie.

Schwartz dá uma olhada no seu caderno.

— Mary Frances Givens?

— Sim. Bem, não de começar o grupo. Todas nós nos inscrevemos através do Village, um site de pais. Mas foi a Francie que sugeriu as reuniões regulares. — A ideia de ir até a cozinha e se servir de uma taça de vinho tinto surgiu como um lampejo na sua cabeça. Seria a única coisa que faria a sala parar de rodar. Ela pressiona as palmas das mãos na caneca de café.

— Sei — Hoyt assente. — E o que vocês fazem nessas reuniões?

— Ah, você sabe. Coisas de mães de primeira viagem.

Ele ergue as sobrancelhas.

— Tipo?

— Ficamos obcecadas com os bebês. Olhamos para eles com adoração. E aí, ficamos ainda mais obcecadas pelos bebês.

Hoyt sorri.

— A srta. Ross foi a todas essas reuniões?

— Foi a muitas. Mais no começo. — Nell imagina Winnie caminhando em direção à roda, em geral quinze minutos atrasada, sentando no seu lugar, envolvendo a todos com o seu perfume suave e caro; exatamente o cheiro que se imagina em uma mulher com aquela aparência.

— Ela falava muito de si mesma?

— Na verdade, não.

Hoyt sorri.

— Sabia que ela foi atriz?

Nell para a caneca a alguns centímetros da boca.

— Ela é atriz?

— Sim. Há mais de vinte anos foi estrela de um programa cult de televisão. *Bluebird?*

— Eu não fazia ideia.

— Já assistiu alguma vez?

Ela se lembrava das meninas do colégio comentando sobre esse programa, sempre muito efusivas sobre como era moderno, as coisas que mostrava — o personagem gay, a gravidez na adolescência.

— Ouvi falar, mas nunca assisti. Naquela idade, eu era mais ligada em matemática do que em televisão, para ser honesta.

Schwartz se inclina à frente e pega mais um biscoito.

— A senhora é a responsável pela contratação de Alma Romero como babá naquela noite.

Aquilo não foi uma pergunta.

— Sim.

Hoyt dá um gole no café e assente para Sebastian, que voltou com a água de Nell.

— Muito bom, obrigado. — Ele continua com a caneca na mão. — A senhora insistiu para que a sra. Romero tomasse conta de Midas e a srta. Ross pudesse sair?

— Não sei se insisti…

— Ela não poderia ter encontrado a própria babá?

— Sim, mas…

— Em um e-mail que enviou, a senhora se ofereceu para pagar Alma se Winnie concordasse em sair?

Nell pega a água e engole metade.

— Agora parece bobagem — diz ela. — Mas, na época, nenhuma de nós sabia sobre o dinheiro de Winnie.

— Sei. Onde encontrou a sra. Romero?

— Encontrei o nome dela na seção de classificados do Village.

— E por quanto tempo a conhecia antes de lhe oferecer o emprego como babá?

Nell pensou que a entrevista não fosse durar mais que uma hora. Na verdade, Alma foi a sexta cadidata a babá com quem ela conversava. Nenhuma das outras era a pessoa certa e, então, Alma chegou, radiante e sorridente. Ela passou quase a tarde inteira sentada com Nell na sala, tomando chá, dividindo um saco imenso de M&Ms que trouxera na bolsa, e passando Beatrice de uma para a outra. A babá contou a Nell sobre seu vilarejo em Honduras, onde fora parteira, com a primeira experiência aos 12 anos. A vinda ilegal para os Estados Unidos, três anos antes, grávida de seis meses, ocorreu para que ela pudesse dar uma vida melhor ao filho.

Antes de ir embora, Alma se ofereceu para cuidar da menina, enquanto Nell tomava um banho e desfrutava de alguns minutos para si. Quando se deitou na cama, com as pernas raspadas pela primeira vez desde que dera à luz, ouviu Alma no monitor cantando em espanhol para o bebê. Duas horas depois, ela acordou assustada e saiu correndo pelo corredor até o quarto do bebê. Beatrice dormia no peito de Alma, os dedinhos miúdos agarrados no seu polegar, o livro de Alma esquecido no joelho.

— Cinco horas e pouco — disse Nell a Hoyt.

— Verificou as referências dela? — pergunta ele.

— Sim.

— Mandou verificar a ficha criminal?

— Não.

— Não? Isso é surpreendente.

— É?

— Minha esposa uma vez pensou em contratar uma babá. — Ele lança um olhar orgulhoso a Schwartz. — Cara, ela fez tantas verificações daquelas mulheres que falei que eu deveria ficar em casa enquanto ela trabalhava para o FBI. — Ele olha de volta para Nell. — Mas quem pode culpá-la? Pode ser aterrorizante. As coisas que lemos por aí.

— Eu não fiquei preocupada — diz Nell. — Nunca conheci uma criminosa que cantasse canções de ninar em duas línguas. Mas talvez seja só eu.

— E qual é o seu entendimento quanto à situação de imigrante dela? — pergunta Hoyt.

— Situação de imigrante? — Nell faz uma pausa, cautelosa para não olhar para Sebastian. — Não discutimos isso.

Sebastian se senta ao lado dela no sofá, e o movimento das almofadas provoca uma sensação de náusea.

— Não entendo — diz Sebastian, inclinando-se à frente, com os cotovelos apoiados nos joelhos. — Por que está fazendo essas perguntas? Não pode achar que Alma tenha algo a ver com isso.

— Só estamos colocando os traços nos Is e botando os pingos nos Ts. — Hoyt dá uma risadinha da piada e consulta o caderno. — Quando chegou ao bar, notou alguma coisa estranha? Pessoas indo e vindo que parecessem fora do normal?

— Não, nós ficamos mais na nossa. Estávamos no deque dos fundos.

— E Winnie ficou com o grupo o tempo todo?

De repente, Nell vê a si mesma. Ela está em pé diante da pia do banheiro feminino, o cheiro fétido de urina e alvejante, bebendo água das mãos em concha, a visão embaçada. A escuridão atrás dela no espelho.

— Srta. Mackey?

— Nós estávamos lá havia cerca de uma hora, acho, quando Winnie foi até o bar. — As palavras ecoam nos seus ouvidos. — Token foi com ela. Foi a última vez que alguém a viu.

— Tem uma mãe, no seu grupo, chamada Token?

— Não. Ele é um homem. Um pai.

Ela sente as mãos de alguém puxando a sua blusa, os dedos segurando o ombro. Uma respiração quente no seu pescoço.

As sobrancelhas de Schwartz se erguem de novo.

— Um pai? No grupo de mães?

— Sim. Eu acho que ele é gay.

Ele assente, e Hoyt escreve algo no seu bloquinho.

— Token. Isso é o quê? Um nome indígena?

— Não. Ele é branco. É apelido. Eu o chamei assim, em uma das primeiras reuniões, porque ele era o único homem. O apelido pegou. Nem me lembro mais do nome verdadeiro, para dizer a verdade. Não tenho certeza se alguém lembra.

Sebastian ri, nervoso, e estende a mão para pegar a da esposa.

— Ela é ruim com nomes.

— Podem me dar um minuto? Preciso usar o banheiro. — Nell levanta, pousando a mão no ombro de Sebastian para se equilibrar, e segue pelo corredor, até o quarto deles. Entra no banheiro, fechando a porta atrás de si e olhando no espelho. Foi um sonho. Só pode ter sido.

Ela se agacha em frente ao vaso. Já fazia alguns anos que não tinha um pesadelo daquele tipo — do tipo que acorda em um tranco, quase que toda noite. Sendo seguida. Gente esperando por ela na virada da esquina. Só pode ser isso. Ela lembraria se houvesse alguém com ela dentro do banheiro, se alguém a tivesse tocado.

Ela ouve Beatrice chorando e depois uma batida na porta. É Sebastian.

— Nell. Tudo bem? — Ela vê a blusa da noite anterior, embolada no chão, onde ela a deixou. Sebastian bate com mais força. — Nell?

— Já estou saindo. — Ela pega a blusa. Está rasgada ao longo da costura do ombro direito.

Ao voltar para a sala, ela pede desculpas a Hoyt.

— Sem problemas. Só mais algumas perguntas e vamos embora. O que sabe sobre o pai?

— O pai de Winnie? — pergunta Nell, dando uma olhada para a câmera de vídeo. — Nada.

— Não, senhora. O pai de Midas.

— Ah. Nada também. Só fiquei sabendo que ela era solteira há pouco tempo. — O calor em volta dela está aumentando. — Fiquei com o telefone de Winnie por um tempo, mas, depois, não consegui mais encontrá-lo. A chave dela estava no estojo do aparelho. — Ela engole. -- Alguém o encontrou? Foi assim que entraram?

— Isso tudo faz parte do que estamos tentando descobrir — diz Hoyt.

— Quanto a senhora bebeu ontem à noite?

Foi Schwartz que fez a pergunta. Ela o encara.

— Quanto?

— Sim.

— Não sei. Dois drinques, talvez? Quase nem toquei no segundo.

— Ficou bêbada?

Ela sabe que deveria contar a verdade. Sabe o risco de mentir para a polícia.

— Não — diz ela, com um nó no estômago. — Claro que não.

Sebastian surge à sua frente, contorna a mesa de centro e reabastece as canecas de todos. Ela dá uma olhada furtiva para ele e vê os cabelos castanhos cacheados, o corpo esguio de jogador de futebol, lembrando a primeira vez em que o viu: sentado na outra ponta de um bar melancólico de Londres, bebericando uma Guinness, sob a luz de fim de tarde de domingo. Rabiscava em um Moleskine, o rosto de um homem atento à sua arte. Os olhos eram bondosos quando ele veio abordá-la, depois, perguntando se o lugar ao seu lado estava ocupado e se ele poderia pagar uma bebida para ela.

Nell mantém as mãos fechadas no colo, enquanto tenta se concentrar na próxima pergunta de Hoyt. Contudo, o olhar é levado de volta a Sebastian, enquanto ele anda de um lado para o outro pela sala, devagar, a filha aninhada no seu braço, e percebe um rosto bem diferente daquele que se lembra, de seis anos antes. O rosto de um homem apavorado e preocupado.

Um homem com o mesmo pensamento em pânico que ela. *Por favor. Isso não. De novo, não.*

CAPÍTULO 5

Dia dois

PARA: Mamães de Maio

DE: As amigas do Village

DATA: 6 de julho

ASSUNTO: Conselho de hoje

SEU BEBÊ: DIA 53

Anda pensando em dormir junto com seu bebê? Não é tarde demais. Embora isso não seja para todas, os benefícios são inúmeros. Os bebês que dormem junto com a mãe tendem a dormir mais. Isso facilita a amamentação e ajuda a manter o fluxo de leite materno. Acima de tudo, o sono em conjunto cria um laço especial. Além disso, quem não gosta de um aconchego no meio da noite?

Faz um calor de matar na plataforma lotada do metrô. Pessoas se inclinam acima dos trilhos, tentando avistar as luzes de um trem que não chega. O homem à esquerda de Colette mastiga uma barra de cereais, daquele tipo caro que agora está à venda nos mercados do bairro. As duas mulheres à direita falam alto demais, com bolsas caras penduradas nos braços, celulares em punho.

— Eu tenho uma amiga que vai nadar com o dela. Você faria isso?

— No mar?

— É.

— Nunca. — A garota está olhando os dedos esticados da mão esquerda, e ajeita o anel com um diamante imenso e brilhante. — Para falar a verdade, não gosto nem de tomar banho com o meu.

Colette segue mais adiante na plataforma, e para na banca de jornal, onde um homem de turbante passa o dia respirando o ar abafado do metrô, oferecendo garrafinhas de água e embalagens de Tic Tac. Uma foto antiga de Winnie estampa a capa do *The New York Post*. Ela está com um casaco comprido e óculos escuros, o rosto virado para a rua. Colette deveria ficar surpresa, mas isso não acontece. A história está prestes a ser notícia nacional, já que Winnie divulgou um vídeo ontem pedindo pelo retorno de Midas.

Colette assistiu ao vídeo pelo menos uma dúzia de vezes ontem à noite na cama, com Poppy dormindo tranquilamente ao seu lado. Charlie estava trabalhando, e ela desistira de tentar dormir, depois de passar uma hora deitada no escuro, os pensamentos presos como um hamster preso em uma roda giratória. No vídeo, Winnie estava sentada em uma poltrona cinza diante das janelas de seu terraço. Ela estava tão bonita: os cabelos puxados para trás, os traços fortes do maxilar, o pescoço longo e fino contrastando com a blusa preta.

— Por favor — dizia Winnie, olhando a câmera, com a voz falhando. — Por favor, não machuquem o meu bebê. Por favor, seja você quem for, por favor, devolva-o para mim.

Colette ouve o rangido dos freios de um trem se aproximando e cata duas moedas no fundo da bolsa. Dentro do vagão lotado, ela tenta se equilibrar em meio à turba de gente que se aperta junto a ela, e abre o jornal pra ler a matéria assinada por um repórter chamado Elliott Falk. A manchete diz:

MEU DEUS!

A população começa a balançar a cabeça em relação à investigação feita pelo comissário de polícia Rohan Ghosh do caso de Midas Ross, de apenas sete semanas de vida, desaparecido há dois dias. O sumiço do bebê, ocorrido no dia 4 de julho, foi inicialmente relatado pela babá, Alma Romero. O *Post* confirmou que dois policiais levaram mais de 23 minutos para atender ao chamado que Romero fez ao 911, culpando a falta de agentes do departamento em decorrência da segurança no feriado, e um acidente próximo à ponte do Brooklyn com dois ônibus municipais, no qual dúzias de pessoas se feriram, incluindo duas crianças e uma jovem mãe, em estado grave. Depois de chegar à residência de Ross, a polícia falhou na proteção adequada à cena do crime, permitindo que pessoas que talvez estivessem dentro da casa saíssem por uma porta lateral que foi negligenciada.

A mãe do bebê, a ex-atriz Gwendolyn Ross, estava fora em um programa noturno com membros do seu assim chamado grupo de mamães.

Colette para e volta à frase: *... pessoas que talvez estivessem dentro da casa saíssem por uma porta lateral que foi negligenciada.*

Seria possível? Será que o indivíduo que levou Midas ainda estava dentro da casa quando os policiais chegaram? Será que foi por isso que a porta lateral do prédio estava aberta?

Há algumas fotos na matéria. Em uma delas, Midas está deitado de barriga pra cima em um tapete de pele de carneiro, com uma girafinha de plástico ao lado. Ele observa a câmera, com sua pele de porcelana, os olhos castanhos brilhando tanto que parecem envernizados. Na foto abaixo, Winnie está envolta em uma coberta no parque, segurando Midas nos braços. Colette quase perde o ar ao perceber que é a foto que ela deu ao detetive Mark Hoyt ontem quando ele apareceu no seu apartamento no fim da tarde, depois que Charlie tinha levado Poppy na sua corrida e ela preparava o jantar.

"O que sabe sobre o passado dela?", perguntou Hoyt. "Que tipo de detalhes ela compartilhou sobre si mesma?"

Colette admitiu reconhecer algo vagamente familiar em Winnie. Mas já fazia mais de vinte anos que a mulher estivera na televisão, e Colette não fez a ligação entre Winnie e Gwendolyn Ross, embora tivesse assistido ao programa de vez em quando. Às vezes, enquanto as outras garotas da escola se reuniam com garrafas de vinho e baseados roubados dos pais de alguém, Colette convencia a mãe a assistir *Bluebird* — nos raros fins de semana em que Rosemary não estava viajando a trabalho — e a ficar ao seu lado no sofá. As duas preparavam máscaras grudentas de claras de ovo e mel, que Colette vira em uma revista adolescente, e muita pipoca.

O trem chega à parada dela, que sobe a escada até a saída do City Hall Park e passa por uma aglomeração de turistas tirando fotos na frente do chafariz. Há uma interação com Winnie que Colette não mencionou a Mark Hoyt. Ela lembrara apenas na noite anterior.

Foi na tarde em que as duas caminharam de volta para casa, após a primeira reunião das Mamães de Maio. Elas foram devagar, passeando ao longo do muro do parque, seguindo pela sombra. Colette ainda sente o cheiro das castanhas torradas do vendedor da esquina, onde Winnie parou para comprar um saco. Foi ali que Colette admitiu, sem planejar, o quanto ficou aterrorizada quando soube que estava grávida.

"Por meses achei tudo um erro", disse Colette. "Agora estou empolgada, mas foi um processo. Eu não estava pronta."

Quando olhou para Colette, Winnie tinha uma expressão séria.

"Dá para entender."

"Dá?", perguntou Colette, sentindo uma onda de alívio. Desde que ingressara nas Mamães de Maio, ela tinha se sentido uma forasteira — ou uma impostora — em meio às outras mulheres, que pareciam ter passado a vida toda apenas esperando para se tornarem mães, que pareciam ter passado a vida fazendo tabelas dos ciclos, medindo a temperatura, pondo as pernas para o alto depois do sexo, torcendo para que nesse mês fosse a vez delas. Mulheres como Yuko, que deixara de tomar a pílula na noite do seu noivado. Scarlett, que se tornara vegana por acreditar que isso prepararia melhor o corpo para a gravidez e o parto. E Francie, que compartilhara, bem no início das reuniões, a dor de suportar dois abortos espontâneos, enfim conseguindo conceber após duas rodadas de fertilização *in vitro*, o que resultou em milhares de dólares de dívidas.

"Qual é a sua história?", perguntou Colette.

Mas Winnie acenou descartando a pergunta.

"Vamos deixar isso para outra hora", disse ela, remexendo a carteira.

Uma mulher mais velha diante delas se virou com um copo de castanhas torradas nas mãos. Ela sorriu, notando as barrigas. A mulher pousou a mão livre no braço de Winnie.

"Você não faz ideia do que vem por aí", disse ela, com os olhos molhados. "O maior presente do mundo."

"Que carinhoso da parte dela", falou Colette, depois que a mulher saiu.

"Você achou?" Winnie olhava para o horizonte, sem nada de especial na mente. "Não entendo por que todos gostam de dizer às novas mães o que elas estão prestes a ganhar. Por que ninguém quer nos contar o que estamos prestes a perder?"

Ao subir a escada rumo à prefeitura, Colette pensa na legenda que leu sob a foto de Midas: *A girafa Sophie, um brinquedo francês de plástico que faz sucesso entre pais americanos, e um cobertorzinho azul do bebê também sumiram. A polícia pede para que quem tiver informações, ligue para 1-800-NYPDTIP.*

Por que alguém levaria essas coisas ao sequestar um bebê? Isso é boa notícia, conclui Colette ao entrar no elevador. Afinal, somente alguém que o ama — ou, pelo menos, alguém que não pretende machucá-lo — pensaria em pegar o cobertor e o brinquedo favorito.

No entanto, a pergunta permanece, conforme as portas do elevador se abrem no quarto andar. O lobby está estranhamente quieto, e Allison está à sua mesa olhando o computador. Ela ergue a cabeça ao som dos saltos de Colette batendo no chão de mármore.

— Boa tarde — diz Allison, e Colette vê as imagens na tela: uma cadeirinha de refeição e outra cadeirinha para o carro, uma banheira de plástico em formato de baleia.

— Deixa eu adivinhar — diz Colette. — Lista de chá de bebê? — Allison contara a Colette sobre sua gravidez uma semana antes, em absoluta confidencialidade. *Só estou de oito semanas, então não conte a ninguém*, disse ela. *Principalmente ao prefeito Shepherd. Ele já tem bastante com que se preocupar, com a eleição e esse livro.*

— Que loucura — diz Allison, se aproximando. — Não dá para acreditar na quantidade de coisas que você precisa quando vai ter um bebê.

Colette dá uma olhada na tela do computador.

— Você não precisa disso tudo. A criança vai sobreviver se for limpa com um lencinho em temperatura ambiente.

— Minha irmã falou a mesma coisa — responde Allison. — Acho que vou confiar nas especialistas. Ah, quer saber da maior? Ele está atrasado.

— Você está brincando. — Colette ergue as sobrancelhas, fingindo surpresa. — O prefeito Shepherd está atrasado?

Allisson ri.

— Ele disse que você deveria beber todo o café. Como punição. Eu acabei de trazer uma cafeteira cheia e tem alguns doces ali dentro, da reunião dele.

— Obrigada — diz Colette, percebendo a fome de repente. Ela comeu muito pouco desde a batata frita no Jolly Llama duas noites antes. Tem estado preocupada demais com Midas para pensar em comida.

O escritório do prefeito está tranquilo quando ela entra. Embora já esteja vindo há alguns meses, Colette não consegue evitar o impacto que sente. As janelas grandes com vista para a ponte do Brooklyn, a lareira, a escrivaninha que já pertenceu a James Baldwin — um presente da família. Tudo bem diferente do escritório do diretor da escola pública 212 no Bronx, onde ela e Teb passaram horas intermináveis trabalhando juntos, quatro anos antes, na primeira biografia, comendo burritos para viagem e tomando cerveja de uma birosca mexicana. O livro tinha sido mais bem-sucedido do que todos esperavam, com resenhas de capa de jornal, menções em revistas, uma turnê de palestras e, um ano depois, a candidatura de sucesso rumo à prefeitura de Nova York. Seu editor oferecera a ele uma fortuna pela sequência que abordaria o relacionamento com a mãe, uma ativista de direitos humanos que marchara ao lado de Martin Luther King Jr. em Selma.

Colette serve uma caneca de café para si e senta-se à mesa redonda com vista para o City Hall Park, tentando não se irritar por ter que esperar por ele — de novo. Ela deveria aproveitar o tempo que tem sozinha, tempo que pode usar para avançar no novo material que precisa entregar em alguns dias. Ela retira o laptop da bolsa e abre um documento, percorrendo os capítulos que enviou, na tarde anterior, para Aaron Neeley, chefe da equipe de Teb. A pele dela pinica de constrangimento. As páginas estão terríveis. A escrita está torta e infantil, o diálogo quase ilegível.

Ela ouve a notificação de um novo e-mail no celular e estende a mão para pegá-lo, grata pela distração. É Francie. Colette tem estado em contato com ela e Nell durante os dois últimos dias, compartilhando artigos sobre o "Bebê Midas", termo dado pela imprensa, perguntando se alguém já teve notícias de Winnie.

Colette havia mandando um e-mail para Winnie na véspera e, depois de algumas horas, ela respondeu.

Quem está com o meu bebê? Como eu vou sobreviver a isso?

Colette escreveu de volta na mesma hora e perguntou se ela queria companhia ou que levasse algumas compras. Winnie ainda não respondeu ao e-mail ou à mensagem de texto que ela enviou horas depois.

Vocês viram isso?, escreveu Francie. Anexo no e-mail havia um link para um blog sobre crimes, um dos muitos que abordam investigadores on-line, cuja existência Colette ignorava antes. Pessoas que pareciam dedicar um tempo enorme tentando desvendar crimes não resolvidos. Ela lê a postagem:

Uma vizinha afirma ter passado, por volta de 9h30, por uma mulher perto do apartamento de Winnie naquela noite. Ela descia a rua com um bebê chorando e que parecia ter a mesma idade de Midas.

Uma nova mensagem de Nell chega no mesmo instante.

As pessoas têm consciência de que o crime aconteceu no Brooklyn, certo? Eles multam as mulheres que andam por ali sem um bebê chorando.

— Oi, Colette. Desculpe pela demora. — Ela fecha o e-mail. Aaron Neeley está em pé à porta. Sua camisa está amarrotada e há um restinho de barba no queixo que ele esqueceu de raspar.

— Está tudo bem? — pergunta ela.

Aaron segura uma pilha de pastas junto ao peito, e as coloca, uma a uma, na mesa de Teb.

— Sim, ele está em uma reunião com Ghosh. Esse negócio do sequestro. Que pesadelo. — Ele olha para ela. — Imagino que tenha ouvido falar?

Ela limpa a garganta. Colette deveria explicar a situação, contar a ele que Winnie é amiga sua, que ela estava lá naquela noite; mas algo lhe diz para esperar, para falar com Teb antes. Ela sabe o que pode significar para ele se vazar que alguém próximo está ligado a isso.

— Sim.

— Com que idade a Patty está?

— Poppy. Quase oito semanas.

Aaron sacode a cabeça.

— Os gêmeos têm 7. Nem posso imaginar.

— Quais as últimas notícias? — pergunta Colette.

— Ah, não sei. Ghosh está na defensiva. Um policial novato que saiu da Academia há uma semana fez merda. Não usou luvas, deixou digitais por todo lado. Uma verdadeira bagunça. — Aaron suspira ao olhar para ela. — De qualquer maneira, o prefeito não deve demorar. Está na expectativa para discutir sobre as coisas que você mandou ontem. Estamos chegando lá, hein?

— Com certeza. — Ela vira para a tela do seu notebook quando ele sai.

Em reunião com Rohan Ghosh. Ghosh e o prefeito eram amigos na SUNY Purchase, e, quando Teb nomeou Ghosh para o cargo de delegado-chefe em Cleveland, todos alegaram que era nepotismo. Ghosh foi considerado a pessoa menos experiente a exercer o cargo mais alto da NYPD.

Colette abre o documento de novo, se esforçando ao máximo para manter o foco. Porém, ao olhar as pastas que Aaron deixou na mesa, ela imagina se incluem suas anotações sobre os capítulos enviados ontem. A mulher levanta e vai até o móvel de bufê para comer um pão doce, e observa a pilha de pastas. Ela precisa ler mais de uma vez para ter certeza de que enxergou direito o nome que está escrito com uma letra firme, em tinta preta, em uma pasta de arquivo no topo.

ROSS, MIDAS.

Colette caminha até a porta e a deixa entreaberta. Com o pão doce na mão, ela abre a pasta e espia dentro. A foto de um homem, alto e magro. Ele está com um moletom de capuz e entrega alguma coisa a um balconista de loja. Outra foto, agora de perfil, tirada da mesma câmera de segurança quando ele desvia do balcão. E depois, uma com ele caminhando em direção à porta, olhando diretamente para a câmera. Colette folheia os papéis que estão por baixo: cópias de anotação escritas à mão, uma foto do berço de Midas com lençóis verdes e decalques de passarinhos colados no teto. Depois, outra foto do homem, essa nítida e colorida. Ele é de ascendência árabe e olha para a câmera, com os óculos escuros no alto da cabeça e um bebê no antebraço, em parte protegido por um cobertor.

Ela ergue a fotografia mais para perto dos olhos e então ouve passos do lado de fora da sala. Ela põe a foto de volta na pilha, fecha a pasta e corre para a mesa. A pessoa passa direto pelo escritório de Teb e Colette olha para suas anotações — a história de Teb enfim confrontando o namorado abusivo da mãe —, mas não consegue tirar a imagem da cabeça. O sorriso do homem. As mãos dele amparando a cabecinha do bebê.

Quem está com o meu bebê? Como eu vou sobreviver a isso?

Antes que consiga pensar, Colette pega a bolsa na cadeira ao lado, vai até a mesa de Teb e coloca a pasta dentro. Segue com calma pelo corredor até a sala de cópias, onde tranca a porta. O suor das mãos borra a tinta do carimbo ALTAMENTE CONFIDENCIAL no topo de cada página, conforme ela folheia a pilha. Colette sabe que está infringindo seu contrato com Teb. Segundo o acordo de confidencialidade, ela não pode acessar informação alguma que Teb não tenha compartilhado com ela. Ela não pode falar sobre assuntos que tenha ficado sabendo durante o trabalho. Não pode sequer admitir que é a pessoa que escreve os livros dele.

Ela escuta uma batida à porta.

— Oi? — É Allison. A maçaneta gira. — Tem alguém aí?

Colette enfia os papéis de volta na pasta e a coloca embaixo de uma caixa, em uma prateleira acima da copiadora. Ela pega a bolsa no chão e remexe dentro. Abre os quatro primeiros botões da blusa, revelando a parte de cima do seu sutiã de amamentação. Acalma a respiração antes de abrir uma fresta da porta.

— Desculpe. — Ela diz a Allison, com um sorriso sem graça, erguendo uma bomba. — O prefeito ainda não chegou e preciso tirar leite. O banheiro é meio desagradável.

Allison franze a testa constrangida.

— Ah, meu Deus, me desculpe! É claro. Vou ficar de olho pra você.

— Muito obrigada.

Colette tranca a porta de novo e espera alguns instantes, antes de pegar a pasta outra vez. Dez minutos depois, ela está de volta no corredor, caminhando devagar até Allison.

— Está vendo o que te espera?

Já no escritório, ela devolve a pasta à pilha. Ela acaba de se sentar e abrir o laptop quando Teb entra. Ele está sem o paletó e as mangas da camisa estão arregaçadas até os cotovelos, o tecido esticado sobre os músculos rijos de suas costas.

— Você me odeia? — pergunta ele, jogando um caderno na mesa. O sorriso é imenso e radiante, igual ao que está nos outdoors por toda a nação, como parte da campanha "Verdadeiros heróis", da Ralph Lauren. Ele não apresenta qualquer sinal da reunião difícil que acabou de ter.

— Não, claro que não, prefeito.

Ele faz uma careta.

— Quantas vezes tenho que pedir para não me chamar assim? É estranho demais vindo de você.

— Desculpe. Não, eu não odeio você, Teb Marcus Amedeo Shepherd.

— Não precisa exagerar. — Ele folheia as pastas que Aaron deixou, depois coloca sobre o móvel ao lado da sua mesa. — Tenho más notícias.

Ela sente um aperto no peito.

— Sobre Midas?

— Midas?

Ela sacode a cabeça.

— Midas Ross. O bebê do noticiário. Aaron disse que você estava com Ghosh. Achei que fosse dizer…

— Eu imaginei que isso a deixaria abalada. Aquele bebê tem a mesma idade de Poppy. — Ele dá as costas para ela e pega uma xícara de café. — Que tipo de monstro sequestraria um bebê?

— Você tem alguma…

Ele faz um gesto com a mão, descartando a pergunta.

— Não, a má notícia não é sobre ele. É sobre você e eu. Tenho que cancelar a nossa reunião. Não tive chance de ler o que me mandou ontem e agora tenho outra reunião para ir.

A tensão no peito dela se desmancha em alívio. Colette não precisa passar a próxima hora falando sobre o livro horrendo. Pode sair e tentar entender o que acabou de ler.

— Teb… — diz ela, fazendo questão de entoar o nome com um tom de irritação.

— Eu sei — fala ele. — Sou um babaca. Desculpe. Você passa aqui amanhã?

Ela começa a guardar o laptop e o caderno.

— Claro.

— Não. Espera. Vou passar o dia todo em Long Island angariando fundos. Depois de amanhã?

Ela assente.

— Quando você puder.

— Valeu, C. — Ele se senta à mesa e verifica o celular. — Como está o meu bebê?

— Adorável.

— É? Ela está dando trabalho à mãe? Porque, se estiver, vou ter uma conversinha com ela.

— Não sei se vai adiantar, mas sinta-se à vontade para dizer que é bom que ela comece a dormir a noite inteira.

Ele continua olhando o celular e estende a mão.

— Deixa eu ver. — Ele olha para cima. — Preciso de uma foto recente.

O telefone dela está dentro da bolsa. Teb se levanta e ela vira de costas para ele. Com muito cuidado, Colette abre o zíper da bolsa, bem na hora em que Aaron surge à porta.

— Com licença, senhor, mas eles estão esperando você.

— Certo. — Teb dá uma golada no café e pousa a caneca no móvel ao lado das pastas. — Mande uma mensagem com algumas fotos — diz ele, estendendo a mão para tocar o braço dela a caminho da saída.

Colette se despede de Allison e, lá fora, caminha rapidamente em meio à multidão, passando pelo ar perfumado com aromas terrosos e de óleo queimado de pretzel, rumo ao metrô. Ela escolhe um lugar bem no fundo frio e isolado do vagão. Dez minutos depois, conforme a composição sai do túnel na ponte do Brooklyn, ela olha o fluxo de pedestres seguindo o caminho sob o sol quente de julho. Pega o telefone, as lágrimas ardendo nos olhos, enquanto digita.

Vocês estão livres amanhã de manhã para virem à minha casa? Preciso contar uma coisa a vocês.

CAPÍTULO 6

Noite dois

Não sei o que fazer.

Estou tentando manter em mente o que a doula me disse: respirar profundamente engata o sistema nervoso parassimpático, o estado de descanso e de relaxamento. Mas não está funcionando. Meu peito está contraído demais e não consigo respirar direito. Preciso sair daqui, respirar ar puro, mas os jornalistas estão lá fora, rondando, esperando para me fazer perguntas. Aquele cara do *Post*, Elliott sei lá o quê, com suas roupas ridículas, o corte de cabelo barato e a pele oleosa, dando orgulho à mãe por ver o nome do filhinho impresso. Ele fica ali o tempo todo, falando com os vizinhos. Onde você estava naquela noite? O que acha que aconteceu? O que pode me dizer *sobre a mãe*?

Eu ando de um lado para o outro do corredor, instintivamente evitando a instável sexta tábua corrida na frente do quarto do bebê. Mantenho as cortinas fechadas. Não quero que saibam que estou aqui. Não quero outra visita de um detetive, me perguntando se posso falar, imaginando se há algo que eu possa acrescentar.

Não tenho nada a declarar. Eu me lembro de tão pouca coisa. Os detalhes daquela noite vêm e vão, como um borrão veloz de acontecimentos estáticos.

Lembro-me de ter lido o e-mail de Nell sugerindo uma saída noturna, algumas horas longe dos bebês. Lembro-me de pensar: *Não, claro que não vou*. Mas, então, releio o e-mail e reflito. Nell foi tão persistente.

Venham todas, principalmente a Winnie. Não vou aceitar um não como resposta.

Tudo bem, eu decidi logo. Não vou negar. Minha resposta vai ser sim! E por que não? Eu mereço um passeio noturno tanto quanto qualquer pessoa. Mereço me divertir. Por que sempre tive que ser a mulher que fica em casa, obcecada pelo bebê, quando todas as outras mães do mundo parecem não ter qualquer problema em sair, comemorar um feriado, tomar um ou dois drinques? De alguma maneira, elas conseguem navegar por esse mundo novo sem qualquer esforço. Tão calmas. Tão confidentes. Tão perfeitas, caralho.

Por que eu não poderia ser como elas?

Então, me vesti. Lembro-me disso. Lembro-me de escolher o vestido que apertava na cintura como um par de mãos fortes. Lembro-me de entrar no bar, avistá-las, olhos cansados contornados de kajal preto, olheiras disfarçadas com excesso de corretivo, lábios brilhando com um batom que não usava há meses.

"Rebel Yell." Cantei junto, dancei, era parte delas, membros da mesma tribo. Lembro-me de me sentir mal, como se precisasse sair dali. Então, aquele cara surgiu do nada e me ofereceu um drinque, os olhos azuis de mar profundo, os lábios carnudos. Caras como ele só me colocaram em enrascadas durante a vida inteira.

Lembro-me de muito pouco depois disso.

Às vezes, quando fecho os olhos e tento dormir, me lembro de estar caminhando pelo parque, nas sombras. Eu rezo.

Meu bom Deus, por favor, traga o Joshua de volta para mim. Faço qualquer coisa.

"Você está bem?"

Eu estava sentada em um banco com um homem à minha frente, um cachorro aos seus pés, o rosto encoberto pelas sombras por causa da luz do poste atrás. Ainda não sei se ele era real ou outra alucinação.

Por que ele me deixou?, queria gritar para aquele homem. *Eu não mereço isso, não depois de tudo que fiz por ele.*

"Estou bem", respondi, depois que ele se sentou no banco, ao meu lado, a coxa encostada à minha, o braço estendido no encosto do banco atrás de mim. "Obrigada. Só preciso conversar com alguém."

Era apenas isso que eu queria fazer. De verdade. Só queria conversar com Joshua. Dizer que ficar com ele era tudo que importava para mim. Contar das cartas que tinha escrito, talvez ler uma ou duas para que ele soubesse como eu me sinto e o quanto ainda o quero. Como lamento por qualquer coisa de errado que possa ter feito.

Não, detetive, lamento. Não posso lhe contar nada.

Desculpe, repórter gorducho Elliott. Não tenho nada a acrescentar.

Minha mão treme enquanto escrevo isso. Sinto-me fraca e confusa. Eu me esforcei muito para ser uma boa mãe. Fiz o melhor possível.

Meu Deus, o que foi que eu fiz?

CAPÍTULO 7

Dia três

PARA: Mamães de Maio

DE: As amigas do Village

DATA: 7 de julho

ASSUNTO: Conselho de hoje

SEU BEBÊ: DIA 54

Hora de falar da barriguinha! Colocar o bebê de bruços é essencial — mesmo que seja só por dez minutos, a cada intervalo de algumas horas. Este tempo ajuda a fortalecer os músculos da barriga e do pescoço, e, a essa altura, quando estiver de bruços, ele deve estender as mãos para pegar brinquedos, os dedos ou até o seu nariz (talvez seja uma boa hora para investir naquele cortador de unhas de bebê!).

Francie percebe o seu reflexo ondulado nas portas de metal escovado do elevador, evitando a forma como o sling acentua a parte mais larga do alto do seu corpo. Nell, ao lado, é cerca de oito centímetros mais alta e exibe uma imensa tatuagem. Francie alisa os cachos, desejando que tivesse tido tempo de lavar os cabelos ou, ao menos, de aplicar uma camada de rímel e um brilho nos lábios. Essa manhã foi particularmente difícil. Will acordou às cinco horas, chorando por uma hora, recusando-se a mamar.

Francie se inclina à frente e olha para a sua blusa e para as fatias de batata que enfiou no sutiã essa manhã.

Nell olha para ela.

— Está assando uma batata aí dentro?

— Não. — Francie ajusta as batatas, que estão cobrindo o inchaço vermelho e quente. — A Scarlett me disse para fazer isso. — Convencida de estar com um duto entupido, Francie pediu conselhos a Scarlett. Ela é uma daquelas mães que parecem sempre saber o que fazer, enviando e-mails ao grupo com dicas úteis: doze saquinhos de chá de camomila no banho para curar a assadura do bebê da Yuko; uma crítica do novo cueiro da boutique de bebês, perto da Starbucks.

Que bom que você perguntou, porque sei de um truque — Scarlett escreveu à Francie na noite anterior, em resposta ao pedido frenético de ajuda. Primeiro, NADA DE CAFEÍNA. Segundo, uma camada de batata orgânica dentro do sutiã, por três horas, toda manhã. Parece estranho, eu sei, mas deve dar um alívio imediato. Mas já passaram cinco horas de batatas e os seios de Francie ainda ardem. Ela se repreende por ter ido contra o bom senso e comprado batatas que não eram orgânicas hoje cedo, só para economizar três dólares. Deveria ter seguido o conselho de Scarlett ao pé da letra. Por isso que não está funcionando.

As portas do elevador se abrem e elas seguem até o apartamento 3A, onde Colette abre antes mesmo que elas possam bater à porta. Francie fica vermelha ao se deparar com Colette, sem blusa, os seios fartos explodindo de um sutiã rosa de renda, os braços e a barriga com uma constelação de sardas cor de canela.

— Desculpe — diz Colette, amarrando os cabelos para trás, os pontinhos de pelos nascendo nas axilas. — O bebê acabou de golfar na minha última blusa limpa. — Ela as conduz para dentro da sala. — Fui dobrar roupa hoje de manhã e, quando terminei, Charlie me disse que eu tinha acabado de dobrar dois cestos de roupa suja. Deu vontade de morrer.

— É mesmo? — diz Francie, arrebatada demais pelo apartamento de Colette para ter ouvido o que ela disse. Tirando a casa de Winnie, ela nunca estivera em um apartamento tão bonito em Nova York. O piso de tábuas corridas. A sala de estar imensa, grande o bastante para caber dois sofás e duas poltronas. A mesa de jantar de dez lugares junto à parede envidraçada. A sala sozinha já era maior que o apartamento todo de Francie, tão pequeno que ela não pode nem convidar amigos para jantar; onde ela precisa guardar as roupinhas do bebê em cestos plásticos no canto do único quarto; onde ela precisa amamentar na sala à vista dos residentes do prédio de luxo que foi erguido do outro lado da rua há pouco tempo. Lowell a pressiona para eles se mudarem para um lugar maior, mais distante, no Brooklyn ou talvez até no Queens, mas Francie não quer nem ouvir, não com o distrito escolar em que eles se encontram. Os dois precisam aturar aquilo pelo bebê, pelo bairro, pela promessa de uma educação de qualidade.

— Como foi? — pergunta Colette a Nell.

Nell despenca no sofá.

— Horrível. — Ela tinha mandado um e-mail para as amigas ontem contando que demitira Alma e, hoje, deixaria Beatrice para seu primeiro dia na creche Bebê Feliz. A filha faria dois dias como período de adaptação, antes de permanecer em período integral, quando a mãe voltasse ao trabalho. — Choro histérico. Uma cena. Todas as outras mães ficaram estupefatas.

— Eles conseguiram consolar a Beatrice? — pergunta Francie.

— Não foi a Beatrice que chorou — diz Nell. — Fui eu. — Ela limpa o nariz com o lenço de papel amassado. — Fiquei parecendo uma idiota.

Colette se senta ao lado de Nell e passa o braço em volta dela, mas Francie fica paralisada. Como Nell pode fazer isso? Deixar a *filha* dela o dia inteiro sob os cuidados de pessoas estranhas? A melhor coisa que você pode fazer, pelo menos nos seis primeiros meses, é segurar o bebê o máximo de tempo possível. Um funcionário de creche não vai fazer isso. Às vezes, ao amamentar Will, Francie pega o telefone e lê as postagens mais recentes de euvisuababa.com, um fórum para pais postarem coisas que veem as babás fazendo às crianças: ignorando-as, gritando com elas, falando ao telefone enquanto a criança brinca sozinha.

— Vai dar tudo certo, não vai? — pergunta Nell, mexendo na bolsa à procura de um lenço de papel limpo. — Eles não vão maltratá-la?

— É claro que vai dar — diz Colette. — Milhões de mulheres fazem isso todos os dias.

— Eu sei — assente Nell. — E pelo que pagamos naquele lugar, eu espero chegar lá hoje, e encontrá-la com unhas feitas, fatias de pepino nos olhos e um cálice de leite na mão. — Ela limpa os olhos, deixando um borrão de rímel preto na bochecha direita. — Sinto-me tão mal por ter demitido a Alma, mas o que eu podia fazer? Ela está sendo caçada pelos jornalistas. Não quero Beatrice perto disso.

— É horrível — diz Colette. — Charlie comprou o jornal hoje de manhã. Tem uma foto dela no parquinho com a filha. Eles a fizeram sair correndo do lugar.

— Eu estou um trapo. Passo o dia pegando no pé do Sebastian. Tudo que ele diz me irrita. E o bebê está acordando de hora em hora.

Colette vai até a cozinha e pega uma caixa de doces na bancada.

— Não ajuda muito, mas comprei uns bolinhos de gotas de chocolate. Acho que vão ser bons para vocês. — Ela os coloca em um prato e leva até a mesa de centro, antes de seguir pelo corredor, na direção dos quartos dos fundos. — Preciso achar uma blusa. Tem café, se quiserem.

Nell senta no sofá.

— Para mim, não. Já tomei quatro xícaras.

Francie caminha até a cozinha, separada da sala por uma ilha quadrada bem grande. Ela passa a mão na madeira lisa e na bancada branca imaculada, com as pias duplas. Antes de abrir a geladeira, percebe as várias polaroides presas na porta. Poppy deitada em uma colcha rosa macia apoiada em um travesseirinho de amamentação. Colette e um homem alto e bonito que Francie imagina ser Charlie; os braços bronzeados dos dois ao redor da cintura um do outro, os longos cabelos ruivos de Colette ao vento na praia, o rosto salpicado por uma porção de sardas. Um bilhete em escrita masculina, meio empenado e amarelado pela luz que entra da janela ao lado.

Atenção utensílios de cozinha, livros incompletos, "artefatos infantis inúteis" e objetos do lar em geral: tenham cautela. Colette Yates está em aninhamento. Nenhum de vocês está a salvo.

Colette aparece com uma camiseta branca masculina que parece engoli-la.

— Você conhece ela? — pergunta Nell a Colette. Ela está de pé, em frente a uma estante de livros, segurando uma fotografia em um porta-retratos.

Colette olha para Nell e segue até a cozinha, servindo uma caneca de café.

— Sim.

— Como?

— É minha mãe.

— Você está de sacanagem.

— Quem? — pergunta Francie. Nell vira a fotografia e Francie se aproxima para ver melhor. É a imagem de uma mulher mais velha, com cabelos brancos em um corte chanel, erguendo os braços, triunfante, em cima de uma prancha de stand up paddle.

— Rosemary Carpenter.

Pela expressão perplexa no rosto de Nell fica claro que Francie deveria saber de quem se trata.

— Desculpe, mas não a conheço.

— Ela fundou o WFE — diz Nell.

Francie está chocada.

— A organização de luta livre?

Colette e Nell dão uma gargalhada e Francie fica vermelha de vergonha.

— Não. A Women for Equality. A organização feminista.

— Na verdade, não deixa de ser uma organização pela luta livre — diz Colette.

Nell põe a foto de volta.

— Minha mãe me deu uma edição autografada do livro dela como presente de formatura do ensino médio.

— Que engraçado — diz Colette. — A minha também.

Francie não tem certeza do que dizer, imaginando por que todo mundo em Nova York parece ser famoso ou conhecer alguém famoso. Winnie. A mãe de Colette. A única pessoa famosa que Francie já conheceu antes de se mudar pra Nova York foi o dono da maior rede de concessionárias do oeste do Tennessee, cujo retrato de família ela ajudou a tirar no estúdio de fotografia onde trabalhava.

— Como foi? — pergunta Nell.

— Você quer dizer como foi ser filha da mulher conhecida por cunhar a frase: *A única coisa pior para uma mulher do que ser dependente de um homem…*

Nell termina a frase:

— *… é ter filhos dependentes dela.*

— Que coisa horrível. — Francie deixa escapar sem querer.

— Foi complicado, mas não podemos entrar nesse assunto agora. Charlie vai estar de volta em breve e tenho uma coisa que preciso falar com vocês.

— É sobre o Midas? — pergunta Francie.

— Sim.

— Que bom. Eu tenho pensado muito sobre as coisas. — Francie tira Will do sling e o coloca no chão, antes de tirar o caderno da bolsa de fraldas. Ela ajoelha na área macia do tapete e abre a lista que está fazendo daquela noite, incluindo quem estava lá e o horário em que foi embora. — Montei uma sequência clara de acontecimentos, vendo se há alguém que preencha as lacunas. Onde estava Winnie? A que horas ela saiu? Com quem, se é que foi com alguém?

Nell está sentada no chão, ao lado de Francie.

— Alguma coisa no trabalho da polícia não bate — diz Francie. — O tio do Lowell trabalha na justiça. Tenho lido as notícias para ele, que está pasmo pela quantidade de equívocos que os policiais cometeram. Vocês viram isso? — Ela procura na bolsa o artigo de Elliott Falk que ela imprimiu do site do *Post* essa manhã. — Aparentemente, alguém abriu as janelas do quarto de Midas e mexeu nos lençóis do berço antes que as fotografias fossem tiradas.

— E vocês leram a matéria de ontem? — pergunta Colette. — Insinuando que a pessoa que levou Midas poderia estar *dentro da casa* quando a polícia chegou?

— Li — diz Nell. — Será que foi por isso que a porta estava entreaberta quando chegamos lá?

— Vamos começar com a forma que alguém pode ter entrado. — Francie recosta no sofá. — Nell, preciso perguntar de novo. Você pensou mais um pouco sobre a chave e o telefone? Alguma ideia do que pode ter acontecido com eles? Os dois objetos não podem ter desaparecido *do nada*.

Nell mantém o olhar no caderno.

— Eu não sei. Coloquei o telefone dela na minha bolsa. Eu sei que coloquei. Vocês viram.

— Quando você deixou a bolsa cair e as coisas se espalharam, acha que o telefone caiu? Talvez possa ter ido parar embaixo de alguma mesa?

— Eu deixei a bolsa cair?

— Você não lembra? — Francie tenta não mostrar irritação na voz. — Quando foi procurar o telefone da Winnie?

— Certo — diz Nell, mas Francie ouve o tom de incerteza. — Eu não acho que o telefone caiu.

— Conte o que você lembra.

Nell pressiona as mãos nos olhos.

— Eu fui até uma garçonete para pedir batatas fritas. Logo depois, caminhei até o bar para pedir um drinque com a Scarlett. — Nós voltamos...

— Não, você está errada. — Francie *sabia*. Nell estava mais bêbada do que ela imaginara. — A Scarlett não estava lá.

— Não?

Francie sente uma onda de remorso. *Por que* ela confiou o telefone da Winnie a Nell? Ela sabia muito bem que a amiga tinha bebido demais. Por que não foi mais inteligente?

— Não. Olha. — Ela empurra o caderno para Nell e aponta a lista de nomes. — A Scarlett não foi.

— Relaxa. Eu estou dizendo o nome errado — responde ela, na defensiva. — Já disse a vocês, gente, que sou terrível com nomes. Quem foi a mulher que veio, mas foi embora logo? A que faz Pilates. Nós fomos pegar um drinque juntas.

— A Gemma? Com uma regata azul e calça jeans?

— Isso, a Gemma. Era ela.

— E depois? — pergunta Francie.

— Foi isso. Fui até o banheiro. Voltei para a mesa, todas papeamos por um tempo e aí a Alma ligou.

— Tem certeza? Você não pediu a ninguém que segurasse a sua bolsa? Não perdeu ela de vista em momento algum?

— Francie, respire — diz Colette. — Você vai desmaiar.

— Só não consigo ver nenhum sentido nisso. Onde a Winnie estava quando a Alma ligou? Em que momento ela voltou para casa? Vocês viram o que a Patricia Faith disse no *Hora da fé* de hoje de manhã?

Nell solta um suspiro irritado.

— Patricia Faith. Eu odeio aquela mulher. Como uma ex-miss Califórnia pode ser qualificada para ter um talk show de uma hora na TV a cabo?

— Sabe qual foi a especialidade dela no concurso de beleza? — pergunta Colette. — Comentário social.

— Ah, por favor — fala Nell. — O quê? Ela ficou no palco de biquíni e argumentou a favor de os estudantes irem armados para as escolas?

— Dá para imaginar a espuma brotando na boca da Patricia — diz Colette. — Um bebê rico roubado. A mãe, uma ex-atriz linda que já foi famosa, agora mãe solteira. Ela vai render uma fortuna ao canal.

— Eu sei — diz Francie —, mas vocês viram o que ela disse essa manhã? Eles sabem sobre nós. Que estivemos lá dentro.

Nell se engasga e agarra o punho de Francie.

— Como assim? — Ela perdeu a cor. — Ela mencionou a gente? Pelo nome?

— Pelo nome, não — responde Francie, levantando e pegando Will, que começou a resmungar. — Ela nos chamou de "amigas de Gwendolyn Ross". Disse que tivemos permissão para entrar na cena do crime.

Francie não pôde negar o susto ao ouvir aquelas palavras, sabendo que foi ela, Francie Givens, de Estherville, Tennessee, com uma população de 6.360 habitantes, que fora mencionada por Patricia Faith — mesmo que não pelo nome —, como amiga de Winnie Ross. Ela empurra um artigo da pilha na direção de Nell.

— Isso foi descoberto pela imprensa.

Nell lê em voz alta.

— Como noticiado em primeira mão pela celebridade televisiva Patricia Faith, três amigas de Gwendolyn Ross, não identificadas, aparentemente entraram na residência, até que foram tiradas à força por um oficial do departamento de polícia.

— À força? — diz Colette. — Isso é um pouco de exagero.

— Eu sei — fala Francie. — Mas essa não é a pior parte. — A pior parte foi uma outra revelação de Patricia Faith, a mesma coisa que Francie tinha lido em outro lugar e que agora lhe dá um nó no estômago. Quando se trata de determinar se um bebê raptado será encontrado vivo, as primeiras 24 horas são *decisivas*. — Se a polícia tiver feito uma merda tão grande quanto os jornais estão noticiando, vocês percebem o que isso significa? — Ela nem consegue pensar na ideia de que Midas pode estar em perigo ainda maior por conta de alguns policiais incompetentes.

Colette pousa a caneca de café. Alguma coisa em sua expressão faz com que Francie pare de balançar Will.

— O que foi?

— Olha, me escutem. Eu me sinto mal em dividir isso, mas tenho uma informação nova. Sobre Midas.

— Como assim? — pergunta Francie. — Eu estou lendo tudo que sai nos jornais. Se é algo que foi divulgado...

— Não foi divulgado. Descobri por causa do meu trabalho.

— Seu trabalho?

— É. A biografia que estou escrevendo, sabe? É de Teb Shepherd.

— Você está brincando — diz Nell. — O *prefeito*?

— Sim. Eu sou a ghostwriter dele.

— Por que ele precisa de uma? O primeiro livro dele foi incrível.

— Fui eu que escrevi — diz Colette.

— Você?

Até Francie sabe sobre o livro. Todo mundo só falou disso durante meses: a biografia belamente escrita por Teb Shepherd, o jovem e lindo diretor de uma escola de ensino médio no sul do Bronx. Lowell ficou acordado a noite inteira lendo; o clube de leitura da mãe dele debateu a obra. O restaurante grego que Shepherd disse frequentar, perto do apartamento de sua mãe em Washington Heights, continua um sucesso. Grupos de mulheres de meia-idade fazem fila torcendo para avistá-lo em uma mesa dos fundos, comendo seu pedido habitual de uma manhã de sábado: pão de milho torrado e porção extra de bacon.

— É isso que eu faço — diz Colette. — Escrevo livros que outras pessoas dizem que escreveram. Não tenho permissão para falar isso a vocês, portanto, devem imaginar que não posso revelar muita coisa. Estive no gabinete do prefeito ontem e encontrei o arquivo da investigação de Midas.

— Caramba — diz Nell. — E aí? Você olhou?

— Pior. — Colette se ajoelha no chão e enfia a mão embaixo do sofá para pegar uma pasta parda grossa. — Fiz cópias.

— Ai, meu Deus — diz Francie. — Alguém sabe que você fez isso?

— Não. Eu estaria em sérios problemas. Não contei nem para o Charlie. Estou tão atrasada no livro que, ontem à noite, não tive como admitir o tempo que passei lendo o que tem aqui, enquanto ele achava que eu estava trabalhando.

— O prefeito sabe que você é amiga da Winnie?

— Eu ia contar, mas, depois de pegar o arquivo, achei perigoso. E agora não posso. Ele vai ficar imaginando por que eu não falei logo no começo...

Francie não desvia os olhos da pasta nas mãos de Colette.

— O que tem aí?

Parecem relatórios recentes, coisas específicas que eles querem que Teb veja. Se você olhar... — O interfone toca. — Merda. — Colette espera um momento. — Vou ignorar. Provavelmente é alguma encomenda do Charlie. Eles que deixem lá embaixo.

— Na verdade, acho que é o Token — fala Francie.

Colette lança um olhar irritado para ela.

— Você convidou o Token?

Mais cedo naquela manhã, ele tinha enviado um e-mail para Francie perguntando se ela queria ir tomar um café no Spot com ele. Foi bem estranho. Token nunca a convidara para fazer algo a sós, e ela não sabe muito sobre ele. Ela nunca vai esquecer o espanto, no começo de junho passado, quando ela desceu a colina apressada em direção ao salgueiro, dez minutos atrasada para a reunião das Mamães de Maio, e notou um homem na roda. Ele estava sentado ao lado de Winnie, cochichando segredos no seu ouvido. Ela ouvia, entretida, e então os dois caíam na gargalhada. Francie imaginou que ele fosse marido de Winnie, embora ele nem de longe fosse tão atraente quanto ela imaginara. Ele estava com um boné de beisebol azul-claro gasto, a cor exata dos seus olhos, e vestido como tantos homens do Brooklyn: uma camiseta desbotada e short, tênis surrados, óculos de aviador pendurado na gola. Quando Francie se sentou, ela notou o sling atravessado no seu peito e um bebê encolhido dentro. Ele não era marido de Winnie. Era um pai.

"Sou do lar", disse ele, logo depois, ao se apresentar.

"Do lar?", falou Nell. "Que bom, vai se entrosar."

"Sim, sou do lar", disse ele, sorrindo. "Minha outra metade trabalha com moda e viaja muito. Eu não pago as contas e fico em casa, com Autumn. Faço o melhor para não estragá-la."

Ele virou um frequentador habitual quase que na mesma hora, mas nunca disse nada além de alguns detalhes sobre si. Francie ainda não sabe para onde ele foi naquela noite no Jolly Llama depois que sumiu da mesa. Então, essa manhã, quando ele lhe mandou um e-mail para se encontrarem, ela falou a verdade, que ela e Nell iam para a casa de Colette, e o convidou a ir junto, na esperança de arrancar mais informações dele.

— Ele perguntou se podia vir. Eu não sabia que íamos falar sobre *isso*.

— E aí? — diz Token, quando Colette abre a porta. Ele está com uma aparência horrível: barba por fazer, a camiseta molhada de suor. Francie fica surpresa ao ver que Token não está com o sling com que sempre carrega Autumn. — Ela está com a minha mãe — diz ele, antes que Francie possa perguntar.

— Então, por que você veio? — Francie percebe o tom acusador. — Quer dizer, se eu tivesse uma folga do bebê, estaria dormindo.

Token senta no sofá.

— Eu queria ver vocês. — Ele pousa a testa nas mãos e Francie nota os cabelos grisalhos se espalhando nas suas têmporas. — Estou preocupado com o Midas. Com tudo que aconteceu. Vocês são as únicas pessoas com quem posso falar sobre isso.

Colette serve uma caneca de café para Token e volta para o chão.

— Certo, então, quanto a isso — diz ela. — Token. Todos vocês. O que estou prestes a dizer não pode sair *daqui*. — Ela abre a pasta e coloca três fotografias no chão. — Eles têm um suspeito potencial.

Token ergue a cabeça como um raio.

— Eles têm um suspeito?

— É, esse cara. O nome dele é Bodhi Mogaro. Acho que ele está envolvido.

Francie se ajoelha ao lado de Colette. O homem na fotografia tem olhos castanho-escuros e pele morena clara; os cabelos pretos estão raspados rentes à cabeça.

— O que você sabe sobre ele? — pergunta Token.

— Ele foi visto perto do prédio de Winnie duas vezes. No dia 3 de julho, comprou cerveja e cigarros em uma mercearia do outro lado da rua. Usou cartão de débito. Foi assim que descobriram o nome dele. O balconista se lembra de que ele estava inquieto. Disse que Bodhi se sentou em um banco próximo, junto ao muro do parque, observando o prédio. Estudando-o, pelo que parecia. Na noite seguinte, ele foi visto de novo na frente do prédio dela, agindo de maneira estranha. Gritando, ao telefone.

— Na noite em que o Midas foi levado? — pergunta Nell.

— É.

— Ele mora em Detroit — diz Token, lendo um jornal que tirou da pasta. Um facho de sol entra pela janela e bate no seu lugar no sofá, dificultando que Francie identifique a expressão dele.

— Isso — diz Colette. — Chegou de avião a Nova York no dia 3 de julho. Tinha um voo de volta no dia 5, mas não embarcou. Eles não sabem onde ele está.

— Como assim não sabem onde ele está? — pergunta Francie.

— Quero dizer que a polícia não consegue encontrá-lo. Ele desapareceu.

— Jesus — fala Nell.

— Eles acham que ele está com o Midas para pedir resgate? — pergunta Francie. — Atrizes provavelmente lidam com esse tipo de coisa o tempo todo. Lowell me disse que, se esse fosse o motivo, a essa altura, já teriam entrado em contato. — Ela ainda está convencida de que Lowell possa estar errado. Afinal, o tio dele, e a sua fonte na lei, é delegado em Estherville. O que ele poderia saber sobre um caso desse porte, com uma ex-atriz famosa, uma multimilionária, a filha de um empreiteiro influente?

— Não há menção de sequestro. Pelo menos, nesse arquivo.

— Você viu que ele é do Iêmen? — pergunta Nell.

— É, mas ele já está aqui há doze anos — diz Colette. — Fiz uma pesquisa on-line. Não tem muita coisa. Ele tem uma página no Facebook, mas está tudo escrito em árabe. Encontrei uma pessoa com esse nome que é mecânico de uma empresa de aluguel de jatos particulares para clientes ricos perto de Detroit. Só pode ser ele.

Aviões?

— Ele tem acesso a aviões? — diz Francie.

Poppy grita de algum lugar no fim do corredor.

— Eu liguei mais uma vez para Winnie — diz Colette, levantando. — Pela terceira vez. Não atende.

Nell esfrega os olhos.

— E a casa dela, com todas aquelas câmeras e jornalistas? Está fora de controle. Algum babaca tentou me parar quando passei por lá, a caminho daqui, perguntando se eu morava perto, se tinha algum comentário.

Vários vizinhos de Winnie já deram entrevistas, indagados quanto ao que sabem dela, se notaram alguma coisa suspeita naquela noite. Francie se sente enojada com a maneira como muitas pessoas estão dispostas a entrar na conversa, dizer o que for preciso para ver os seus nomes no jornal: que Winnie parecia tranquila, ligeiramente reservada. Que eles nunca a viram com um homem. Admitem estar curiosos para saber quem é "o pai".

Token levanta e vai devagar até a janela, olhando para o outro lado da rua, para o parque.

— Vão transformar isso na porra de um circo — diz ele. — Dá para sentir.

Colette segue em direção aos gritos de Poppy, e Francie continua a estudar o conteúdo da pasta, olhando as anotações de Mark Hoyt. Ela não diz nada, mas também esteve algumas vezes no prédio de Winnie nos três últimos dias, à noite, depois de os jornalistas irem embora. Will fica muito manhoso às sete de noite, antes de Lowell voltar para casa e poder ajudar. É difícil ficar no apartamento, presa no calor, quando ele está chorando daquele jeito. Assim, ela o leva para dar uma volta.

Francie, em geral, senta no banco do outro lado da rua, de frente para o prédio de Winnie. Está escuro lá dentro. Mas, ontem à noite, conforme o céu escurecia e os mosquitos zuniam nos seus cabelos, ela segurou Will bem forte no peito, sussurrando no seu ouvido, pedindo que ele ficasse quietinho, certa de ter visto algum movimento lá dentro.

CAPÍTULO 8

Dia quatro

PARA: Mamães de Maio
DE: As amigas do Village
DATA: 8 de julho
ASSUNTO: Conselho de hoje
SEU BEBÊ: DIA 55
Você acha que o sorriso do seu parceiro é de derreter o coração? Pode esperar. O primeiro sorriso de um bebê chega mais ou menos na mesma época em todas as culturas, portanto, se ainda não aconteceu, prepare-se para ser recompensada por todo o cuidado amoroso com uma risada radiante e banguelinha só para você. Isso provavelmente vai fazê-la pular de alegria (mesmo que tenha acabado de passar a pior noite da sua vida).

Nell olha as araras de vestidos pendurados como corpos sem esqueletos em um mastro fino de aço. Verifica o relógio e vê que ainda tem mais duas horas até pegar Beatrice na creche. Uma jovem se aproxima, com um sorriso pintado de cereja acima de dentes incrivelmente brancos.

— Quer que eu reserve um provador? — Ela usa uma rosa preta de tecido nos cabelos louros cacheados e uma camisa tão curta que revela as costelas.

— Não, já estou pronta — diz Nell, seguindo-a para os fundos da loja, até um provador separado das araras de roupas pela mesma cortina fina floral que Nell pensou em comprar na IKEA.

— Me avise se precisar de outro tamanho — diz a garota, fechando a cortina. Nell tira o short e a blusa, as lágrimas brotando pela terceira vez naquela manhã. Ela não consegue acreditar que tem que voltar para o trabalho no dia seguinte, e deixar Beatrice sob os cuidados de estranhos durante nove horas por dia. Teve que implorar para Sebastian fazer a ligação para Alma e lhe dizer que eles tinham concluído que seria melhor colocar Beatrice na creche, ao menos por ora. A babá ficou arrasada. Nell escutou, junto ao ouvido de Sebastian, enquanto Alma dizia o quanto ela lamentava, como não conseguia dormir, que já tinha sido interrogada pela polícia três vezes e que os jornalistas ligavam e apareciam sem parar no seu apartamento.

"Eles me perguntam tudo sem parar. O que foi que eu vi? O que foi que eu ouvi? Como a mãe agiu? O padre está aqui. Estou orando pelo perdão."

Nell tenta tapar a brecha entre a cortina e a parede, antes de provar uma calça. Dois tamanhos maiores do que ela costumava usar antes da gravidez e ainda não passa pelas coxas. A blusa que ela experimenta logo depois não se sai melhor. Corta a circulação dos braços e aperta demais os seios. O suor escorre até a base das costas, conforme ela põe um vestido preto reto, puxando por cima da cabeça. Ela fica irritada ao ver que não tem espelho na cabine e, em silêncio, abre a cortina, procurando o espelho de parede inteira, perto da arara. Em um segundo, a vendedora está de volta.

— Ficou ótimo! — Nell não responde nada, torcendo para que o silêncio faça a garota voltar para a frente da loja, mas, em vez disso, ela inclina a cabeça para o lado, franzindo as feições de passarinho, pensativa, enquanto morde o lábio inferior. — Sabe do que esse vestido precisa?

— De um desconto de 60%?

A atendente ri.

— De um colar bem marcante. Algo que chame a atenção para o alto, para o seu pescoço. Para longe do que você quer esconder.

— E se eu quiser esconder o pescoço?

A garota ergue um dedo e dá meia-volta, com suas botas de salto grosso.

— Deixa eu ver o que temos.

Nell volta ao provador ansiosa e frustrada, tanto com a garota quanto por ter ficado horrível no vestido. Pergunta a si mesmo por que ficou tão inquieta desde que viu aquelas fotos de Bodhi Mogaro ontem à tarde. Ela descarta o vestido com um monte de outras roupas, antes de fugir do provador, depois da loja, deixando para trás o sininho da porta tocando. Ela segue por entre as pessoas na calçada, incerta da direção que tomar, e passa pelas outras lojas que tinha planejado visitar em busca de roupa para o trabalho, por algo que de fato sirva no seu corpo agora, sete quilos mais pesado. Mas é impossível. Hoje, não. Não dá para aturar outra loja. Outro vestido. Outra vendedora tamanho 34 cheio de produtos de cabelo e chiclete de canela.

Será que era ele?

Será que Bodhi Mogaro estava no bar naquela noite?

Ela não consegue tirar essas perguntas da cabeça.

Será que foi ele que rasgou a blusa dela? Será que é ele que ela vê quando fecha os olhos, a silhueta embaçada, atrás dela no banheiro, um par de mãos nos seus ombros?

Será que ele a seguiu, lutou com ela para pegar as chaves de Winnie sem que ela se lembre disso?

Não.

Que ideia ridícula. Ela contorna dois garotos em uma motocicleta e uma jovem mãe comprando uma casquinha para uma menina de rabo de cavalo em um carrinho de sorvete. Ela se lembraria daquilo; sua mente está lhe pregando peças. Está exausta pela falta de sono e preocupação. Ontem à noite, andou de um lado para o outro na sala durante horas, puxando pela memória, tentando preencher os vácuos daquela noite.

Se ao menos a imprensa noticiasse algo de útil. Não houve qualquer menção a Bodhi Mogaro, nenhuma indicação de que a polícia chegara a um suspeito. Em vez disso, tudo que os repórteres e especialistas comentam são os erros que a polícia cometeu. Essa manhã, Elliott Falk escreveu no *Post* que o policial James Cabrera, a quem Nell reconheceu como o sujeito que mandou que elas saíssem da casa de Winnie, fora posto de licença, culpado por deixar a porta destrancada, o que permitiu o acesso de pessoas na casa antes que provas fossem coletadas. Fontes relatam que ele provavelmente será demitido.

Bom, Francie escreveu no e-mail. Deveriam mesmo demiti-lo. Alguém tem que ser responsabilizado pela trapalhada nessa investigação.

Patricia Faith está deitando e rolando, pedindo a renúncia imediata do comissário Ghosh, jogando a culpa de tudo nas mãos do prefeito

Shepherd por escolher um amigo incompetente para o departamento de polícia, por dar mais importância em aparecer em outdoors de marcas de moda do que proteger crianças inocentes.

"Eu estou louca", perguntou Patricia Faith, "ou parece que o prefeito não quer que esse caso seja resolvido?"

Nell para na esquina e espera o sinal abrir. O calor parece um cobertor de lã embrulhando o seu corpo, e as pessoas passam apressadas, esbarrando nela. Um clarão branco vindo da parede envidraçada de um banco do outro lado da rua reflete no seu rosto. Ela fecha os olhos.

Uma lembrança vem à sua cabeça. Ela está de pé, junto ao bar, com um drinque gelado na mão. "*More, more, more.*"[4] Alguém está cantando essa letra para ela. Ela sente um queixo no ombro e lábios na orelha.

Ela fecha os olhos com mais força, sentindo a mão de alguém na sua cintura. Alguém segurando os seus braços.

"*I want more, more, more.*"[5]

Ela abre os olhos e começa a correr.

O homem sentado na ponta do balcão do bar tem 30 e poucos anos. Ele está de camiseta preta e bermuda camuflada, os dois braços cobertos de tatuagens em preto e cinza. Ele bebe uma caneca de cerveja e assiste a um jogo de futebol em um dos telões pendurados acima das fileiras de garrafas de bebida, uma caneta pousada acima das palavras cruzadas de uma edição do *The New York Times*. A única outra pessoa ali é o bartender, que está junto à pia lavando copos. Ele sacode as mãos ensaboadas, conforme Nell se aproxima.

— O que vai ser?

— Uma água tônica.

Ela bebe metade do copo antes de descer da banqueta e seguir pelo bar, atravessando o ar denso com cheiro de desinfetante e cerveja, rumo ao pátio dos fundos. Ela passa a uma cadeira que havia ocupado naquela

4 "Mais, mais, mais." (*N. do E.*)

5 "Eu quero mais, mais, mais." (*N. do E.*)

noite e tenta recriar a cena na cabeça. Colette e Francie estão de frente para ela. Winnie está à direita. Token está em algum lugar — pelo menos, por um tempo. Ela fecha os olhos e vê Winnie, bebericando o chá, verificando o telefone no colo de vez em quando.

Quando Nell abre os olhos, o homem no bar a observa. Ela fecha os olhos de novo, dessa vez, vendo a si mesma. Sente o calor e a música pulsante. A aglomeração crescendo ao redor deles. Ela pega o telefone de Winnie das mãos de Francie.

E deleta o aplicativo.

Por quê? Por que fez isso? Será que não tinha aprendido a lição? Uma decisão impulsiva pode destruir uma vida inteira. Se alguém sabe disso, essa pessoa é ela.

Ela levanta e começa a andar de um lado para o outro.

Pense, pense, pense.

Ela vai mais para dentro, passa pelo jukebox e pela pista de bocha, agora escura e deserta. Vai até o local em que as garçonetes se reúnem, onde pediu batatas fritas. Ela levou o prato para a mesa e depois voltou para o bar com Gemma, ou seja quem for, para pegar outro drinque.

Os olhos de Nell se abrem em um estalo. *O cigarro.* Ela analisa o salão e avista a porta na parede dos fundos, perto dos banheiros. Põe a bebida no bar. A passagem que dá para a área de fumantes está destrancada e ela sai em uma pequena varanda com piso de cascalho, repleta de mesinhas oscilantes e banquetas, contornada por uma cerca enfeitada com luzes natalinas. *Silêncio, por favor. Respeite os vizinhos.* Ela sente o cheiro de fumaça no cabelo, a língua pesada com a nicotina e o alcatrão. Ela conversa com alguém e pede um cigarro. Foi por isso que se sentiu tão enjoada no dia seguinte. Fazia mais de um ano que não fumava; desde que ela e Sebastian decidiram tentar ter um bebê.

Ela anda de um lado ao outro pelo local e visualiza um homem. Ele está um pouco embaçado, mas estende um maço de cigarros, o *clic* do isqueiro, antes de acender. Ele tinha olhos escuros e ela lhe contou por que estava ali.

"Faço parte de um grupo de mães", disse, arrastando as duas últimas palavras, como se estivesse admitindo algo absurdo demais para ser verdade. "Eu. Em um grupo de mães. Dá para acreditar?" Ela sente a mão no seu braço, o riso nos seus cabelos, enquanto o calor aumenta à sua volta.

— Mais uma tônica? — pergunta o bartender, quando ela retorna.

— Sim. E pode botar um pouco de vodca nessa.

Ele desliza o drinque na direção dela e o vapor gasoso vem com o primeiro gole, fazendo cócegas na língua.

— Ah, merda. — O bartender está assistindo à televisão mais próxima, ligada no noticiário local. Ele estende a mão para pegar o controle remoto. — Isso de novo, não.

A mulher na tela veste uma blusa preta sem mangas e uma saia de tom amarelo-vivo, a testa franzida de preocupação. Nell observa os arredores, então levanta e caminha até a janela. Do outro lado da rua, ela encontra: o amarelo da roupa da mulher, a luz da câmera, uma van da emissora estacionada perto.

O atendente aumenta o volume e a voz da mulher salta dos alto-falantes perto do teto.

— O bebê está desaparecido há quatro dias e não há pistas de um suspeito. O caso todo parece desanimador. Fontes nos dizem que essa manhã, a babá, Alma Romero, de Honduras, foi levada para outro interrogatório. A polícia também pede para que qualquer pessoa que tenha alguma informação ligar para o número que aparece na tela. — A mulher vira e gesticula na direção da entrada do bar. — Como você sabe, Jonah, à época do rapto do bebê, a mãe e ex-atriz Gwendolyn Ross estava fora, nesse bar, com membros de seu grupo de mães. O bar, o Jolly Llama, localizado...

A tela fica preta. O bartender joga o controle perto da pia, derrubando uma caneca com um restinho de cerveja.

— Lá vamos nós de novo. Toda vez que aparecemos no noticiário, recebemos um monte de adolescentes com identidades falsas querendo ver o *famoso* bar do Bebê Midas que alguém mencionou no Facebook. — Ele mergulha os braços na espuma. — E os babacas nem dão gorjeta.

Pela janela, Nell vê a repórter atravessando a rua com o câmera. Ela procura por uma nota de dez na bolsa, coloca-a no bar e segue apressada até a porta lateral que dá para a área de fumantes, quando a jornalista entra e se apresenta ao bartender.

— Sou Kelly Marie Stenson, da CBS local, e queria saber se poderia fazer algumas perguntas...

Nell carrega a banqueta até a cerca. Ela sobe e agarra o arame, erguendo o corpo, e então passa uma perna por cima. A mão escorrega devido ao suor, as sandálias deslizam no arame. Ela aterrisa com força no asfalto do estacionamento ao lado. Com gosto de sangue na boca cortada e com os machucados nas mãos e nos joelhos, ela se levanta e sai pela calçada, sentindo a trombada de um ombro masculino na sua lateral.

— Olhe por onde anda, idiota!

Ela sobe a rua na direção do parque e diminui o passo. Conforme atravessa, Nell sente alguém caminhando perto, logo atrás, seguindo seus passos, e tudo volta. Gente esperando na virada da esquina, observando-a, tentando documentar todos os seus movimentos. Ela recomeça a correr em um ritmo desajeitado, ignorando a dor na incisão da cesariana e a que se espalha pelo interior da coxa direita. Atravessa a rua, desce a quadra e segue na direção da creche. Ainda falta uma hora para buscar Beatrice e, no entanto, ela força para manter o ritmo, os pés ardendo nas sandálias finas. Chega em dez minutos. Espia pela janela, por entre os girassóis e as borboletas recortadas e coladas no vidro. Duas mulheres estão ajoelhadas no chão, na frente de uma cadeirinha, inclinadas sobre um bebê que está preso com faixas de segurança. Uma delas pressiona o peito do bebê. Ambas parecem aflitas. O bebê está engasgado. Nell se move e descobre que é Beatrice.

Ela dispara até a porta, gira a maçaneta, mas está trancada. Ela esmurra o vidro, com os punhos fechados, a imagem da filha asfixiada com um objeto negligentemente deixado ao seu alcance, o rostinho ficando roxo. Por fim, a fechadura é aberta. Nell corre pelo corredor e escancara a porta, deparando-se com o olhar estarrecido de uma jovem de jeans rasgado e uma camiseta com um desenho de um cupcake e as palavras CRECHE DIA FELIZ.

— Srta. Mackey. Está...

Ela passa direto por ela, despencando no chão ao lado das duas mulheres. Nell estende a mão para pegar sua filha, ouvindo o telefone tocando dentro da bolsa, enquanto percebe a expressão do rosto dela.

Beatrice está radiante.

Nell vira para a mulher. O que ela tem na mão: um telefone. Estava tirando uma foto.

— Olhe que sorriso deslumbrante — diz a mulher, sorrindo para Beatrice.

— Sorriso?

— Sim.

— Não é de gases?

A mulher ri e o telefone de Nell toca outra vez.

— Dessa vez, não. É um sorriso. Nunca tinha notado?

— Não — diz Nell. — Eu estava esperando. — Ela se ajoelha e se apoia nos tornozelos, estende a mão para pegar o telefone enquanto as lágrimas brotam nos olhos, o ar faltando, quando lê a mensagem de Francie.

Encontraram ele.

Quero a minha mãe.

Colette dispara em uma arrancada final ao alcançar o topo da colina. Ela está velha demais para pensar assim e, no entanto, continua imaginando-se sentada na imensa mesa da cozinha da casa delas, no Colorado, os cachorros em volta, as portas de vidro escancaradas para o quintal, enquanto o pai prepara drinques para as duas e Colette conta tudo à mãe. Sobre a preocupação quanto a Midas nunca ser encontrado. Sobre tirar o arquivo do escritório de Teb, feito cópias e mostrado a Nell e Francie. Sobre o profundo arrependimento que sente pela decisão de compartilhar essa informação com Token, uma pessoa que ela mal conhece. Ela quer admitir quão terrível tem sido a sua escrita e quer contar sobre a manhã que passou no consultório do médico para o segundo check-up pós-natal, quando caiu em prantos com o dr. Bereck, admitindo o quanto se sentia oprimida e ansiosa e a dificuldade que estava tendo para dormir.

"Você tem se sentido mais ansiosa em relação ao quê?", perguntou o dr. Bereck.

"Tudo, só que mais pela Poppy. Estou com medo de que tenha algo de errado com ela." Colette vem tentando, sem sucesso, ignorar as apreensões pela filha parecer ter os membros fracos, por ela ainda não conseguir erguer direito a cabeça, por ela às vezes ter dificuldade em fazer contato olho no olho. "Quando estou com os outros bebês do meu grupo de mães... Sei lá. Eles parecem diferentes. Mais fortes", diz Colette, enfim se permitindo chorar. "E recebo atualizações diárias do Village. Ela não está fazendo as coisas que eles dizem que deveria."

"Para começar, pare de ler isso. Eles pressupõem que todos os bebês se desenvolvem no mesmo ritmo. Não é assim que funciona."

"Eu sei, mas mesmo assim. Não consigo suportar a ideia. O Charlie diz que eu estou maluca. Que ela está bem. Mas sou mãe. Eu sinto que tem algo errado."

Colette quer contar essas coisas à própria mãe, mas não pode. Ela nem sabe onde ela está. Da última vez em que se falaram, em uma ligação cheia de ruído, há mais de duas semanas, Rosemary estava nas ilhas San Blas, na costa do Panamá, pesquisando sobre as últimas sociedades matriarcais do mundo. O pai, recém-aposentado como diretor de biologia da Universidade do Colorado, em Boulder, foi junto.

"Como membro de uma família matriarcal, acho que vou me encaixar bem", disse ele, quando anunciou que iam viajar por três meses, partindo uma semana depois que Poppy nascesse.

Colette está ofegante quando Alberto, o porteiro, abre a porta para ela. Ao sair do elevador, no terceiro andar, ela para e, enquanto desamarra seus tênis, ouve Charlie conversando com alguém ao telefone.

Ele abaixa o telefone quando ela entra.

— Uau! Você está demais.

Ela dá uma olhada no espelho acima da mesa do corredor. Os cabelos estão encharcados, as sardas em um tom vermelho-vivo, a camada de filtro solar que ela aplicou ao sair do consultório do médico deixou a pele esbranquiçada. É a primeira vez que ela sai para correr desde que deu à luz, e precisou parar várias vezes.

— Imagino que com *demais* você esteja querendo dizer *com muito calor.*

— Não — cochicha ele — Eu quero dizer demais mesmo.

Ele beija a mão dela e volta ao telefone.

— Nós podemos fazer isso funcionar. Só não posso deixar que essas coisas interfiram na conclusão do livro novo. — Ele serve uma xícara de café e dá para Colette. — E eu não acho que deva perder nenhum dos feriados importantes. Duvido que o bebê me perdoe por isso.

— Nem a mãe do bebê — diz Colette, presumindo que ele esteja discutindo com seu agente outro convite para palestras.

Charlie terminou a turnê do livro dois meses antes, mas os pedidos continuam chegando. Ela serve um copo de água para si e nota que a mesa de jantar, uma mesinha vintage que ele comprou no último Natal, está posta para dois, com a louça da sua avó e os guardanapos de linho. Há um punhado de margaridas azuis, com algumas pétalas murchas, arrumadas em uma caneca de aço inox no meio da mesa.

Ela pega uma uva da tigela junto ao cotovelo de Charlie e passa os braços em volta da cintura dele, pressionando o rosto no côncavo familiar entre as suas omoplatas, sentindo o cheiro dele — desodorante e alho torrado — e ouvindo a babá eletrônica posicionada na prateleira. Ela se permite sentir o prazer daquele momento. O calor do corpo de Charlie. Poppy dormindo no quarto. Quem dera essa realidade pudesse durar para sempre.

Colette se solta dele e vê o livro *Tornando-se uma família* na bancada, ao lado da cafeteira. Ela pega o café e o exemplar e senta em uma banqueta na ilha. Charlie pica um maço grande de salsinha, em batidas firmes e rápidas, com o celular preso entre o ombro e a orelha. Ela abre na seção inicial da gravidez, dando uma olhada nas anotações do marido nas margens e nas páginas que ele marcou com o canto dobrado.

Nove semanas: o bebê é do tamanho de uma uva.

Como preparar a parceira para o parto.

Coisas a evitar: peixe cru e carne malpassada, exercícios excessivos, banhos quentes.

Colette sente um bolo na garganta ao ler aquelas palavras, lembrando-se das primeiras semanas. A dor nos seios quando ela subia escada. O cheiro enjoativo do sabonete e do perfume de estranhos no metrô. Os enjoos no banheiro do seu editor, no meio de uma reunião para discutir o rumo do segundo livro.

O choque devastador com o teste de gravidez e suas duas listras cor-de-rosa.

Foi uma falha no seu sistema. Um mês desligado. Ela conhecia o seu corpo bem o suficiente para evitar contraceptivos, que causaram nela, nos poucos meses em que usou, muita raiva e depressão. Charlie brincava que as mulheres ficavam tão nervosas com esses remédios que ninguém queria transar com elas, por isso, eram tão eficazes. Colette tinha ido ao dr. Bereck, pois precisara de confirmação. "Corpos mudam", disse ele. "Os ciclos ficam mais lentos." Ela estava com quase 35 anos. As coisas começavam a mudar.

Cinco semanas: o bebê é do tamanho de uma semente de papoula.

Cinco semanas, a noite de setembro em que ela disse ao Charlie que estava grávida. Eles fizeram amor e ele ficou deitado ao seu lado, com o peito encostado às suas costas, a mão sobre a curva da sua cintura.

"Você. Um bebê. Meu livro", disse ele. "Isso é tudo que eu sempre quis." Ela só ficou ali deitada, imóvel, tentando imaginar. A gravidez. Um bebê. A maternidade.

Ela não ia conseguir. Não podia imaginar nada disso. Sua imaginação já estava ocupada com outras coisas. A viagem de dois meses ao Sudeste Asiático que eles planejavam para depois que ele terminasse o segundo livro. A maratona para a qual ela tinha começado a treinar. Deixar de ser uma ghost-writer e publicar o próprio livro. Essas coisas ela conseguia imaginar. Mas isso?

Na manhã seguinte, Colette ligou para a mãe perguntando como faria para lidar com tudo aquilo, como continuar sendo ela mesma, como admitir que tomara três doses de uísque uma noite antes de saber que estava grávida. Como fizera muitas corridas puxadas.

"E se eu já tiver prejudicado o bebê?"

"Colette", disse a mãe. "Quando os abortos eram ilegais, as mulheres se atiravam escada abaixo. Você não vai matar seu bebê sem querer."

A lembrança se dissolve, conforme Charlie desliga e vem lhe dar um beijo na testa. Ela fecha o livro.

— Você fez ovos mexidos para mim? Qual é a ocasião?

— Sua ida ao médico. — Ele indica o livro com a cabeça. — Consultei os especialistas e, segundo eles, estamos fora de perigo.

— Fora de perigo?

Ele caminha até a adega embutida, que fica ao lado da lavadora de louça. Tira uma garrafa de champanhe, estourando a rolha com um giro rápido.

— Sim. Ela vai começar a sorrir em breve. Uma programação vai se desenvolver quando ela compreender a diferença entre a noite e o dia. Ah, e… — ele serve um pouquinho de champanhe em um copo de água e a puxa para ficar de pé — podemos voltar a transar. Beba um pouco, mulher.

Conforme Charlie coloca os braços em volta da cintura dela e a pressiona contra a geladeira, Colette fica tensa. A ideia de fazer sexo lhe causa repulsa. Ela está exausta, desgastada; seus seios e suas costas doem. Ela teve um sono agitado na última noite, ouvindo Charlie pela sala com Poppy, depois que a bebê acordou de madrugada e ele colocou uma série de discos de jazz para acalmá-la, além de ler o seu romance em voz alta, o capítulo em que o jovem soldado parte para a guerra, deixando a mãe para trás. Colette sabe que deveria ter levantado da cama e se oferecido para dar de mamar à menina, o que a teria feito dormir na mesma hora, mas estava exaurida demais para se arrastar para fora da cama, saindo do peso das cobertas no quarto com ar-condicionado, dos seus pensamentos em Midas. Em Winnie. Em Bodhi Mogaro. Será que ele estava com Midas? Será que o bebê ainda estava vivo?

Colette afasta Charlie com delicadeza.

— Você sabe que vou ter que sair logo, certo? Preciso encontrar o Teb.

Charlie fica imóvel e fecha os olhos, antes de encostar a testa na dela.

— Você tem que se encontrar com o Teb.

— Você esqueceu.

— Eu esqueci.

— Hoje é o seu dia com a bebê — diz Colette. — Fiquei com ela ontem. E eu avisei que ele desmarcou da última vez…

— Não, tudo bem. É que me escapou. A Poppy acordou três vezes ontem. Estou cansado.

— Sinto muito — diz Colette. — Mas essa noite é minha, e, além disso, você vai ter uma folga dela a maior parte do dia amanhã.

Ele suspira e solta a esposa.

— Você precisa tirar mais leite. Usei o restante que estava na geladeira.

— Fiz isso hoje de manhã. Está lá dentro.

— E precisamos falar sobre tudo isso.

— Tudo o quê?

— Essa divisão dos cuidados com a bebê meio a meio. Não está dando certo.

Ela fica irritada na mesma hora.

— Eu não posso abrir mão de mais tempo — diz ela, tentando manter a voz equilibrada, pegando um pouco de ovos mexidos da frigideira e enfiando na boca. —Estou um pouco atrasada com o livro de Teb. — Ela não disse a ele a dimensão da coisa; como ela tem certeza de que jamais vai conseguir cumprir o prazo ou como a sua escrita tem sido. Ela se sente oprimida demais para admitir a dificuldade que está encontrando ao tentar administrar tudo. Não diz que sabe que estão sem sabão para lavar roupa, que o chuveiro está com uma goteira e o barulho a deixa louca, que acabou de agendar uma consulta no pediatra de Poppy para amanhã, seguindo uma sugestão do dr. Bereck.

— Não falo de uma creche, Colette, mas que precisamos contratar uma babá. — A expressão dele se abranda. — Eu sei que você tem medo. O que aconteceu com o Midas foi terrível. Mas não dá para ter tudo. Não podemos manter trabalhos de tempo integral, com uma recém-nascida e sem ajuda. — Ele pega as mãos dela. — Não é o caso de não podermos pagar. Podemos usar um pouco do dinheiro dos meus pais.

Ela recua a mão.

— Não quero contratar uma babá, Charlie. — Colette nem consegue pensar em deixar o bebê com uma estranha. Ela vai na direção do quarto, e tira a camiseta suada pela cabeça.

— Bom, o que devemos fazer, então? — Ele a segue até o banheiro. — Se você não concorda em contratar uma babá, vai ter que estender sua jornada.

Ela abre o chuveiro, e tira a banheirinha plástica rosa do box, desviando os olhos do bolo de cabelo no ralo, que caiu durante o banho dela ontem.

— Mas não foi isso que combinamos de fazer.

— Eu entendo. Mas ter um filho é um pouco mais difícil do que nós dois esperávamos. Precisamos reavaliar isso. Meu livro fica pronto em dois meses.

— E o meu, em um.

— Eu sei, meu bem. — Ele está com o maxilar contraído. — Mas você sabe o que vem com o meu.

— Preciso me aprontar. — Ela fecha a porta, depois toma um banho devagar, esfregando o corpo com o novo esfoliante que comprou por impulso no mercado ontem, tentando afastar a frustração e o cansaço. Quando sai do quarto com a blusa e a saia limpas, vinte minutos depois, Charlie está no escritório com a porta fechada. Ela dá uma olhada no quarto escuro do bebê, ao som de um CD com sons de baleia e o ar repleto do cheiro da sua filha. Colette não consegue resistir ao ímpeto de se debruçar no berço, de tocar o rosto de Poppy e afastar os cabelinhos fininhos, alaranjados como uma torta de abóbora, da testa. Um rosto tão parecido com o da mãe de Colette.

Para não perturbar Charlie, ela deixa o apartamento em silêncio e caminha em direção ao metrô. Se posiciona no fim da plataforma, distante da banca de jornal para ter algumas horas de alívio das últimas manchetes sobre Midas. No trem, fecha os olhos e pensa em como é ridícula a discussão que teve com Charlie. Ele está no auge da sua carreira. Ganhou um adiantamento enorme para o seu romance de estreia, resenhas elogiosas que o consagram como uma das vozes mais promissoras das últimas décadas, a caminho de terminar o segundo livro, muito esperado.

E lá está ela.

A caminho de ficar sentada no gabinete do prefeito, esperando por ele, para escrever um livro que ele vai dizer que escreveu por si próprio, que vai render a ele uma fortuna em royalties, medrosa demais para tentar escrever outro livro autoral. Seu primeiro, uma biografia de Victoria Woodhull, a primeira mulher a disputar a presidência, foi publicado seis anos atrás. Colette passou anos pesquisando e ficou bastante orgulhosa de seu trabalho. Mas as vendas foram desanimadoras e, embora ela tivesse escrito duas propostas subsequentes, nenhum editor se interessou. Acanhada demais para tentar de novo, a conselho da sua agente, ela começou a aceitar trabalhos como ghost-writer. "Vai ser só por um tempinho", disse a agente. "Somente até que surja uma ideia melhor para o próximo livro." Isso foi há quatro anos.

Enquanto sobe a escada do metrô na estação da prefeitura, seu celular avisa a chegada de uma nova mensagem, que a tira dos seus pensamentos. Charlie.

Andei pensando em uma coisa, escreveu ele.

O quê?

Aquecimento global. É uma chatice, não?

Ela espera.

E também que tal fazermos um jantar romântico aqui em casa, hoje à noite? Depois que o bebê dormir.

Parece bom.

Vou até deixar você cozinhar.

Colette para no carrinho de café que fica na entrada do parque em frente à prefeitura.

— Um café gelado grande e um donut com glacê, por favor.

Que generosidade a sua, escreve ela.

Também acho. O que você vai fazer?

Um suflê.

Legal. De que tipo?

Do tipo invisível.

Mas você fez isso ontem.

Ela tem mais dez minutos antes da reunião com Teb. Decide levar o café até um banco do parque, perto de um arbusto cheio de flores roxas com borboletas. Seria bem mais fácil se ela pudesse contar a verdade ao Charlie. Ela quer parar de trabalhar. Quer se concentrar em Poppy. Ela parte um pedaço do donut, imaginando a vida perfeita: ser apenas mãe nesse momento. Garantir que Poppy esteja bem. Que ela é amada, saudável e que recebe todas as coisas de que precisa.

Ela afasta a ideia. Não pode dizer isso ao Charlie.

Não pode *ser* isso.

Colette Yates, filha de Rosemary Carpenter, *a* Rosemary Carpenter que fez carreira escrevendo sobre os apuros da maternidade, o sexismo inerente às parcerias domésticas, a necessidade das mulheres de evitar a dependência masculina. *Ela* ia escolher ser uma mãe dona de casa?

Colette termina o donut e abre seu e-mail, sabendo que precisa se recompor e se preparar para a reunião com Teb. Tem uma nova mensagem de Aaron Neeley, com notas nos capítulos programados para serem discutidos hoje.

> Você não está entendendo bem essa parte, a do desgaste emocional que a morte de Margeaux representou no prefeito. A cronologia aqui está bem embaralhada. Volte e olhe o perfil na *Esquire*. Aquele autor compreendeu direito.

Ela ergue o rosto para o céu, sente o calor na pele e ouve o apito da chegada de outra mensagem. Tenta não pensar no que Aaron disse, na hora que ela vai ter que passar falando desse livro ou na imagem de Winnie sentada sozinha no apartamento, o berço de Midas vazio, cercado por lembranças da sua ausência. Ela só quer se importar, pelo menos por cinco minutos, com o sol no rosto, com o jantar com Charlie, com a consulta com o pediatra amanhã, quando ela vai ouvir que está tudo bem. Poppy é normal. Seus medos foram infundados.

Ela estende a mão para pegar o telefone e ver o que Charlie escreveu. Mas a mensagem não é dele.

É de Francie.

Colette tenta parecer bem-disposta quando cumprimenta Allison.

— Pode entrar e ficar à vontade. Ele está terminando outra reunião.

Dentro do escritório de Teb, ela senta à mesa redonda grande e abre o laptop.

Encontraram ele. A mensagem de Francie só dizia isso.

Ela digita o endereço da página do *Post*, se preparando para a notícia devastadora. O artigo está na página de abertura.

SUSPEITO NO RAPTO DE MIDAS ROSS ENCONTRADO NA PENSILVÂNIA

Colette expira e coloca a mão na testa. Francie não estava se referindo a Midas. Estava querendo dizer Bodhi Mogaro.

Um homem de 24 anos nascido no Iêmen foi preso no começo da manhã de hoje em Tobyhanna, Pensilvânia, a duas horas da cidade de Nova York. Acredita-se que ele tenha ligação com o rapto de Midas Ross.

A polícia o parou em uma estrada, após suspeita de invasão de propriedade alheia. Seu carro foi visto nas dependências do depósito do exército de Tobyhanna, que abriga equipamento de vigilância usado pelo Ministério de Defesa. A polícia confirma que estava à procura de Mogaro há dois dias, depois que testemunhas o viram próximo à residência de Gwendolyn Ross na noite de Quatro de Julho, na hora do rapto do bebê. Um saco contendo 25 mil dólares em espécie foi descoberto no porta-malas do carro de Mogaro, um Ford Focus 2015 alugado no aeroporto JFK no começo da manhã de 5 de julho.

Vinte e cinco mil em dinheiro.
Colette lê a frase DE NOVO. Por que ele teria esse dinheiro?

O Departamento de Segurança Nacional ingressou no caso, investigando por que Mogaro tentava invadir o depósito do exército, enquanto também tenta determinar se algum funcionário militar atuou em conluio com ele. A esposa de Mogaro, uma professora de economia da Wayne State University, não respondeu as solicitações para comentar o assunto.

O telefone de Colette apita de novo. É Nell.
O que isso significa?

— Colette. — Allison está de pé na porta. — Desculpe interromper, mas o prefeito vai se atrasar alguns minutos.

Ela assente.

— Tudo bem — diz, quase sem conseguir articular as palavras. — Obrigada.

— A copiadora quebrou. — Allison baixa o tom de voz. — O técnico só vai chegar em uma hora, se precisar usar a sala de novo. Posso colocar um aviso. Ninguém vai perturbar você.

Colette dá uma olhada no artigo.

— Sabe, eu estava mesmo indo ver se o banheiro estava vazio.

Allison sorri.

— Só um minuto.

Colette pega a bolsa embaixo da cadeira e vai até o bufê ao lado da mesa do prefeito. A pasta ainda está ali dentro, mais pesada na sua mão do que dois dias atrás. Da mesa, Allison faz um sinal de positivo com o polegar, e Colette segue até a sala de cópias, passando o trinco ao entrar. Quando tira a pasta da bolsa, algo cai aos seus pés. Um pen drive. Ela o coloca em cima da copiadora e logo folheia os papéis dentro da pasta em busca do nome de Bodhi Mogaro. Na pressa, ela corta o dedo no canto da página, deixando uma mancha de sangue.

— Merda — sussurra, esfregando o sangue nas palavras "Lista de membros: Mamães de Maio".

Ela folheia o questionário de inscrição para as Mamães de Maio, que preencheu no site do Village. Vê o perfil de Nell. De Yuko. De Scarlett. De Francie. Como a polícia teve acesso a isso?

Ela vê o próprio perfil.

Tira da pilha e olha a foto que inseriu, da viagem à ilha Sanibel que ela e Charlie fizeram antes de Poppy nascer. Na noite em que ele a pediu em casamento, de aniversário de namoro, da primeira noite que passaram juntos, acordando na manhã seguinte no apartamento dele em Brooklyn Heights, vendo o primeiro avião bater na torre.

"Eu vou ficar com você para sempre", disse ela, naquele dia, na praia da Flórida, os cabelos grossos de areia e água salgada, segurando o anel na mão. "Mas você me conhece, Charlie. Casamento não é a minha." Ela mal reconhecia a si mesma na foto. Dois anos antes, mas parecia tão jovem.

Então, ela pensa: Teb vai ver isso. Ele vai descobrir que ela conhece Winnie. Ele vai saber, se é que já não sabe, que ela estava lá naquela noite. Vai querer saber por que ela não falou nada.

Ela olha para o triturador de papel, ao lado da copiadora, e, sem hesitar, enfia o papel na máquina. Em um movimento rápido, os filetes surgem do outro lado.

De volta à pasta, folheia o conteúdo. Fotos do deque dos fundos do Jolly Llama. Fotos da casa de Winnie. A cozinha dela. Um documento que Colette não entende vindo de um laboratório. Ela para na transcrição de um interrogatório de várias páginas.

HOYT: Você pode soletrar o seu nome pra mim?
SPOOL: M-E-R-A-U-D-S-P-O-O-L
HOYT: E você é amiga da srta. Ross?
SPOOL: Ex-amiga. Não nos falamos há anos, mas fomos muito próximas, quando éramos jovens.
HOYT: Eu sei que queremos chegar ao incidente com Daniel que foi presenciado pela senhorita, mas, antes de falarmos disso, conte-me sobre o seu relacionamento com a srta. Ross.
SPOOL: A gente se conheceu nos testes para *Bluebird*. Tínhamos muito em comum e logo nos entrosamos. Quando a minha mãe e eu nos mudamos para cá por causa do programa, a sra. Ross nos convidou para ficar com elas enquanto o apartamento que compramos era reformado. Passávamos os finais de semana na casa deles de campo. Winnie e eu dividíamos um quarto. Ela era como uma irmã.
HOYT: Certo.
SPOOL: Ambas fomos escolhidas para o elenco. Winnie, é claro, ficou com o papel principal.

[Risos]

HOYT: Como você se sentiu em relação a isso?
SPOOL: Como eu me senti? Para ser honesta, doeu. Por todas as garotas, não só por mim. Ela não era a melhor dançarina. Mas era a mais bonita.

HOYT: Ela se dava bem com as outras garotas?

SPOOL: Na verdade, não. Ela era estranha.

HOYT: Estranha?

SPOOL: Sim, como se nunca soubesse como ser apenas ela mesma. Estava sempre se modificando, tentando ser o que achava que os outros queriam que fosse. Retratava a imagem que servisse à situação. Mas ela ficou mais confiante depois que conheceu Daniel.

HOYT: E onde eles se conheceram?

SPOOL: Para falar a verdade, não faço a menor ideia. Magro. Cheio de espinhas. Todas as outras garotas ficaram chocadas em saber que eles estavam namorando, mas eu não, não depois de ver os dois juntos. Eles faziam muito sentido. Ele era bem parecido com ela. Estudioso. Artístico. Os dois se amavam de verdade. *[Risos]* Quer dizer, do jeito que a gente ama quando tem 17 anos. Amor de adolescente. Apesar de que, aos 39 anos, com três filhos e doze anos de casamento, começo a achar que aquilo, na realidade, era amor verdadeiro. O que eu tenho? É trabalho. Estou falando demais? Não tenho certeza se estou respondendo às suas perguntas.

HOYT: Está indo bem.

SPOOL: Bem, de qualquer forma, o programa estava ótimo. Winnie tinha Daniel. Ela tinha a mim. E aí, a mãe dela morreu. E...

HOYT: Sim?

SPOOL: As coisas, bem... Olhe, vocês entraram em contato comigo para me interrogar, e fico feliz em ajudar. Tenho três filhos. Não posso nem imaginar pelo que ela está passando. Mas fico com medo de dizer algo errado.

HOYT: Tente não se preocupar com isso. Estamos apenas compilando os fatos.

SPOOL: Ela ficou doida. Quer dizer, quem não ficaria? Perder a mãe, tão jovem. Foi horrível. Um acidente bizarro, que ninguém conseguiu explicar direito. O freio falhar no meio de uma ladeira? Foi bem estranho. Além disso, o cara estava de volta. Archie Andersen.

Colette faz uma pausa. Ontem, Francie mencionou por e-mail que Winnie tivera um *stalker*. Será que ele já perseguia Winnie desde a época de *Bluebird*?

SPOOL: Ele tinha desaparecido por alguns meses, depois que a ordem restritiva foi expedida, mas apareceu no enterro da mãe dela, fazendo uma cena, chorando aos berros, na frente da igreja. Foi demais para ela.
HOYT: Você está bem?
SPOOL: É que foi tão triste. Winnie e a mãe eram muito próximas. O relacionamento que toda garota jovem quer ter. Então, *puf*, ela se foi. Winnie começou a ter ataques de pânico. Crises de choro horríveis. Na verdade, ela lembrava a minha madrasta.
HOYT: Sua madrasta?
SPOOL: Na época, ela tinha acabado de dar à luz minha meia-irmã. Ela é, digamos, vários anos mais jovem que o meu pai. Depois disso, ficou maluca. Chorava demais e não dormia. Acabou hospitalizada por um tempo. Psicose pós-parto.
HOYT: E como isso a fazia lembrar de Winnie?
SPOOL: Bem, Winnie, ela... ela não era ela mesma. Então, o incidente aconteceu.
HOYT: Conte-me a respeito disso.

Alguém bate na porta da sala de cópias. Colette enfia os papéis de volta na pasta e logo a coloca na bolsa junto com o pen drive.

— Só um instante — diz ela, na frestinha de luz entre o batente e a porta. — Último seio, quase terminando. — Ela pega a bomba manual, desabotoa a blusa abaixo do sutiã e abre a porta.

É Aaron Neeley.

— Está tudo bem? — Ele observa o sutiã aberto.

Colette abotoa a blusa, o rosto quente de constrangimento.

— Sim, tudo.

— Estamos esperando você.

— Ótimo. — Ela guarda a bomba de volta na bolsa. — Tudo pronto.

Allison lança um olhar consternado a Colette, conforme ela segue atrás de Aaron de volta ao escritório de Teb. O prefeito está sentado na cadeira, lendo a impressão de um manuscrito com os pés pousados na mesa, revelando meias de bolinha vermelhas e brancas. Aaron gesticula para uma das cadeiras vazias na frente da mesa.

— Só um segundo — diz Teb.

Colette mantém a bolsa no colo e dá uma olhada em Aaron, depois, na parede atrás de Teb, que ostenta uma coleção de fotografias dele com várias celebridades. Há algumas novas que ele acrescentou. Teb com Bette Midler. Com um jovem jogador de beisebol que recentemente assinou com o New York Mets. Com o ex-secretário de Estado Lachlan Raine, que, segundo anunciado esta manhã, provavelmente será indicado ao Nobel da Paz pelo trabalho que sua fundação realiza na Síria.

— Legal, né? — Teb a observa.

— Muito.

— Conheci Raine há duas semanas no meu negócio no Cipriani. Ele está angariando milhões para a minha campanha, mas, cara, como ele é doido. Sem brincadeira, não houve uma garçonete em que ele não tivesse dado em cima.

Colette tenta manter a voz descontraída.

— Estou chocada.

Teb dá uma risada.

— É, sei. — Ele pousa a última folha de papel. — Certo, C. Vou ser honesto. Acho que estamos seguindo na direção errada em alguns lugares.

Ela prende o cabelo atrás das orelhas, forçando-se a parecer indiferente.

— Compreendo. — Aaron observa com um misto de tédio e fadiga. — Pode ser mais específico?

Teb recosta na cadeira e estuda o teto.

— O primeiro livro. Com quem o crítico comparou a minha escrita? — pergunta o prefeito a Aaron.

— À prosa de Hemingway. À perspicácia de Sedaris.

Colette debocha.

— Para ser honesta, Teb, isso foi um exagero.

— Tudo bem, mas esse não vai surpreender ninguém. — Ele olha para Aaron. — Não é?

Aaron exala longamente.

— Sim, senhor, tenho que concordar. Entendo que estamos pedindo que você escreva rapidamente, Colette, mas não podemos nos contentar com algo medíocre. Não com as expectativas que o prefeito causou com o primeiro livro.

— Está bem. — Ela assente. — Vamos repassar.

Durante a hora seguinte, ela tenta focar no que lhe está sendo pedido, mas segue distraída pelo peso da pasta na sua bolsa... E se Teb já tiver lido aquilo? E se ele viu o formulário de inscrição? A televisão do canto está muda no canal NY1. Colette não consegue desviar os olhos e acaba vendo uma foto de Bodhi Mogaro surgir na tela, a foto que a polícia deve ter dado à imprensa — a mesma que ela tem em casa, na pasta embaixo do sofá. *Homem do Iêmen preso por invasão de propriedade alheia, possível ligação com o rapto de Midas Ross.* Ela sente uma onda de alívio com a batida de Allison à porta, que enfia, em seguida, a cabeça para o lado de dentro.

— Prefeito, o pessoal do seu próximo compromisso já chegou. Estão esperando na 6B. Já providenciei o almoço.

— Ótimo, obrigado, Allison. — Teb arruma os papéis e entrega a Aaron do outro lado mesa, antes de pegar o celular. — Isso foi útil, certo? Vamos voltar aos trilhos?

— Com certeza — responde Aaron.

Colette junta o notebook e o caderno, e os coloca na bolsa, ao lado da pasta. Ela entra no lobby, onde um dos jovens assistentes do escritório de assessoria de imprensa está conduzindo um tour, mostrando a arte nas paredes, guiando o grupo até a imensa vidraça com vista para a ponte do Brooklyn. Colette passa entre eles, rumo ao banheiro, esperando do lado de dentro da porta, observando o corredor que dá no escritório de Teb. Quando ela vê Teb e Aaron seguindo para a reunião seguinte, vai na direção de Allison, que está à mesa ao telefone.

— Acho que deixei minha carteira cair lá dentro — sussurra Colette.

Allison acena para que ela entre. Ela finge inspecionar o chão em volta da cadeira que ocupara e a lateral da mesa de Teb, colocando a pasta de volta no lugar.

Ela se despeda de Allison e caminha até o elevador. Duas mulheres segurando copos de café e isqueiros entram rapidamente, bem na hora em que as portas iam fechar.

— Dizem que ele é do Iêmen. Muçulmano — afirma uma delas, com uma voz rouca de fumante. — Isso não pode ser bom.

— O que eu quero saber é onde está a mãe? Por que ela não dá entrevistas? Só uma mulher com algo a esconder se recusaria a falar com a imprensa.

As duas mulheres olham para Colette, que sorri e aperta o botão do térreo. O coração acelerado, apertando a bolsa junto ao peito, o pen drive ainda dentro.

CAPÍTULO 9

Noite quatro

Sinto-me melhor aqui.

Protegida pelas árvores e sombras, a aba de um chapéu. Apenas a duas horas da cidade e eu poderia estar a um mundo de distância. Graças a Deus. Não tinha certeza se conseguiria sair, mas simplesmente arrumei tudo no carro, no meio da noite, e saí antes do amanhecer, sem dizer uma palavra a ninguém, entrando sem que os vizinhos me vissem com a chave no vaso de plantas.

Sair da cidade foi a escolha certa. Eu me sinto estável, lúcida. Eufórica, até. Para ser honesta, não me sentia assim há meses. Talvez seja o ar do interior ou aqueles comprimidos que o médico me deu antes de deixar o hospital, algo para aliviar o nervosismo.

Certo, preciso ir ao que interessa. Não sei por que estou acanhada em relação a isso, mas...

Joshua e eu. Estamos juntos de novo.

É bom demais para ser verdade e, meu Deus, como eu detestaria agourar, mas, pronto. Fui vê-lo. Achei que ele ia ficar zangado comigo por aparecer daquele jeito, só por precisar falar o que tinha que ser dito, de uma vez por todas. Mas ele não ficou zangado. Eu me mantive firme e expliquei como era difícil ficar sem ele e como eu estava sem esperanças e deprimida, lembrando como fomos felizes no começo, naquelas longas noites na banheira. Deitados na cama nas manhãs de domingo, lendo em voz alta. Shakespeare. Maya Angelou. *Laços humanos*.

E, sabe de uma coisa? Ele me deixou falar. Não, ele *quis* ouvir essas coisas.

"Eu vou cuidar de tudo", falei. "Para você. Para nós." Ele sorriu. "Se eu fizer isso, você vem pra casa comigo?" Eu me aproximei mais, puxei-o para mim, perdida no tato da sua pele, no seu cheiro, com o corpo dele junto ao meu. "Você precisa de mim tanto quanto preciso de você. Você sabe disso."

Não posso mentir. Estou nervosa. Em geral, tenho dificuldade para tomar uma decisão. Agora não é diferente. Mas fico pensando naquela placa pendurada na sala de espera do dr. H.

Algumas pessoas querem que aconteça.
Outras desejam que aconteça.
E há aquelas que fazem acontecer.

Eu rio quando me lembro da minha primeira vez no consultório, quando tirei a placa da parede e a levei para dentro da sala. O ambiente cheirava a sabão e colônia amadeirada, talvez deixada pelo último paciente.

"Você está brincando", falei, tirando os meus chinelos de dedo e sentando sobre as pernas dobradas, com a placa no colo.

"O quê?" perguntou ele, com as mãos enlaçadas, a benevolência nos olhos. (Ele é de Milwaukee.) "Estou brincando sobre o quê?"

"Essa placa. Como assim? Todos os pôsteres de gatinhos que dizem AGUENTE FIRME estavam esgotados?"

Mas a placa estava certa. Eu não podia ficar sentada pelo resto da vida *pensando* em estar com Joshua. Não poderia simplesmente *desejar* estar com ele. Eu tinha que fazer acontecer, não importa o custo.

Não vai ser fácil. Acho que nós dois sabemos disso. Vamos ficar aqui pelo tempo que pudermos, até pensar o que fazer em seguida. Estou pensando na Indonésia, como naquele livro que todo mundo adorou. Vou cortar o cabelo. Alugaremos uma casa em uma plantação de arroz, faremos ioga. Vou aprender a cozinhar.

Mas os detalhes podem esperar. Nesse momento, só quero ficar aqui, desfrutando do ar fresco e da brisa suave com Joshua. Noite passada, preparei filés para o jantar e abri a garrafa de vinho mais cara que encontrei no porão. Ficamos deitados na cama e, quando ele dormiu, não conseguia tirar os olhos dele. Eu sei que ele vai acordar e ficar imaginando onde eu estou, mas estou tão feliz, envolta nesse robe de seda, ouvindo os grilos, admirando os campos iluminados pelas estrelas e abandonados por gente que não tem mais condições de cultivá-los.

Vou dizer uma coisa: tenho que parar de ler as notícias. A mídia — toda ela — está obcecada pela história. A ex-atriz que tinha tudo.

Dinheiro!

Beleza!

Um novo bebê deslumbrante!

Patricia Faith está querendo formular uma teoria sobre a data: a coincidência de um bebê desaparecer justo no Quatro de Julho, a mãe livre do fardo da maternidade bem no Dia da Independência. A data, assim como o nome dele, passaram a ter um tipo de conjunção simbólica. Midas. O grande rei grego que transformava tudo em ouro e que depois, segundo o relato de Aristóteles, morreu de fome, em suas "preces vãs". Em outras versões, é claro, ele foi salvo da morte nos últimos instantes.

Mas o que eu esperava? É claro que ficariam obcecados. Carreiras inteiras foram construídas ao redor de histórias como essa. Joshua fica aborrecido por eu ler a respeito, mas é difícil não fazer isso. Preciso saber o que as pessoas estão dizendo. Para onde os dedos estão apontando. Principalmente hoje que Bodhi Mogaro foi encontrado. As pessoas assumiram a seção de comentários como membros de uma turba febril.

Um cara pego com 25 mil em grana? Alguém acabou de comprar o seu lugar na cadeira elétrica.

Crianças são raptadas o tempo todo na África e em cidades do interior do país, e ninguém parece ligar. Essas histórias não chegam à capa do The New York Times.

Por que esse jornal não veicula os relatos das testemunhas sobre um homem caucasiano de meia-idade visto na noite de Quatro de Julho, sentado em um banco, em frente ao prédio dela? Os blogs de crime só falam disso e confirmaram pelo menos duas fontes anônimas dentro da polícia de Nova York. O cara está em condicional por assediar um menino.

Admito. Essa última informação me fez sorrir. Eu que plantei. Por quê? Porque alguém vai pagar pelo que aconteceu e faço questão de que não seja eu.

De qualquer forma, vou me permitir um descanso mental para desfrutar da tranquilidade que sinto. Ou da tranquilidade que sentiria se não estivesse tão nervosa, se não estivesse imaginando, a todo instante, que ouço o meu bebê chorando.

CAPÍTULO 10

Dia cinco

PARA: Mamães de Maio
DE: As amigas do Village
DATA: 9 de julho
ASSUNTO: Conselho de hoje
SEU BEBÊ: DIA 56
Feliz aniversário, bebê! Seu pequenino faz oito semanas hoje. Você conseguiu! (É difícil até imaginar a época antes de se tornar mãe, não é?) Hora de comemorar essas últimas semanas de afeto, alimento, aconchego e amor à sua pequena maravilha. Vá em frente, coma um pedaço de bolo. Você merece.

Encontraram um menininho em Nova Jersey.

Todo o efetivo policial de uma pequena comunidade foi chamado, mas foi um membro da equipe de voluntários de busca que o achou. Ele estava a quase dois quilômetros da praia, nos bambuzais, procurando conchas, duas horas depois de se afastar dos pais, bem no instante em que a mãe tirava os sanduíches da sacola.

Uma menina no Maine foi vista, pela última vez, descendo do ônibus escolar perto de casa. A polícia procurou noite adentro, criou um posto de comando ao longo da rodovia 8; um cão de resgate foi trazido. Na manhã seguinte, ela foi encontrada na casa de um tio.

Acontece toda hora: uma criança desaparece e depois é encontrada sã e salva. Porém, Francie mais uma vez percebe, ao navegar pelas histórias do site do Centro de Crianças Desaparecidas, que essas crianças foram encontradas em até 24 horas.

Cinco dias.

Cinco dias inteiros se passaram e a polícia não falou *nada*. Nem encontraram qualquer indício de Midas, palavra alguma quanto à sua segurança. Nem sequer divulgaram qualquer informação ligando Bodhi Mogaro — que está detido por invasão de propriedade alheia — ao rapto.

Francie pega a mamadeira na panela quente no fogão e carrega Will até uma cadeira de balanço, perto do ventilador da janela. Abrigando-o dos raios de sol que entram pelas cortinas, ela o aninha no braço e leva a mamadeira até a sua boquinha, torcendo, ela não pode negar, para que ele recuse a fórmula, que não aceite nada além do leite dela, que chore de aversão àquele cheiro químico. Ela passa o bico emborrachado da mamadeira nos lábios dele, o líquido ralo e cinzento se espalha no lábio inferior. Então ele bebe em goladas velozes, quase frenéticas.

Francie ignora a pontada de decepção e estende a mão para pegar o controle remoto. Oliver Hood está sendo entrevistado na CNN. Advogado de direitos humanos que fez fama defendendo a libertação de seis prisioneiros de Guantánamo, ele anunciou ontem que assumiu o caso de Bodhi *pro bono*.

— Até onde entendo — diz o entrevistador, um homem de meia-idade, com óculos de moldura escura e uma ousada camisa xadrez —, Mogaro está detido pela acusação de invadir local proibido. Mas o verdadeiro interesse é seu papel determinante no rapto do Bebê Midas. Oliver Hood, o que pode me dizer?

Hood é um sujeito magro com olhos grandes e redondos.

— Bem, posso lhe dizer muitas coisas, mas a questão principal é que o meu cliente é inocente. Ele não invadiu local proibido conscientemente e não tem nada a ver com o desaparecimento do Bebê Midas. Esse é um caso típico de discriminação racial. Que provas existem contra ele? Ele foi visto perto do prédio de Winnie Ross e é de origem árabe. Só isso.

— Bem, se você falar…

— E fica ainda pior. Conversei com dois detetives que dizem que o homem identificado por uma testemunha como Bodhi Mogaro, na noite do episódio, o indivíduo que afirmaram estar caminhando próximo ao prédio da srta. Ross à época do rapto, gritando ao telefone, agindo de forma estranha… — Oliver Hood faz uma pausa de efeito — … *não* é Bodhi Mogaro.

— O que quer dizer?

Hood ergue uma foto de um homem vestindo um jaleco médico branco.

— O nome é dr. Raj Chopra, e ele é cirurgião-chefe do Hospital Metodista do Brooklyn. Ele estava correndo para o trabalho, na sua noite de folga, para ajudar com um acidente de ônibus, no qual duas crianças a uma jovem mãe ficaram gravemente feridas.

Francie fecha os olhos e tenta entender. Bodhi Mogaro não esteve lá naquela noite? Se isso for verdade, a polícia não deve ter qualquer pista confiável.

— Bem, algumas pessoas podem argumentar ser melhor não levar em conta nada do que um detetive esteja dizendo sobre o caso. Não com essa bagunça. E sua alegação com certeza não explica o motivo para que Mogaro tivesse aquele dinheiro no carro.

— Conversei bastante com Bodhi, sua esposa e seus pais. Ele estava no Brooklyn para coletar dinheiro de amigos e parentes que moram na região, para ajudar a pagar pelo enterro de uma tia que havia morrido no Iêmen. Isso é normal na cultura muçulmana.

O apresentador dá uma risadinha maliciosa.

— E beber cerveja e fumar cigarro, como Bodhi Mogaro supostamente estaria fazendo na noite de 3 de julho, ao sentar-se em um banco para observar a casa de Winnie? Isso *também* é algo da cultura muçulmana?

Oliver Hood ri.

— Veja: o sr. e sra. Mogaro se tornaram pais recentemente. — Ele ergue outro papel da escrivaninha à frente e segura diante da câmera. Francie resfolega. É a fotografia de Bhodi Mogaro que ela viu no apartamento de Colette, aquela em que ele sorri abertamente, segurando um bebê nos braços, com os óculos de sol na cabeça. — Esse é o suposto sequestrador com o filho de seis semanas. Se ele tomou um drinque e fumou um cigarro, uma noite? Ora, vamos. Ele é pai de primeira viagem. Deem uma folga ao cara.

— E o voo?

— Ele perdeu o voo. Dormiu demais. Foi um erro. Ele não podia pagar por outra passagem, então alugou um carro para dirigir de volta para casa.

O anfitrião estreita os olhos para Oliver Hood.

— Ele foi parado três dias depois de perder o voo. Acho que não são necessários três dias para dirigir do Brooklyn até Detroit. Até a avó de 84 anos da minha esposa consegue fazer essa viagem em um dia.

— Ele parou na casa de um tio em Nova Jersey. Depois se perdeu no caminho. Ele não sabia que tinha entrado na propriedade do exército. Estou lhe dizendo, Chris, ele é inocente. É trágico o que está acontecendo com Bodhi. É melhor a polícia mostrar alguma prova confiável e acusá-lo ou terão que liberá-lo.

— Preciso concordar que você tem um argumento interessante. Isso com certeza vai ser fascinante de assistir. Obrigado, Oliver Hood. Agora, comigo, via satélite, de Santa Monica, temos minha próxima convidada: Antonia Framingham. — Francie senta mais à frente. Ela adora essa mulher e devorou cada um dos seus livros. Antonia ficou muito rica com uma série de mistérios para jovens adultos, e, ontem, anunciou que vai doar 150 mil dólares para a polícia de Nova York como ajuda na investigação. Sua própria filha foi raptada quinze anos atrás. A polícia nunca teve uma única pista concreta.

— Antonia, por que decidiu doar esse dinheiro? — pergunta o apresentador.

— Porque sei que não há nada pior para uma mãe do que perder um filho. — Francie olha para Will, os olhinhos brilhando na sua direção, enquanto ele toma a mamadeira. — Qualquer mãe que já perdeu um filho sabe…

Francie põe a televisão no mudo e coloca o controle remoto na mesa ao lado. Os freios de um ônibus rangem do lado de fora da janela e o cheiro de diesel invade a sala, pousando nos seus lábios. Ela não quer nem pensar na perda de Winnie. Na verdade, não quer mais pensar, como tem feito nesses últimos dias — os pensamentos enlouquecidos na cabeça — sobre a perda dos seus três filhos.

Na primeira vez, foi uma filha. Ela fica pensando nela quando está sozinha. A sala de azulejos brancos, o cheiro de anticéptico, os rostos apavorados de outras adolescentes esperando em cadeiras plásticas desconfortáveis na área da recepção. Pelo menos elas estavam com alguém — garotos igualmente aterrorizados; amigas nervosas sentadas ao lado delas, mastigando metade do chiclete que elas dividiram. Tinha até uma menina com a mãe, que usava brincos imensos de argola e segurava a mão da filha dizendo à enfermeira que não se importava com as regras, ela iria acompanhar a menina para dentro da sala. A mãe de Francie estava esperando por ela no carro, dirigindo em círculos em volta do estacionamento do Big Lots ao lado da clínica, temendo ser vista por alguém da sua igreja.

"Você entende quais são os riscos ao seu corpo?", pergunta uma enfermeira, depois que ela enfim foi levada a uma sala esterilizada e fria, onde recebeu um avental azul de tecido descartável.

"Sim."

"E tem permissão do pai?"

"Meu pai não está presente. Ele nos abandonou quando eu era bebê."

"Não o *seu* pai. O pai do bebê."

"Ah." Ela sentiu uma onda de pânico. "E precisa?"

A enfermeira ergueu os olhos.

"Legalmente, não. Mas seria bom."

Francie manteve os olhos no chão.

"Pode me dizer o nome?", perguntou a enfermeira.

"O nome dele?"

A caneta da enfermeira estava suspensa acima da prancheta. Ela expirou, irritada.

"É, o nome dele. Imagino que você saiba disso, pelo menos?"

É claro que ela sabia o nome dele. James Christopher Colburn. Vinte e um anos. Formado pela St. James University, membro dos Voluntários Católicos, professor de ciências da escola Nossa Senhora da Perpétua Ajuda. Ela havia permanecido no laboratório após o término da aula e contara a ele a respeito do enjoo matinal e do teste de gravidez. Ele pegou suas coisas, disse que precisava ir e que ligaria naquela noite. O professor de educação física o substituiu no dia seguinte. Ela nunca mais o viu.

"Não. Eu não sei o nome dele."

A enfermeira sacudiu a cabeça, os cachos louros rijos balançando sobre os ombros, dizendo alguma coisa baixinho, enquanto fazia uma anotação no papel.

"Assine aqui, dizendo que você consente com o procedimento." Ela estourou o chiclete. "Precisamos ter certeza de que você não vai se arrepender." A mão de Francie tremia enquanto ela assinava. Ela queria dizer à mulher que *não* consentia com o procedimento. Queria ficar com o bebê. Achava que conseguiria. O bebê só nasceria no verão. Ela poderia tê-lo depois da formatura, arranjar um emprego para sustentar os dois.

Mas sua mãe proibiu.

"Não, Mary Frances. Não quero nem ouvir. Não tem espaço na minha vida para isso", disse Marilyn, enquanto amassava bruscamente uma bola de massa. "As coisas já são bem difíceis criando duas filhas sozinha. Não preciso de um bebê para alimentar em cima de tudo isso."

"Você está bem?", perguntou Marilyn, quando Francie sentou-se devagar no banco da frente do carro da mãe, uma hora após o procedimento.

"Tudo certo, foi rápido."

Elas nunca mais tocaram no assunto.

Os dois outros bebês que ela perdeu foram abortos espontâneos, mas partiram seu coração da mesma forma. O primeiro, apenas quatro meses depois do casamento deles, foi tão cedo que nem pareceu real. Ao menos foi isso que o obstetra de Knoxville lhe dissera.

"É muito cedo, só um punhado de células. Não se preocupe. Continue tentando."

Mas o que não era real nele?, ela queria perguntar quando Lowell segurou sua mão, no dia seguinte, no consultório médico, com o gel azulado do ultrassom secando na barriga. Os nomes que ela tinha escolhido? A vida que tinha imaginado?

O segundo, dois anos mais tarde, depois de dezessete meses de tentativas malsucedidas para engravidar e de uma rodada de fertilização *in vitro*, como aconselhado pelo médico, foi resultado de anormalidade embrionária.

"Algo que não sabemos explicar", disse o médico. "Ter problemas de reprodução é raro para alguém com 20 e poucos anos. Mas tente de novo. Talvez você tenha mais êxito em sua segunda tentativa."

Ela *sabia* explicar. Era exatamente o que a enfermeira da clínica havia alertado: aquela decisão lhe traria arrependimento. Teria consequências. Nos dias anteriores à consulta, Francie ficava deitada na cama, convencida de que o bebê era uma menina, imaginando como ela seria, desejando ser forte o bastante para enfrentar a mãe, fazer o que fosse preciso pela criança. Ser mãe dessa criança do jeito que *ela* queria. Mas não fez nada. Era impotente.

Francie limpa as lágrimas dos cantos dos olhos e, quando volta a assistir à televisão, Midas está na tela. É uma foto dele deitado de barriga para cima, os punhos fechados junto ao rostinho, olhando a câmera. Ela estende a mão para pegar o controle remoto e aumenta o volume. Antonia Framingham segura um lenço de papel perto do nariz.

— Não consigo deixar de pensar em Midas, do mesmo jeito que eu deitava na cama e pensava na minha filha. — Ela funga. — É como se eu pudesse vê-lo. Ele está sozinho em algum lugar, sem a mãe, com uma dor no coraçãozinho, imaginando onde ela está. Imaginando quando ela vai vir buscá-lo.

Francie desliga a televisão e joga o controle no sofá. Era mais do que ela poderia suportar em um dia. Caminha até a cozinha e, em silêncio, coloca a mamadeira na pia. O leite em pó deixou Will tranquilo e sonolento e ela o coloca no carrinho, que desce carregando até a recepção, pelos quatro lances de escada, até sair no calor e subir os seis quarteirões até o parque. Ela para no mercadinho para comprar uma Coca Zero, a primeira vez que saboreia cafeína em mais de uma semana. Até a hora em que se senta no banco, no *seu* banco, na frente do prédio de Winnie, a camiseta colada com o suor nas costas. Ela coloca o carrinho na sombra e estica a mão para pegar a sacola de fraldas e a câmera, soprando a poeira da lente, antes de ficar de pé no banco e olhar por cima do muro de pedras, para dentro do parque que se estende pelo campo até o salgueiro, onde a reunião das Mamães de Maio vai começar em trinta minutos.

Ela está ansiosa para ver todo mundo de novo. Faz pouco mais de uma semana desde que o grupo esteve junto, embaixo da árvore, e ela sentiu falta daquilo. A expectativa pelas reuniões. Seu lugar na roda, entre as outras mães, compartilhando conselhos, cercada pelos bebês. Ela desce do banco e vira a câmera para o outro lado da rua, desviando de alguns jornalistas que rondam a frente do prédio de Winnie para a van de uma emissora estacionada perto, até uma janela, algumas portas adiante, onde, do lado de dentro, vê uma porção de fotografias em preto e branco penduradas acima de um sofá e vários pés de palmeiras em um canto.

Ela usa o zoom da lente, aproximando-o até conseguir ler os títulos dos livros arrumados em uma prateleira.

Um cachorro começa a latir, e Francie vira a câmera para a calçada, para um homem com óculos grossos. Ele tem cerca de 40 anos e ela pensa que já o viu antes, caminhando de um lado para o outro, na frente do prédio de Winnie com um cachorro marrom na coleira. Ele está sempre espiando as janelas, como se quisesse ver lá dentro.

Francie não consegue deixar de imaginar se ele é Theodore Odgard. O molestador sexual fichado que vive em algum lugar por perto. Ela encontrou seu nome ontem à noite enquanto dava de mamar a Will, pesquisando no telefone. Talvez ele seja o mesmo homem sobre quem Francie leu no blog de crimes — o que foi visto em um banco na frente do prédio de Winnie, na noite de Quatro de Julho.

Francie o observa pelo visor, enquanto ele caminha com o cachorro. Bem na hora em que ele passa na frente da casa de Winnie, a porta se abre. O coração de Francie dispara.

Winnie está lá!

Ela dá um zoom na porta e fica decepcionada quando vê que não é ela, mas um homem. Ele fecha a porta e desce os degraus. É mais velho, com 60 sessenta e tantos anos, e usa uma camisa de golfe amarelo-claro com o nome HECTOR bordado no bolso da frente. O cachorro avança na sua direção quando ele alcança a calçada, irrompendo em um latido forte. Hector se aproxima para afagar o cão, assentindo em cumprimento ao homem com a coleira, para os três jornalistas que estão ali perto, no meio-fio. Então, ele anda de um lado para o outro, na frente da porta de Winnie, com as mãos enlaçadas atrás das costas, parando para mexer em um arbusto perto do caminho, arrancando algumas pétalas murchas. Francie continua imóvel, observando. Há pouca coisa escrita sobre o pai de Winnie, e ela imagina se é ele. Conclui que não. Pelo jeito como ele anda deve ser um segurança. Um policial aposentado, talvez, que Winnie contratou para proteger a casa, assegurando que ninguém tente entrar, que nenhum jornalista toque a campainha; enxotando estranhos bem-intencionados que vêm deixar um buquê de rosas do mercadinho, que em um minuto murcham com o calor, ou acrescentar mais uma Girafa

Sophie à longa fila de girafas que estão lado a lado na calçada, se estendendo de uma ponta à outra da quadra de Winnie.

Ela finalmente ligou para Winnie. Três vezes. Mesmo sem resposta, Francie deixou recado em todas as ligações, dizendo que tem pensado nela, se oferecendo para levar compras de mercado, preparar algumas refeições que ela possa guardar no freezer. Francie também quer dizer a ela o quanto está gostando de *Bluebird*. Ela encontrou uma caixa com todas as temporadas em DVDs no eBay, por apenas sessenta dólares, cobrança que ela reza para que Lowell não perceba no extrato bancário do mês que vem. Ela adora. Winnie é engraçada, natural e uma dançarina incrível.

Francie ainda está aborrecida com a forma como Lowell reagiu naquela manhã, quando ela lhe contou sobre as ligações para Winnie.

"Acho que isso não foi inteligente, France."

"Por que não?"

"Ela provavelmente quer privacidade agora. Além disso..."

"Além disso, o quê?"

"Bem, nunca se sabe."

"O que quer dizer com isso? Nunca se sabe o quê?"

Ele suspirou e não parecia disposto a falar mais nada, mas Francie pressionou.

"Onde ela estava quando Midas foi levado? E por que não há sinais de arrombamento? Só estou dizendo que não acho uma boa ideia você ficar próxima demais dela. E eu com certeza não gostaria que Will ficasse perto dela."

Francie ficou furiosa.

"Não gosto do que você está insinuando."

Francie observa Hector virar a esquina do prédio de Winnie, querendo esquecer aquela conversa. Ela sente o telefone vibrar na bolsa de fraldas e pendura a câmera no pescoço. É uma mensagem de Lowell. Pedindo desculpas, ela imagina.

Má notícia. Não consegui o trabalho de reforma. Escolheram outros caras.

Francie coloca o telefone de volta na bolsa, cheia de preocupação. Aquele trabalho era a única promessa que eles tinham da entrada de dinheiro. O aluguel vai vencer em três semanas. Will se remexe no carrinho.

Ela guarda a câmera no estojo e fecha o zíper, conduzindo o carrinho na direção da entrada do parque, torcendo para o filho dormir de novo, enquanto ideias sombrias sorrateiramente vêm à cabeça dela.

Ela tenta afastá-las.

Ela ama Lowell. Ele é um bom marido, um homem bondoso.

Mesmo assim. Por que ela não escolheu um homem como aqueles que tantas das Mamães de Maio arranjaram? Um homem como Charlie, que pôde comprar um apartamento bacana perto do parque, sempre postando fotos de Colette e Poppy no Facebook, junto com mensagens carinhosas sobre como as duas são lindas, como ele tem sorte. Ou o marido de Scarlett, um professor experiente que mantém uma bela casa no subúrbio, com dinheiro suficiente para que ela fique em casa sem se preocupar. Certa vez, Scarlett mencionou que ele fazia questão de estar em casa antes das seis, toda noite, para jantar com ela, ajudar no banho do bebê, colocá-lo na cama. Um homem nada parecido com Lowell, que trabalha sem parar; que nunca, nem uma única vez, deu banho no bebê; cujo negócio está falindo, que começou a dizer a ela, com uma frequência cada vez maior, que precisa arranjar um meio de ganhar dinheiro. Ele que surgiu com a ideia de que Francie deveria organizar uma reunião e se oferecer para tirar fotos dos bebês das Mamães de Maio, de montar um portfólio para começar um negócio de fotografias de bebês, interesse que ela certa vez mencionou.

Quando chega ao salgueiro, quinze minutos depois, envergada pelo peso das bolsas de fralda e da câmera, seus cachos estão arrepiados e suados. Colette já está lá abrindo a coberta. Ela está com um vestido azul-claro, o cabelo preso em uma trança que pende nas costas. Francie não sabe como Colette faz isso; como ela sempre parece tão descansada e apresentável. Francie nem tem certeza se escovou os dentes essa manhã.

— Você teve notícias da Nell? — pergunta Francie, depois de colocar o carrinho de Will na sombra.

— Não. — Colette abre uma caixa de papelão com muffins e oferece um a Francie. — Ela deve ligar no intervalo do almoço. Espero que o primeiro dia dela esteja indo bem.

Token se aproxima. Ele tira os óculos de sol e seus olhos estão vermelhos.

— Você está bem? — pergunta Colette.

— Sim — diz ele, desviando o olhar. — Minha alergia nesse calor é brutal.

Outras começam a chegar e Francie não reconhece ninguém. Mulheres que ela nunca vira, que jamais se importaram em participar de uma reunião quando fotografias gratuitas não foram oferecidas, vêm caminhando até a árvore, perguntando se ali é a reunião das Mamães de Maio. Por outro lado, não há sinal das mulheres que Francie esperava ver — nada de Yuko, Scarlett ou Gemma. Ela tenta conter o desapontamento, enquanto arruma os acessórios que trouxe e convida, aos poucos, as pessoas para tirarem fotos. Ela nunca fotografou bebês e mergulha com tudo, ávida para se distrair de suas preocupações com dinheiro, com Lowell, com a imagem que Antonia Framingham pintou: Midas sozinho, apavorado, sentindo falta da mãe.

— Então, sei que isso é mórbido, mas será que podemos falar sobre Midas? — pergunta alguém atrás dela.

— Nós estivemos no pediatra hoje de manhã — diz outra pessoa. — Esperei noventa minutos para ser atendida e o meu telefone descarregou. Surgiu alguma novidade?

Francie tenta se desligar delas, concentrando-se na luz, nas sombras, em fazer com que o bebê manhoso à sua frente colabore.

— Houve uma entrevista de manhã, com o médico do Metodista, o que foi confundido com Bodhi Mogaro no dia Quatro de Julho. Ele se formou em primeiro lugar da turma de medicina em Harvard. Não estava agindo de maneira *estranha*. Apenas gritava instruções ao telefone para um médico da emergência. Uma jovem mãe em estado grave, sabe? Ela morreu, ontem à noite.

— Ah, que triste.

— Esse negócio com Bhodi Mogaro é perturbador — fala mais alguém. — A esposa dele deu uma entrevista. Estão fazendo parecer que eles acabaram de chegar do Iêmen, mas os dois são cidadãos americanos. Ela é de Connecticut.

— Minha mãe não acredita em uma palavra do que a esposa diz. — Quem está falando ri. — Mas ela só vê as notícias do *Hora da fé*, então não tenho certeza se dá para confiar nela.

— Eu ainda não consigo acreditar que isso aconteceu com uma de *nós*.

Espinhos dos pinheiros pinicam os joelhos de Francie, quando ela abaixa e prende a respiração pelo fedor de uma lixeira próxima, que transborda de copos de papel e sacos plásticos de comida para viagem, banquete para uma nuvem de moscas. Ela se inclina mais perto do bebê, desejando que ele parasse quieto, do jeito que eles ficariam para aquela mulher que os coloca dentro de pétalas enormes, com a cabeça coberta por uma folha de repolho.

— Poderia chegá-lo um pouquinho para o lado, por favor? Ele está na sombra.

— Não consigo tirar isso da cabeça, a ideia de receber uma ligação e ouvir que a minha filha sumiu. Meu marido e eu íamos sair para uma bebida ontem à noite, mas não consegui. Não consegui deixá-la com uma babá. Aliás, li em algum lugar que a babá, Alma, faz parte de uma quadrilha que vende bebês.

Francie leu a mesma coisa ontem e logo mandou uma mensagem para Nell. Alma? Parte de uma quadrilha que vende bebês? Isso é verdade?

Nell respondeu com uma palavra: Sim.

Francie ligou para ela na hora.

"Nell, que horror. Como você..."

"Estava no currículo dela. Babá há três anos. Mãe de dois filhos. Membro de uma quadrilha que vende bebês." Ela ouviu Nell estalar a língua do outro lado da linha. "O que eu poderia fazer além de contratá-la? Eu precisava voltar a trabalhar. Você tem ideia de como as babás estão escassas no Brooklyn hoje em dia?"

Francie ainda estava aborrecida por Nell achar graça naquilo.

"Não tem nada de engraçado, Nell."

"Eu sei, Francie. Mas a forma como estão arrastando a Alma para dentro dessa confusão toda, enquanto incitam medo em todas as mulheres que têm babás... é enfurecedor. Ela jamais faria algo para ferir alguém. Eu *tenho* que rir disso. Do contrário, talvez eu simplesmente mate uma pessoa."

— Bom trabalho, amiguinho — diz Francie para o novo garotinho no cobertor à sua frente. — É só isso. Apenas fique sentado quietinho por mais um minuto.

— Você assistiu a *Us Weekly* ontem? — Francie está de costas para as mulheres e não sabe quem está falando. As vozes saem ao mesmo tempo. — Um artigo dizia que Patricia Faith oferecera 2 milhões de dólares a Winnie por uma entrevista.

Francie ouve o toque de uma nova mensagem e faz uma pausa para olhar o telefone, no chão, perto da bolsa da câmera. É Lowell de novo.

Venda essa ideia de negócio, de verdade. Tente agendar algo hoje mesmo.

— Bem, ouvi dizer que uma empresa se ofereceu para pagá-la para fazer um vídeo de exercícios para novas mães. É repulsivo.

O telefone de Francie apita outra vez, mas ela ignora. Não pode lidar com Lowell nesse momento.

Ela vira na direção do grupo, a cabeça doendo pelo sol e calor.

— Quem é o próximo? — pergunta ela, notando que Colette olha para o telefone, franzindo a sobrancelha. A amiga cruza o olhar com o de Francie e sua expressão está pontuada de preocupação.

— Veja o seu telefone — diz Colette, baixinho.

Francie logo solta a câmera no cobertor. Uma mensagem de Nell.

Liguem no programa da Patricia Faith. Agora mesmo.

Os braços de Nell estão erguidos acima da cabeça e blusa está levantada, expondo a pele flácida da barriga caindo por cima do cós elástico do jeans de gestante. Ela está com um drinque em uma das mãos, a outra segura o punho de Winnie. Nell se lembra do momento em que aquela fotografia foi tirada. Era o começo da noite. Elas reclamavam da falta de pagamento pela licença-maternidade nos Estados Unidos. Ela tinha levantado, cantado "Rebel Yell" e puxado Winnie para levantar. Elas dançaram. As pessoas cantaram junto. Todos riram.

Quem faria isso? Quem, entre elas, daria essa foto a Patricia Faith, cujo rosto presunçoso substituiu o de Nell na tela da televisão? Ela usa um vestido preto elegante sem mangas, e parece ter arranjado tempo para retocar as luzes. Olha tão intensamente para a câmera que Nell tem a impressão de que Patricia Faith pode vê-la ali, sentada sozinha em uma mesa do Simon French Café, as mãos suadas, a bile subindo à garganta.

— Recapitulando — diz ela, pousando o queixo nos dedos entrelaçados. — Essa manhã, recebemos essa foto perturbadora, que mostra Gwendolyn Ross na noite, talvez no exato momento em que o seu bebê de apenas sete semanas foi levado do berço.

A câmera dá um zoom na fotografia, fechando no rosto de Winnie. Ela olha diretamente para a câmera, os olhos meio fechados e vagos, uma expressão alcoolizada no rosto.

— Olhem para isso. Ela está bêbada — diz Patricia Faith. — Eu lamento, mas tenho que fazer uma pergunta. O que essa fotografia significa? Ela vai, ou deveria, mudar a história? Sei que temos focado em outras coisas. O prefeito incompetente e o horrendo trabalho da polícia. Bodhi. Perguntas em relação à babá. Mas, olha, eu não sei. Uma mãe, apenas algumas semanas após o parto, sai e deixa o bebê em casa para agir *dessa maneira*? *Isso* é a definição de maternidade moderna?

A câmera enquadra um dos convidados de Patricia Faith: um homem mais velho, com olhos pretos que não piscam e um cavanhaque meio grisalho.

— Estou contente de ter comigo Malcolm Jeders, chefe da Igreja Calgary e membro do conselho diretor da Família Americana, e Elliott Falk, do *Post*. Obrigada, cavalheiros, pela presença. Malcolm, vou começar com você. Qual é a sua visão desse episódio?

— Um bebê está desaparecido, Patricia, e isso é trágico. Mas, se me perguntar, colhemos o que plantamos, ainda mais com essa noção de que as mulheres precisam *ter tudo*. O que isso passou a significar? Que depois de algumas semanas após dar à luz um filho, mães estão se embebedando, agindo como se estivessem fazendo um juramento a uma fraternidade universitária?

— O Jolly Llama — diz Patricia — que está mais para Jolly Mama. — Ela dá um sorriso malicioso para a câmera, com uma sobrancelha esperta erguida acima da moldura laranja berrante dos seus óculos de leitura. — Eu concordo. Ninguém vai discutir que as mulheres precisam passar o dia em casa. Mas se eu tivesse um filho, ainda mais um recém-nascido, deixaria ele em casa para ir para um bar? Não, senhor. Quando minha mãe teve o primeiro filho, sua prioridade era o bebê, e continuou sendo assim até que o caçula estivesse no jardim de infância. Ela jamais teria…

Quatro mulheres carregando pratos de papelão com saladas chegam e sentam-se à mesa ao lado de Nell, abafando o som da televisão. Nell pega a sua bandeja e caminha até um reservado de mesa e sofás em um canto, embaixo de uma TV maior, as notícias passando no rodapé da tela. Patricia Faith vira para o outro convidado.

— Elliott Falk, é bom vê-lo de novo. As mulheres mostradas aqui com Winnie Ross… Vamos chamá-las de Jolly Mamas, só pela conveniência. O que sabemos sobre elas e o papel que exerceram naquela noite?

— Bem, Patricia, até agora, os nomes dessas mulheres não foram divulgados. Mas, como sabemos, Winnie estava fora com o grupo de mães. Esse é um fenômeno cultural novo. Deixe-me explicar. Historicamente falando, as mulheres sempre dependeram de um círculo de mulheres para ajudá-las após o parto. É claro, elas não se inscreviam para ingressar nesse círculo. Isso acontecia de maneira natural. Eram mães, tias, irmãs. Isso ainda acontece em países em desenvolvimento. Mas hoje…

— Nell? — Uma mulher está em pé junto à mesa, segurando uma bandeja de comida. Os cabelos estão presos em um rabo de cavalo elegante e o crachá está virado, não deixando Nell ler seu nome. A mente dela acelera. Elas participaram da mesma conferência, dividiram uma garrafa de vinho durante um jantar em Los Angeles.

— Não vejo você desde que voltou da licença-maternidade. Quando retornou?

— Hoje.

— Ah. E com quanto tempo está o bebê?

— Oito semanas. — Nell olha para a televisão.

A mulher faz uma careta.

— Como vai indo?

— Ótimo.

— É mesmo? É tranquilo deixar o seu recém-nascido pra vir trabalhar? Não acredito. — Ela se senta no lugar de frente para Nell. — Meu filho está com oito meses. Eu ainda fico cheia de culpa.

Nell assente e engole com força. Ela não vai começar a chorar no meio do refeitório da empresa, não na frente daquela mulher. Ela pretende restringir isso aos quinze minutos, três vezes por dia, que passará no cubículo de deficientes do banheiro olhando as fotos de Beatrice, enquanto tira leite com a bomba.

A mulher percebe.

— Ah, Nell. Lamento muito. Vai melhorar. — Ela sacode um frasco de uma bebida proteica. — Eles deveriam nos dar uma sala para aleitamento...

Então, Nell vê. Em um dos televisores do outro lado do salão. O rosto do ex-secretário de Estado Lachlan Raine. Ele responde perguntas de repórteres do lado de fora da sua casa de lago, em Vermont, com uma expressão sinistra. Nell conhece muito bem a expressão: o balanço lento da cabeça, a expressão ensaiada de remorso.

— Preciso ir. — Nell pega a bandeja com o almoço intocado. — Tenho uma reunião em alguns minutos.

— Está bem. Só para avisar, temos um grupo para novas mães na empresa, que se reúne...

Nell se sente tonta quando deixa a bandeja no carrinho metálico perto das latas de lixo. Uma pequena multidão está reunida no hall dos elevadores, com cafés gelados e embalagens de comida para viagem. Ela passa direto e sobe de escada até o sexto andar. Seu celular toca assim que ela fecha a porta do escritório.

Uma onda de alívio vem quando ela vê o número. É Francie.

— Colette e eu estamos corremos até o apartamento dela. Aguente firme. Vou colocar você no viva voz.

Nell afunda na cadeira, sem fôlego.

— Vocês viram a fotografia em que eu apareço?

— Sim.

Ela fecha os olhos, imaginando o retrato mais uma vez. O suor mancha as suas axilas. A faixa de gestante sobre a cintura. A gordura leitosa da barriga.

— Quem mandou aquilo para ela?

— Um babaca oportunista, com certeza — diz Colette. — Não acho que tenha sido uma de nós. Dá para ver pelo ângulo. Quem quer que tenha tirado, estava na outra ponta do deque. E, sério, Nell, ninguém vai saber que é você. Está muito embaçada. Não dá para identificar o seu rosto.

— Mas, então, por que Lachlan Raine está sendo entrevistado? — pergunta Nell.

— Como assim?

— Eu o vi na CNN ou em outro canal de notícias. Ouvindo as perguntas.

— Disseram que ele está sendo considerado para o Nobel. Você achou que ele estivesse comentando a sua foto? — Colette ri. — Eu sei que algumas pessoas vão tratar a imagem de uma mãe bebendo como uma questão de segurança nacional, mas envolver um ex-secretário de Estado talvez seja um pouco de exagero, até para Patricia Faith e seus novos amigos da TV a cabo.

Nell apoia a cabeça na palma da mão, sentindo uma onda de alívio. Surge uma batidinha da janela do escritório. Ian está ali no corredor, apontando para o relógio. Nell ergue um dedo para indicar que já está indo.

Francie parece prestes a cair em prantos.

— Isso está piorando. O que as pessoas vão pensar?

— Quem se importa com o que as pessoas vão pensar? — diz Colette. — Nós não fizemos nada de *errado*.

O telefone da mesa de Nell toca.

— Merda. Esperem um instante. Sebastian está me ligando. A bebê acordou com febre, e ele está em casa com ela.

Ele deve ter visto o programa da Patricia Faith. Vai ficar muito preocupado.

— Graças a Deus você atendeu — diz ele, a voz tensa. — Eu sei que você tem aquela reunião, fiquei com medo de que não fosse encontrá-la.

— Eu sei. Preciso ir agora. Você viu?

— Se eu vi? Vi o quê?

— A fotografia. Patricia Faith.

— Não, mas...

— Não é por isso que você está ligando?

— Não, querida, ouça. — Ele abaixa o tom de voz, como se alguém estivesse ouvindo. — A polícia está aqui. Querem falar com você. Acho que deveria vir para casa.

Mark Hoyt está na sala de estar de Nell observando a prateleira de livros. Ele cortou o cabelo desde a visita de quatro dias antes.

— Sra. Mackey — diz ele, virando para olhá-la, quando ela fecha a porta e deixa a bolsa no chão ao lado do sofá. Ela não consegue ler a expressão dele. No táxi, a caminho de casa, depois de dizer a Ian que a febre de Beatrice tinha subido e que ela precisava ir para casa, Nell tentou se convencer de que estava tudo bem, lembrando a si mesma que não tinha feito nada de errado. Ou, pelo menos, nada ilegal. No entanto, ela não conseguia negar a sensação crescente de pavor. Será que Mark Hoyt sabe de alguma coisa? Será que ele descobriu algo que aconteceu nos momentos em que Nell não consegue lembrar?

O som de alguém caminhando pelo corredor a surpreende, e ela vê Sebastian.

— Ah, que bom que você chegou — diz ele, pousando uma caneca de café na mesa. — Tudo bem? — Ele sussurra as palavras, mas ela sente a inquietação na voz dele.

— Sim. Como está a Beatrice?

— Bem. A febre dela baixou. Está dormindo.

— Por que não se senta, sra. Mackey? — sugere Hoyt.

Nell estende a mão para pegar o café que Sebastian serviu, sabendo que ele provavelmente o fez para Hoyt, e senta no sofá.

— O que o traz aqui, detetive?

Hoyt caminha devagar até uma poltrona gigante perto da janela e se empoleira em um dos braços. Ela resiste ao ímpeto de dizer-lhe para se sentar direito, que do jeito que está vai estragar a armação da peça. A poltrona foi um presente de casamento dado por sua mãe, e Nell sabe quantas horas extras ela teve que fazer no hospital onde trabalhava para conseguir pagar por aquilo.

— Só algumas perguntas — diz Hoyt, erguendo as mangas da camiseta cinza de algodão. — Algumas pontas soltas com que talvez possa nos ajudar.

— Está bem.

— Primeiro, como vai?

— Bem.

Ele se levanta e volta à estante de livros.

— É mesmo? — Ele ergue uma fotografia em um porta-retrato na prateleira, uma do dia do seu casamento, e limpa a poeira do vidro com o polegar. — Esse é o seu pai?

— Padrasto.

Ele assente.

— Bonito vestido.

Nell aponta a prateleira de baixo para um álbum grosso ao lado dos livros de arte de Sebastian.

— Tem um álbum cheio de fotos aqui. Está escrito "Dia do Casamento" na lombada. Se esse é o motivo para estar aqui, ver as fotos do meu casamento.

Hoyt ri.

— Não, não exatamente.

— Que pena. Foi um casamento maravilhoso. Apenas dezesseis pessoas. Minha sogra fez comida haitiana. — Hoyt coloca a fotografia na prateleira. Seu silêncio é esmagador. — Então, detetive, hoje era o meu primeiro dia de trabalho depois da licença-maternidade. Não foi um bom momento para falar ao meu chefe que precisava sair mais cedo. Além disso, minha filha pegou o primeiro resfriado, depois de quatro horas na creche. Eu estou exausta. Podemos falar sobre o que lhe traz aqui?

— Lamento muito por isso. — Ele sacode a cabeça, a voz pontuada pela compaixão de bom policial. — Achei que seria melhor repassarmos as perguntas aqui, em vez de, você sabe, eu aparecer no seu escritório.

— Que perguntas?

— Ainda estou tentando esclarecer parte da confusão daquela noite. — Sebastian entra na sala com outra caneca de café, mas Hoyt a descarta com um aceno. — Não, obrigado. Já tomei café demais hoje. — Ele volta a Nell. — Terá que me perdoar se já falamos disso. Minha cabeça não é mais tão aguçada quanto antes. Entendo que organizou o programa noturno no Jolly Llama. Correto?

— Na verdade, não. Todas nós...

— Você foi bastante inflexível quanto à presença de Winnie Ross nesse dia.

— Todas nós a queríamos lá.

— Mas foi você que mandou o e-mail. Escreveu algo… o que foi mesmo?… *Venham todas, principalmente a Winnie. Não vou aceitar um não como resposta.* Ou algo assim. Estou certo?

— Não lembro, exatamente.

— Não? — Ele tira um caderninho do bolso traseiro e abre. — Sim. Foi isso. Talvez a minha memória não esteja tão ruim, afinal.

Nell assente.

— Já eu não posso dizer o mesmo. Quase nem me lembro de vestir as calças, nos últimos tempos. Estou privada de sono nesse momento.

Hoyt sorri, um sorriso de garotinho, uma expressão que Nell imagina que a esposa dele deva achar irresistível.

— Vejamos. O que mais? Ah, sim. — Ele ergue a cabeça. — O aplicativo de monitor de vídeo da srta. Ross. Por que o apagou?

— Por que eu…

— *Peek-a-Boo*, eu acho que é o nome. Permite que a mãe assista a um monitor de vídeo remotamente. Você deletou esse aplicativo do telefone dela?

Nell sente os olhos de Sebastian sobre ela. Ela ficou envergonhada demais para contar isso a ele.

— Foi uma burrice, na verdade. Nós só estávamos rindo um bocado.

— Rindo um bocado?

— Fazendo uma brincadeira. Winnie verificava o telefone toda hora, olhando o bebê. A finalidade de sair era ficar longe dos bebês. Então, quando ela levantou para pegar um drinque, e Colette viu que ela tinha deixado o telefone na mesa… — Nell tenta não falar com a voz trêmula. — Claro que agora estou arrasada por isso. Pensando em como a noite poderia ter terminado diferente se não tivesse feito aquilo. — Sebastian pega a mão de Nell, entrelaçando os dedos aos dela. — E ela poderia ter baixado o aplicativo de novo sem problema. Não teria levado mais que um minuto.

— É mesmo? — diz Hoyt, dando uma rápida risada. — Preciso admitir, não entendo nada dessas coisas modernas. Minha filha de 11 anos está sempre debochando de mim, dizendo que eu sou da Idade Média. Entre nós, tenho certeza de que ela acha que a Idade Média começou por volta de 1995. Mas ela sabe se achar no laptop da minha esposa de olhos fechados.

Nell não quer saber da filha ou da esposa desse homem. Ela quer que ele vá embora.

— E por que ligou para o celular de Winnie Ross em duas ocasiões distintas naquela noite?

— Por que eu...

— Os registros do celular da srta. Ross indicam que entre 22h32 e 22h34, por volta do horário do rapto, segundo acreditamos, você ligou para ao celular dela duas vezes. Ou... — ele ergue a mão, para esclarecer — ... acho que posso dizer que alguém ligou usando o seu telefone.

Ela sente a palma da mão suando na mão de Sebastian. Hoyt ergue a sobrancelha e espera por uma explicação, mas ela não tem uma. Ela não se lembra de fazer isso.

— Por que ligou para o celular dela?

— Eu estava... eu devia estar...

— Quantos drinques você tomou naquela noite?

— Eu já disse. Dois.

— Certo. E a srta. Ross? Sabe quantos drinques ela pode ter tomado?

— Você já me perguntou isso no outro dia. — Ela força a si mesma a se manter comedida. — Falando sério, quem se importa?

— Quem se importa?

— É, como isso pode ser relevante? Acho que ela nem bebeu. Ela estava tomando chá gelado. E, apesar do que a máfia no noticiário dos canais a cabo diz, mães ainda têm permissão para beber, se quiserem.

— O álcool pode tornar a história dela menos confiável — diz Hoyt, com uma expressão estática. — O mesmo serve para você.

Beatrice choraminga do seu quarto e a cabeça de Nell fica embaçada enquanto ela tenta decifrar o tipo de choro. Será que a febre voltou? Será que está com fome? Ela se dá conta de que Hoyt a observa, esperando que diga alguma coisa.

— Não ouvi — diz ela. — Qual foi a pergunta?

— Havia alguém perto dela quando ela pediu a bebida? Alguém que pudesse estar mal-intencionado. Que possa ter colocado algo nela.

— Não, não que eu tenha visto. — Beatrice chora mais alto e faz Sebastian ir correndo. Ele fecha a porta do quarto e Nell se vira para

Hoyt. — Já que estamos fazendo perguntas, detetive, talvez eu possa lhe fazer algumas?

Nell vê algo passar no rosto dele, mas depois ele firma a expressão.

— Claro.

— Quem está falando com a imprensa a respeito de Alma?

— Quem está...

— É, esse negócio sobre ela ser de uma quadrilha de venda de bebês. Esses boatos de que ela pode estar envolvida. — Nell sabe que deveria se conter, mas a raiva e a impaciência tomaram a frente. — A menos que exista algo muito concreto que queira me dizer, juro pela vida da minha filha que ela não tem nada a ver com isso. O senhor e as pessoas da sua delegacia precisam parar de insinuar o contrário. Isso pode acabar com a vida dela. — Nell sorri. — Ela pode ser imigrante, mas ainda é humana.

— Eu não insinuei nada...

Sebastian surge no corredor, parecendo preocupado.

— A febre voltou — diz ele. — Talvez seja melhor você amamentá-la.

Nell suspira e pressiona os olhos com as mãos, tentando conter a dor que surge por trás deles.

— Escute, detetive, foi ótimo colocarmos a conversa em dia, mas minha filha precisa de mim. Eu presumo que tenha o direito de lhe pedir para ir embora?

Hoyt assente.

— É claro que tem. Ficarei feliz em voltar quando for conveniente. Sei como são as crianças. — Ele revira os olhos. — Tenho três.

Nell levanta, sente as pernas pesadas e caminha até a saída. Ela faz uma cena, escancarando a porta.

— Então, sabe como é difícil quando elas estão doentes.

Hoyt para um instante.

— É claro. Não é fácil. Ser pai e mãe pode ser verdadeiramente esmagador. Quando eles são bebês, com certeza. — O olhar dele é intenso. — Não concorda?

Ela fica em silêncio, conforme Hoyt se levanta da poltrona e caminha devagar para a porta. Ele para na frente de Nell e tira um cartão de visita do bolso traseiro.

— Esse é o meu telefone — diz ele, entregando o cartão para ela. — Pode me ligar, se pensar em algo que talvez nos ajude. Está bem, sra. Mackey?

Ela pega o cartão.

— Sim, tudo bem.

Antes que ela possa fechar a porta, ele bloqueia a porta com a ponta da bota, põe a cabeça de volta para dentro e lança um olhar curioso.

— Esse é seu nome verdadeiro, não? Nell Mackey?

CAPÍTULO 11

Dia seis

PARA: Mamães de Maio
DE: As amigas do Village
DATA: 10 de julho
ASSUNTO: Conselho de hoje
SEU BEBÊ: DIA 57
Se ainda não implementou uma rotina para a hora de dormir, temos uma pergunta para você: o que está esperando? Uma rotina vai ajudar o pequenino a saber que está na hora de dormir, portanto, pense em passar o maior tempo possível ninando, cantando, banhando, lendo e/ou aconchegando. Em seguida, vocês dois vão estar prontos para uma boa noite de sono!

O sangue escorre do punho de Francie e desce pelo antebraço, empoçando na dobra do cotovelo. Ela se equilibra junto à bancada, enquanto Lowell vem correndo até ela, segurando o pano de prato bom, o amarelinho, com os girassóis. O sangue vai estragar o pano. Ela vai ter que jogá-lo fora.

— Jesus — diz ele, pressionando o pano no punho dela.

— Desculpe.

— Está tudo bem. Segura com força.

— Mas o prato. Era um daqueles da sua vó.

— Não se preocupe. — Ele limpa o sangue do linóleo desgastado sob os pés, catando os pedaços de louça da pia. Depois que tudo está limpo, ele recosta na bancada. — Você está bem?

— Sim. Parece pior do que é. Isso foi tão estranho. O prato escorregou dos meus dedos.

Ele assente.

— Eu ouvi você aqui ontem à noite. O que estava fazendo?

— Pensei ter ouvido o Will chorar, depois não consegui mais dormir. Eu só estava lendo umas coisas...

Lowell sacode a cabeça.

— Tem gente trabalhando nesse caso, Francie. Profissionais. Se ele estiver por aí, vão encontrá-lo.

Ela continua olhando para baixo, pressionando o ferimento.

— Eu sei.

— Você anda tão ansiosa e distraída. Isso não é bom para o Will.

Ela gira na direção dele.

— O que isso quer dizer? Não é bom para o Will?

— Agora você precisa pensar nele. Sobre seu...

— Está falando sério? Nosso bebê é a *única* coisa em que penso.

— Francie. Acalme-se.

— *Me acalmar*? Não, Lowell, acalme-se você. As *pessoas* estão trabalhando nisso? São um bando de incompetentes. Você mesmo disse. E aí? Devo simplesmente me esquecer disso? — Ela joga o pano na bancada. — Esse troço todo do Bhodi Mogaro? Você tem lido a respeito? As pessoas estão saindo em defesa dele. Dizendo que ele sofreu discriminação racial. A União Americana pelas Liberdades Civis começou a prestar atenção. Não têm *nada* contra ele. Nenhum histórico criminal. Nenhuma motivação. Sua esposa diz que ele perdeu o voo porque dormiu demais. — Ela ouve o tom acusatório aumentando na própria voz. — Ela disse que ele não dorme o suficiente porque *ele* levanta para cuidar do filho à noite. Para que *ela* possa descansar.

Lowell está em silêncio, impassível.

— Até a Patricia Faith diz que a polícia está se excedendo em mantê-lo preso. O cara estava perdido. Por isso ele foi parar em uma propriedade do governo. Se tivessem alguma coisa contra ele, já o teriam acusado.

— Eu não botaria muita fé — ele ergue as sobrancelhas e dá um sorrisinho malicioso — no que aquela mulher diz.

— Não tem graça, Lowell.

— Eu sei que não, mas, Francie, você não pode fazer nada a respeito. Estou falando sério. Você não está dormindo. Mal está comendo. — Ele pousa os braços nos ombros dela. — Eu sei que não tenho permissão para cogitar que o Midas esteja morto…

— Lowell, pare com isso.

— … mas, sabe de uma coisa? Ele pode estar.

Ela recua.

— Lowell, *pare*. Não seja assim. É da vida de um bebê que estamos falando…

— Francie. Ele talvez esteja morto. É horrível, mas você tem que se preparar para essa notícia.

— Ele *não* está morto. — Ela se lembra de que Will está ouvindo, balançando na cadeirinha na sala, e abaixa o tom de voz. — Eu sei.

— Como? Como você sabe? Coisas horríveis acontecem, France.

Francie fecha os olhos e a lembrança volta: sentada embaixo do salgueiro entre as Mamães de Maio, apenas dez dias atrás, o sol batendo no seu pescoço, ela ouvindo as palavras de Nell. *Coisas horríveis acontecem em um calor desses.*

A sala se fecha em volta dela.

— A melhor coisa que você pode fazer é cuidar de si mesma — diz Lowell, a voz fina e distante. — Não é bom para ninguém que esteja perdendo as estribeiras assim. Eu vou tirar o dia de folga. Posso cancelar uma reunião.

Ela ergue os olhos para ele.

— Por quê?

— Para você poder descansar.

Ela saboreia a ideia: ir para cama, ter algumas horas sozinha. Faz meses que ela não fica mais que quinze minutos sozinha, o que só acontece quando ela corre para comprar um vidro de molho enquanto Lowell cuida de Will. Ela devia aceitar. Devia se permitir uma folga de Will e do seu choro, de pensar em Midas e de ler o site de Patricia Faith com os comentários medonhos e as perguntas que as pessoas começam a fazer sobre Winnie. Onde ela estava naquela noite? Por que não está falando com a imprensa, dando entrevistas, exigindo que devolvam Midas?

Mas ela não pode fazer isso. Eles não podem se dar ao luxo de Lowell perder uma reunião, não depois de perder o trabalho com que contavam.

— Não, tudo bem — diz ela. — Eu planejava levar o bebê para dar uma volta. Preciso começar a me exercitar.

— Tem certeza?

— Sim. Você está certo. Eu preciso me cuidar melhor. Uma boa caminhada vai ajudar.

Lowell parece relaxar.

— Eu estou oferecendo. Essa é a sua última chance de dizer sim.

— Você tem que trabalhar. Eu ficarei bem.

— Tá bom, se você tem certeza. — Lowell dá um beijo na sua testa. — Vou tomar um banho.

Ela espera até ouvir o chuveiro ligado para ir até o quarto, fechar a porta e tirar o caderno que escondeu na primeira gaveta, embaixo das calcinhas de renda que não usa há meses. Ela abre na lista que fez das pessoas que estavam no bar naquela noite e vira a página para a lista nova que vem mantendo: os nomes de todos os suspeitos.

Ela põe uma interrogação na frente do primeiro nome da lista.

Bodhi Mogaro.

E se o advogado estiver certo? E se realmente não for ele? Ela revisa as outras opções.

Alguém relacionado ao negócio do avô de Winnie.

Alma. Nell é inflexível quanto a Alma não ter nada a ver, mas Francie não sabe mais no que acreditar. Seria mesmo possível que alguém tivesse entrado na casa de Winnie e levado Midas do berço sem Alma ouvir *nada*? No dia anterior, Francie leu que o irmão de Alma tinha sido preso em Tucson, alguns anos atrás, por roubar de um carro. Que um tio dela, lá em Honduras, tinha matado alguém.

O que realmente está começando a afligi-la, no entanto, é o *stalker* de Winnie. Archie Andersen. Ela circula o nome várias vezes. Não havia muita coisa escrita sobre ele, e ela não conseguiu encontrar fotos on-line. Foi há anos, antes da internet, do Facebook e dos noticiários 24 horas por dia. A única informação definitiva que ela encontrou foi um artigo da revista *People*, que afirmava que Archie Andersen aparecera nos estúdios de *Bluebird*. Ele conseguiu chegar até o set várias vezes, forçando a mãe de Winnie a ir às autoridades em mais de uma oportunidade e registrar uma queixa, pedindo uma ordem de restrição para mantê-lo a distância.

Depois, ele apareceu no funeral da mãe de Winnie, chorando e berrando como se fosse a sua própria mãe, até que foi retirado pelo namorado de Winnie à época.

Archie estaria com uns 30 anos agora. Assim como aquele cara no Jolly Llama que abordou Winnie quando ela ficou sozinha no bar. A última pessoa com quem ela foi vista.

Francie mandou um e-mail para Nell e Colette algumas horas mais cedo, perguntando se elas não achavam que a polícia estava cometendo um erro em não averiguar Archie Andersen.

Eu imagino que eles devem levá-lo em conta, respondeu Colette. Apesar do que a mídia sugeriu, a polícia não é tão idiota assim.

Mas como Colette pode ter certeza? Se Mark Hoyt e companhia de fato estivessem errados em relação a esse negócio do Bodhi Mogaro, que outras besteiras estariam fazendo? Francie ouve a água do chuveiro fechando e a cortina sendo aberta. Fecha, então, o caderno e o guarda na gaveta. Na sala, ela tira Will da cadeirinha, agarra a sacola de fraldas e o sling e grita "tchau" para o Lowell.

Ele sai do banheiro de cuecas, secando o cabelo com a toalha, quando ela já está saindo pela porta.

— Para onde você vai?

— Mamães de Maio. — Ela limpa a garganta. — Marcaram em cima da hora, lá no lugar de sempre. Acabei de receber o e-mail.

— Fico tão feliz de ouvir isso, meu bem. — Ele volta para o banheiro. — É exatamente disso que você precisa.

Francie tenta ignorar o barulho de uma luz do teto, enquanto nina Will na área de espera gelada e vazia, parando para olhar uma mesa cheia de panfletos. Combate ao terrorismo através do compartilhamento de informação. Ajuda aos LGBT. *Se vir algo, diga algo.*

Ela toma um susto com a batida de uma porta atrás dela. Ao se virar, vê Mark Hoyt entrando na recepção da delegacia de polícia com um homem de barba desgrenhada e olhos afoitos, com uma camiseta preta e jeans largos. O homem faz contato visual direto com ela por uma fração de segundo antes de desviar o olhar. Hoyt vira para ela, depois que o homem deixa a delegacia.

— Sra. Givens. Desculpe-me deixá-la esperando. Por que não vem comigo?

Francie segue atrás dele, passando por um policial sentado atrás de um painel de vidro jogando sudoku no *Post* de hoje, e caminha por um corredor iluminado.

— Aquele cara estava aqui para falar da investigação? — pergunta ela.

— Não.

— Ele é um suspeito?

— Não.

O corredor tem uma entrada para pequenos escritórios e, quando eles chegam à sala de Hoyt, ele dá um passo para o lado, convidando Francie a entrar na frente. O lugar parece um cenário de um programa policial ruim: uma escrivaninha surrada coberta de pilhas desordenadas de pastas de arquivo, os papéis desalinhados caindo para fora. Três copos de papel, todos com café pela metade, estão ao lado de um computador antigo. Uma camada esverdeada de mofo circula um dos copos.

— Quer um café?

— Não, obrigada. Parei com cafeína. — Ela assente para Will, junto ao seu peito. — Pelo bebê. — Ela sente uma pontada de culpa por mentir para a polícia, mas com certeza não tem obrigação de contar a eles que praticamente parou de amamentar. E, além disso, ela vai começar a chorar se falar isso em voz alta.

— Eu posso lhe arranjar um descafeinado, se desejar.

— Então, sim — diz ela. — Obrigada.

Hoyt deixa a porta entreaberta e sai enquanto Francie estuda o escritório. Mark Allen Hoyt. Nascido em Bay Ridge, Brooklyn. Neto de policiais. Seis anos na marinha. Formado pela Academia de Polícia da Cidade de Nova York. Ela encontrou sua biografia na internet, postada como parte de uma palestra que ele deu na feira de carreiras da Staten Island High School ano passado. Ela se inclina acima da mesa e examina a pilha de pastas, presumindo que sejam todas sobre Midas. Ele não pode estar trabalhando em outro caso. Ela estende a mão até o outro lado da mesa, bem no instante em que a porta é aberta. Francie recua a mão depressa e derruba um copo de café com uma cotovelada, derramando o líquido nas panturrilhas e sandálias e no carpete manchado.

É Stephen Schwartz.

— Desculpe — diz ela, estendendo a mão até a bolsa de fraldas para pegar lenços umedecidos. — Eu limpo. Não tive a intenção de...

— Venha comigo.

Seu tom não é amistoso, chega a ser sério, e quase a deixa irritada. Ela provavelmente não deveria xeretar a mesa do detetive Hoyt, entornando seu café repulsivo e mofado, mas Schwartz deveria estar feliz em vê-la. Até onde se sabe, ela pode ter informações valiosas para ajudar na investigação, algo para auxiliar na resolução do caso e encontrar Midas vivo. Mas não há qualquer traço de gratidão na voz de Schwartz quando ele gesticula para o corredor.

— Deixe isso aí. Eu mando alguém limpar.

— Hoyt está voltando. Ele foi pegar um café para mim.

Schwartz abana a mão.

— Venha comigo.

Ela vai atrás dele, aliviada por Will continuar dormindo. A fórmula que ela vem lhe dando tem ajudado no seu sono e ela torce para que os 230 mililitros que ele tomou avidamente no banco do lado de fora da delegacia o deixem dormindo por pelo menos mais uma hora.

Schwartz abre uma porta no fim do corredor. O ambiente está gelado e vazio, uma luz fluorescente ilumina a mesa simples com quatro cadeiras metálicas dobráveis. Francie percebe o seu reflexo em uma parede de vidro; as raízes esbranquiçadas dos cabelos, a barriga projetada, e desvia o olhar. Hoyt está em uma das cadeiras, as pernas esticadas à frente, cruzadas nos tornozelos. Ele aponta para uma cadeira e empurra um copo de isopor com café na direção dela.

— Sente-se.

— Vou continuar em pé, se não tiver problema. O bebê não tolera ficar parado. — Francie pega o copo, sentindo-se nervosa. — Muitos bebês são assim. — Ela dá um gole no café. Está morno e amargo, com pó boiando; ela resiste ao ímpeto de cuspir de volta no copo. Schwartz fecha a porta e se recosta nela.

— Então, Mary Frances Givens. O que nos dá o prazer da sua presença?

Ela coloca o café na mesa e recomeça a ninar Will.

— Eu gostaria de uma atualização sobre o caso.

Hoyt ergue as sobrancelhas.

— Gostaria de uma atualização?

— Sim. Já faz seis dias que Midas foi raptado. Gostaria de saber como estão as coisas. — Ela luta para não mostrar apreensão na voz. — Saber por que ainda não encontraram o bebê.

Schwartz olha para Hoyt.

— Bem, a senhora deveria ter nos dito isso antes — responde Schwartz. Ele puxa uma cadeira vazia, senta e tira um caderninho e um lápis do bolso do peito. Lambe a ponta do lápis, com o rosto preocupado. — Pode me dar o seu endereço de e-mail?

— Meu endereço de e-mail?

— Sim.

— Por quê?

— Quero lhe enviar um relatório completo. E as atualizações, conforme elas forem acontecendo.

— Mensagens de texto são muito mais eficientes — diz Hoyt. — É melhor pegar o número de celular dela.

— Boa ideia. — Schwartz está com o lápis em cima do papel, as sobrancelhas enormes erguidas, na expectativa. — Qual é o seu número?

— Você está bancando o engraçadinho.

Schwartz debocha e joga o lápis na mesa.

— Sim — diz ele. — Pode-se dizer que eu estou bancando o engraçadinho.

Ela sente o rosto corar de raiva.

— Bem, será que poderiam ao menos me dizer o que está acontecendo com Bodhi Mogaro? Vão acusá-lo? Ou é verdade a história com aquele cirurgião?

— Francie — diz Hoyt. — Você sabe que não podemos comentar uma investigação em curso. — Ele dá um gole no café, observando-a. — Foi por isso que veio aqui hoje, para ver o que sabemos?

— Sim. Bem... também ando pensando sobre algumas coisas. Coisas que vocês deveriam saber. — Ela fica de olho em Hoyt. Ao contrário de

Schwartz, ele usa uma aliança. Talvez tenha filhos. — Tem um cara que mora a algumas quadras da Winnie.

— Certo.

— Um molestador sexual fichado.

Ela está certa. Hoyt é mais compassivo. Algo no rosto dele se abranda quando ela diz isso. Ele se inclina à frente, se apoiando nos cotovelos.

— Francie, faça um favor a si mesma. Pare de ler os blogs de crime. Isso vai deixá-la maluca.

— Não, você não entende. Aparentemente, havia um cara de meia-idade, branco, sentado perto da casa dela naquela noite, e ele é um molestador sexual. Sim, tudo bem, li isso em um blog de crime, mas, e daí? E vocês podem checar onde os molestadores moram. Tem um prédio grande a algumas quadras de distância. — Francie sabe que está falando depressa demais e tenta ir mais devagar. — Eu tenho observado a casa dela. — Ela enfia a mão no bolso da frente da sua bolsa de fraldas e pega a fotografia que tirou e imprimiu. — Esse cara passa muito por ali com um cachorro. Ele parece ter um estranho interesse no prédio. Sempre para em frente e observa as janelas. Quase como se estivesse estudando o local, para ser honesta.

— Por que anda vigiando a casa?

— Bem, não vigiando do tipo com binóculos, nem nada. Eu moro perto. Passeio por ali com o bebê. A ideia de que foi um vizinho que levou Midas faz muito sentido. Pense. Foi a primeira vez que Winnie saiu de casa à noite. Sua primeira vez longe do bebê. Só pode ser alguém que sabia disso. Que estivesse vigiando ela.

— Parece que *você* anda vigiando ela — diz Hoyt.

— O quê? Não. Quer dizer… — Francie faz uma pausa para se recompor. — Ela é minha amiga.

— Há quanto tempo a conhece?

— Quatro meses. Mas nós nos conhecíamos por e-mail meses antes disso.

— Quatro meses? Não é muito tempo.

— É, sim. E também, é diferente. Nós duas nos tornamos mães recentemente. Vocês não entenderiam. É um tipo especial de amizade.

Hoyt está em silêncio, assentindo, esperando que a mulher prossiga, mas ela não quer. Não quer explicar a esse cara como é; quanto os membros das Mamães de Maio entendem Francie de um jeito que ninguém nunca entendeu. A frequência com que estiveram presentes para ela, durante sua gravidez, quando ficava apavorada de perder esse bebê, como tinha acontecido com os outros. O quanto o grupo a ajudou, desde que Will nasceu, mandando artigos, respondendo às suas dúvidas e com reflexões relativas à maternidade, tudo contra a batalha do isolamento.

— Eu não estou aqui para falar de amizade. Tem outra coisa que quero lhe dizer. Uma confissão, na realidade. — Hoyt se vira para a parede de vidro e, por um segundo, ela imagina se tem alguém ali atrás observando-os. — Aconteceu uma coisa, naquela noite, e só agora me ocorre como foi estranho.

— E o que foi? — pergunta Schwartz. Ele parece entediado.

— Lembra aquele cara que mencionei no interrogatório? O cara no bar que a abordou do nada?

— Sim.

— Vocês precisam encontrar aquele cara. Trazê-lo aqui.

Schwartz se recosta, equilibrando a cadeira nas duas pernas traseiras, e enlaça as mãos atrás da cabeça.

— Sabe, eu não sou nenhum estudioso das leis, passei raspando na academia de polícia, se quer saber a verdade, mas tenho certeza que abordar uma mulher e oferecer um drinque a ela é legal. Ao menos em Nova York.

— Eu não estou dizendo que essas coisas são ilegais, detetive. — Ela faz tudo para manter a voz equilibrada. — Estou dizendo que o comportamento é um pouco suspeito.

Schwartz começa a falar, mas Hoyt ergue a mão para impedi-lo.

— Tudo bem. Digamos que eu aceite a sua premissa. O que há de suspeito em um cara falando com uma mulher em um bar? Não é para isso que os caras vão a bares?

— Talvez. Mas…

— Sua amiga Winnie é uma mulher muito bonita.

— É, eu sei. Mas… — Will se remexe junto ao seu peito, e Francie percebe que parou de niná-lo. — Eu tenho uma ideia de quem é aquele cara. Não me ocorreu até essa manhã, na verdade. Isso é algo que vocês precisam investigar.

— O quê? — pergunta Schwartz.

— Vocês conhecem o nome Archie Andersen? O *stalker* de Winnie?

Schwartz suspira profundamente e levanta, caminhando até a porta.

— Vou voltar ao trabalho.

Ela olha para Hoyt, sentindo uma ponta de alívio por eles estarem sozinhos.

— Eu acho que aquele cara no bar pode ser Archie Andersen. Vocês deram uma olhada nele?

Hoyt esfrega os olhos.

— Francie, você precisa saber que estamos fazendo o nosso trabalho. Levamos esse caso muito a sério.

— Você tem filhos? — A voz saiu tensa e ela, em silêncio, se repreende. Esse não é o momento de chorar.

— Três. — Ele enfia a mão no bolso para pegar a carteira, e tira uma fotografia enrugada de três garotinhas em pé em uma piscininha infantil. — Sou das antigas. Ainda gosto dessas coisas no papel. Isso foi há alguns anos. — Ele examina a foto com mais atenção, como se não visse há algum tempo. Sacode a cabeça. — Elas crescem muito rápido mesmo.

— Pode imaginar detetive, como seria triste perder uma dessas meninas, antes que tivessem chance de crescer? Como aconteceu com a Winnie? — Ela ergue a bolsa de fraldas do encosto da cadeira, trombando sem querer na cabecinha de Will com o braço, fazendo-o acordar com um susto. As pálpebras dele tremulam abertas e seu rosto fica rosado, prestes a começar a chorar. Ela sente o suor acumulando em volta do sling e a súbita necessidade de ar fresco. — Já disse o que vim dizer. Não poderia viver comigo mesma, se não fizesse isso.

Ela vai rumo à porta, mas Hoyt para na sua frente.

— Ouça, Francie. O que eu falei foi sério. Estamos fazendo todo o possível para encontrar Midas. Quero ver aquele garoto vivo tanto quanto qualquer outra pessoa. — Ela assente e tenta passar por ele, mas o detetive pousa a mão firme no seu braço. — E quer saber a verdade? Em casos assim, quando um bebê desaparece, quando não há sinal de entrada à força nem motivo de vingança, temos que começar a investigar coisas que não queremos investigar.

Ela dá um solavanco para afastar o braço e segue apressada pelo corredor em direção à saída. Will está chorando mais alto, mas ainda ouve as palavras de Hoyt enquanto segue em direção à recepção.

“Chegou a hora de questionar os motivos de pessoas que o conheciam. Quero dizer, Francie, as pessoas próximas à família.”

CAPÍTULO 12

Noite seis

Minha mãe sempre disse que eu era ingênua. Claro que ela se referia a algo relacionado ao meu pai: minha decisão mais recente de perdoá-lo por algo que ele falou ou fez, pelo jeito como ele voltava bêbado para casa pela inúmera vez, me arrancando da cama, puxando o meu braço, deslocando o meu ombro, me dizendo para guardar a porra do sapato, largado no meio do corredor, que quase matou ele.

"Ele se sente mal por isso", diria eu na manhã seguinte, evitando encará-la nos olhos, enquanto ela segurava um saco de gelo no meu ombro. "Não teve a intenção."

Ela sacudia a cabeça.

"Você é inteligente para tudo, menos para ele." Dava para ver a decepção nos olhos dela. "Quando você vai aprender?"

Talvez ela estivesse certa. Talvez eu nunca aprenda. A verdade é que isso é muito mais difícil do que eu esperava. Que burrice minha achar que poderia apenas fugir e ser feliz. Para começar, estou morta de tédio. Não tem *nada* para fazer aqui. Nada para ocupar os meus pensamentos. E Deus sabe que o tédio não combina comigo.

Joshua é igual. Ele fica mais feliz quando vamos até a cidade para comer um sanduíche de peru e tomar uma cerveja gelada, até a lojinha perto da biblioteca ou até o local isolado para nadar que descobrimos, embaixo da ponte, seguindo pela estradinha no mato, onde ficamos deitados nus na pedra, inebriados e rosados pelo sol. Mas hoje falei a ele que não me sinto mais segura fazendo essas coisas, com gente passeando com cachorros, entregando cartas. Estão começando a me perguntar como eu estou. Esse é o problema de gente do interior. São enxeridos. *Volte para a sua casa,* tenho vontade de falar. *Vá fazer o seu bordado e seu macarrão com queijo congelado, vá ver o jornal na TV a cabo.* Tenho ensaiado minhas respostas e repassado a minha história, repetidamente com Joshua, tentando não tropeçar, passando a acreditar nas minhas próprias mentiras.

A essa altura, já me sinto profissional nisso. Passei a vida inteira mentindo.

Minha mãe não está se sentindo bem. É um resfriado. Ela pede desculpas, mas me pediu para ligar e cancelar por ela.

Não seja ridículo, não estou lhe pedindo para que deixe a sua esposa. Não estou interessada em nada além do que nós temos.

"Doador de esperma", eu diria, sorrindo e me inclinando para a frente, para qualquer pessoa mal-educada o bastante para me perguntar quem era o pai, depois que a minha barriga começasse a aparecer, como se ela fosse a única a quem eu confiasse um segredo. "Estava sentindo a chegada da maternidade e não posso esperar para sempre pelo cara perfeito, posso?"

Mas, no momento, as coisas não são tão simples. As mentiras são mais complicadas, e é mais fácil eu me enrolar. Portanto, nada de sair, por mais entediado que a gente esteja. E também nada de reclamar. Vou fazer o melhor de uma situação ruim. Como fiz com o meu querido pai.

E já comecei. Essa manhã, Joshua acordou mal-humorado e distante. Eu me zanguei? Exigi saber o que havia de errado? Nada disso. Deixei-o irritado na frente da televisão e saí para pegar um sol, andar pelo terreno, colher flores do campo que brotam perto do riacho. Eu as trouxe pra casa e coloquei no meio dos livros de culinária, como minha mãe costumava fazer. Ele estava mais bem-humorado quando voltei e, depois do café da manhã, fomos olhar a casa, juntos, jogando fora as coisas de que não gostamos — aquelas almofadas esfarrapadas com capas ásperas, as cortinas velhas do nosso quarto, as fotos de família que não suporto mais olhar; reorganizando o lugar para que fique mais com jeito de *nossa* casa.

Também mantenho diários, como o dr. H recomendou.

"Acho que você deveria escrever as coisas", disse ele. "Isso será um lugar para ajudar a assimilar seus sentimentos. Um meio de sentir-se focada."

Estou fazendo isso e tentando adotar uma postura correta, mas não gosto. Não quero escrever essas coisas. Queria poder conversar com ele naquele sofá de couro macio do consultório, com uma caneca de chá de menta nas mãos, a brisa soprando as cortinas finas, o zunido baixinho da máquina de ruído branco acalmando os meus nervos. Gostaria que ele pudesse me conduzir pelos exercícios que fazia, quando eu me sentia particularmente ansiosa, aqueles em que eu fechava os olhos e visualizava um lugar mais feliz.

Quero contar ao dr. H onde estou e como me sinto, e que eu, de verdade, nunca tive a intenção de matar ninguém.

Mas é claro que não posso fazer isso. Já procurei saber e ele seria obrigado a me entregar à polícia. Isso seria terrível, para nós dois. Quero contar a ele sobre as vozes que ouço à noite, em meio ao canto das cigarras e dos grilos. Mark Hoyt, me atormentando com perguntas. *Onde você estava naquela noite? O que você sabe?*

Depende do que você considera como *onde.*

Acho que até sei onde estava fisicamente, mas não consigo lembrar. A noite se foi, como se não existisse mais. Como se nunca tivesse acontecido.

Mas, emocionalmente, tenho certeza de onde estava. Estava no inferno. Perdida. Torturada. Sem a menor ideia de como passar por aquilo. Como lidar com aquilo. A tristeza esmagadora. O fracasso. A culpa por ser uma mãe tão imperfeita.

Preciso me encontrar. A melhor coisa que posso fazer nesse momento é decidir o que faremos em seguida, me apressar e partir. É claro que não podemos ficar aqui por mais tempo.

Não com o que acabei de fazer.

CAPÍTULO 13

Dia sete

PARA: Mamães de Maio
DE: As amigas do Village
DATA: 11 de julho
ASSUNTO: Conselho de hoje

SEU BEBÊ: DIA 58

Ainda embrulhando o pequenino? Pode estar na hora de parar com isso. Embora envolver um recém-nascido em cueiros possa ajudá-lo a sentir-se seguro e aconchegado, isso também pode levar à SMSI (síndrome da morte súbita infantil) à medida que a criança ganha mais mobilidade e aprende a rolar. Portanto, embora o bebê possa adormecer em segundos quando embrulhado no cueiro, é sempre melhor prevenir do que remediar.

As mãos de Colette estão suando nas manetes do carrinho e o sol arde na sua nuca, mesmo antes das sete horas da manhã.

— Estou morrendo — diz Nell, com o rosto vermelho e suado. — Não posso acreditar que você *corre* com isso.

Colette desacelera para acompanhar o passo de Nell.

— Estamos quase lá.

Elas chegam ao topo da colina e seguem pelo caminho arborizado, passando por baixo do arco, as rodas dos carrinhos indo por cima das pedrinhas.

— Pareço ter emagrecido alguma coisa? — pergunta Nell. Elas param na praça, onde há um grupo de crianças de um acampamento de verão com trajes de banho e coletes amarelos, segurando as mãos umas das outras. — Sebastian quer que eu volte a ficar nua na frente dele. Eu gostaria que, quando isso acontecesse, a minha bunda estivesse só um pouquinho mais pesada do que aquela que ele estava acostumado.

— Vira, deixa eu dar uma olhada.

Nell ri e mostra o traseiro para Colette, mas sua expressão fica sombria quando ela avista alguma coisa a distância.

— Ai, meu Deus — diz Nell, baixinho. — Olhe.

É Midas.

Seu rosto está impresso em um banner erguido por duas mulheres tentando achar um jeito de prendê-lo ao muro de pedras que margeia o parque. Colette se aproxima, abordando uma mulher bem acima do peso, com cabelos grisalhos presos em um rabo de cavalo no alto da cabeça. Ela descansa os antebraços nos puxadores metálicos de um andador. Ali perto, um grupo de mulheres coloca cravos cor-de-rosa em uma roda no pavimento quente.

— O que estão fazendo? — pergunta Colette.

A mulher estica o pescoço para ver melhor dentro do carrinho, onde Poppy dorme profundamente, com os bracinhos erguidos acima da cabeça, junto às orelhas.

— Que linda — diz a mulher. — Nós vamos fazer uma prece em vigília pelo Bebê Midas. Vai começar daqui uma hora e pouco. — Nell surge ao lado de Colette e a mulher lhes entrega folhetos de uma pilha que está em cima de uma mesa plástica dobrável atrás dela.

UMA PRECE PARA MIDAS

"Haverá mãe que possa esquecer seu bebê que ainda mama e não
ter compaixão do filho que gerou? Embora ela possa esquecê-lo,
eu não me esquecerei de você."
Isaías 49:15

Colette vê o que está impresso abaixo: as palavras NEGLIGENCIAR UMA CRIANÇA É CRIME e, depois, a foto. A que Patricia Faith mostrou primeiro, de Nell e Winnie no Jolly Llama. A imagem é impiedosa: ela com um drinque na mão, a barriga de fora. Winnie olhando para a câmera, a expressão vaga no rosto, os olhos meio fechados.

Colette devolve o panfleto e pega a mão de Nell.

— Venha, vamos embora.

— Vocês deveriam se juntar a nós — diz a mulher. — Esse bebê precisa de todas as preces possíveis. E temos uma convidada especial chegando. — Ela se inclina na direção delas, falando quase em um sussurro. — Patricia Faith.

— Acho que não. — Colette manobra o carrinho com uma das mãos e, com a outra, conduz Nell à frente. Quando elas chegam à calçada fora do parque, Nell está à beira das lágrimas. Um jovem de barba escura e, apesar do calor, um chapéu surrado de inverno desce de uma van parada na esquina, carregando uma câmera de televisão.

— Aquela foto. — As palavras de Nell saem embargadas. — Não é... faz com que a gente pareça...

— Vamos para o meu apartamento.

— Preciso me aprontar para o trabalho. — Os olhos de Nell se enchem de lágrimas.

— Só cinco minutos. Charlie não está em casa. Eu faço um café para a gente. — Colette pega o braço de Nell e as duas começam a caminhar mais depressa.

— Que tipo de gente é aquela? — pergunta Nell, quando se aproximam do prédio de Colette, a algumas quadras de distância. Alberto abre a porta para elas, que entram com os carrinhos no elevador. Nell analisa o folheto, que ainda segura firme na mão. — O que estão pedindo?

— Uma asmostra de puritanismo, acho.

O apartamento está silencioso. Colette põe a água para ferver e corta a torta de limão que fez mais cedo, naquela manhã, depois de se levantar com o bebê às cinco da manhã. A amiga se senta no sofá, segurando Beatrice junto ao peito.

— O que está acontecendo?

— Não sei.

— Isso é ruim. Dá para sentir. Eles vão culpar ela.

— É, eu sei. — Colette senta na ilha da cozinha. Sua cabeça está latejando. —Só estou surpresa que tenha demorado tanto.

— Que despropósito. — Nell respira ofegante. — Tudo que a gente fez... Tudo que ela fez foi sair para se divertir um pouco.

— Nell, pare. Nós não fizemos nada de errado. Nem…

— Você está assistindo a tudo isso, certo? Dá para ver o rumo que a Patricia Faith está tomando? No programa de ontem, ela passou o vídeo da Winnie, aquele do dia seguinte que o Midas foi levado, examinando cada gesto, perguntando por que ela não se pronunciou desde então.

— Sim. Nós duas temos que parar de assistir a essa porcaria.

— A Winnie não…

Colette pressiona as têmporas.

— Eu não sei.

— Não, não diga isso. Ela não poderia ter feito algo tão perverso. Nós a conhecemos.

Colette olha para Nell, hesitante.

— Conhecemos? Será que nós, do grupo, nos conhecemos de verdade?

— Pelo menos, o suficiente para saber se tivesse uma psicopata entre nós. Eu sei o quanto todo mundo adora culpar a mãe, mas me recuso a acreditar que ela seja responsável por isso. — Nell limpa as lágrimas do rosto com as duas mãos. — Eu li um artigo horrível ontem. Era sobre Winnie e o tal chamado complexo de Medeia, da mitologia grega. A filha de um rei se vinga da traição do marido matando os filhos.

— Pare de ler esses negócios, Nell. Estou falando sério. Não vai trazer bem algum.

— As coisas que as pessoas escreveram sobre a Winnie nos comentários. A afronta coletiva dizendo que ela não deveria ter deixado o bebê com uma estranha para ir se embebedar. Que mesmo que o Midas fosse encontrado, ele deveria ser tirado dela, que ela não pode ser mãe. — Nell contém o choro. — Será que não sabem como é difícil? A pressão de simplesmente manter esses bebês vivos. A tarefa de amar alguém dessa maneira e o quanto é fácil ferrar tudo, do jeito que temos certeza de que as nossas mães fizeram. — A voz dela falha. — Tem dia que acho que vou desmoronar, sério. De tão cansada. Eu sei que acontece, mas dá para imaginar? Ferir o seu próprio filho?

Colette olha para Poppy, dormindo no carrinho ao seu lado.

— Por que fui fazer isso? — diz Nell. — Deletar o aplicativo. E depois perder a chave. Não posso…

— Nell, pare. Não deixe essa gente entrar na sua cabeça. Você não fez nada de errado. Nenhuma de nós fez. Mesmo que você tenha deixado a chave cair, é improvável que alguém tenha encontrado e dito: "Ei, essa é a chave da casa de Winnie. Acho que vou usá-la para entrar lá e levar o bebê embora." Independentemente do que tenha acontecido, foi *planejado*.

Nell assente.

— Eu fico dizendo isso a mim mesma, mas por quem? Por que a polícia não tem nenhuma pista? Por que o telefone e a chave dela não apareceram? — Ela desvia o olhar. — Tenho que lhe contar uma coisa.

O tom de voz de Nell deixa Colette inquieta.

— Tudo bem.

— Eu bebi demais.

Colette deixa escapar uma risada rápida.

— Nell. Não brinca.

— Eu disse que só bebi...

— Nell, eu sei. Você não foi a única que bebeu muito. Nós estávamos na rua. Longe dos bebês. Não é crime...

— Foi estranho — diz Nell. — Eu tomei alguns drinques, mas, depois, de repente... Bem, tem uma parte imensa da noite que não consigo lembrar. E não sou assim. De ficar bêbada, me esquecer das coisas. — Ela hesita. — E a minha blusa estava rasgada no ombro. Notei na manhã seguinte. Estou preocupada que tenha acontecido alguma coisa que eu não consiga lembrar.

— Tipo?

— Não sei. É uma sensação que tenho, de alguém à minha volta, me pegando. Talvez a pessoa que está com o Midas tenha estado lá, procurando por ela, e levou o telefone e a chave de mim, e eu não lembre. Mas, depois, eu penso que não, que é impossível. Eu lembraria, não é? Não sei mais o que é verdade. Tenho medo de estar ficando maluca. — Nell repara na reação de Colette. — E por que ela ficou a noite toda olhando o telefone, vendo o berço do Midas? Você já pensou nisso?

— Era como se ela estivesse esperando alguma coisa.

— Eu só quero que isso acabe — diz Nell. — Quero que me digam que a Winnie estava em algum lugar que faça sentido. Saber que ele está vivo. — Ela começa a chorar com mais força. — Se ele estiver morto, eu nunca... — Ela pega um lenço do bebê na embalagem em cima da mesa e assoa o nariz. — Quero ter certeza de que ela não fez isso.

— É — diz Colette baixinho, dando uma olhada para o sofá da sala. Ela levanta. — Eu também.

Nell arrasta uma banqueta para mais perto da ilha, com Beatrice junto ao ombro.

— Há quanto tempo você está com isso?

— Três dias.

— E não olhou?

— Não. — Colette amarra os cabelos com um elástico que está no punho, depois insere o pen drive no computador. Surge uma pasta com vários arquivos listados. — Eu não deveria ter pego isso. Eu me convenci a não olhar, a devolver da próxima vez que visse o Teb.

Ela clica para abrir o primeiro arquivo e um vídeo abre na tela.

— Ai, meu Deus! Sou eu. — Nell está sentada em um sofá, ao lado de um homem que Colette imagina ser Sebastian. Seu rosto está pálido e os olhos estão vermelhos. Colette aperta o play.

— *Concorda que a gente grave isso?* — A voz é de Mark Hoyt. — *É um novo protocolo do departamento.*

— *Claro. Posso só pegar um copo d'água antes de começarmos?*

— Isso foi naquela primeira manhã, quando eles vieram à minha casa. — Nell se inclina para mais perto da tela. — Deus, estou mesmo tão gorda assim?

— *Noite difícil?*

— *Toda noite com um recém-nascido é difícil.*

— Podemos, por favor, ver o que mais tem aí? — pede Nell. — Não consigo olhar para mim em vídeos.

Colette fecha o arquivo e clica para abrir outro. Novamente, surge um vídeo.

— É Scarlett — diz Colette. — Eles devem ter interrogado todo mundo.

Stephen Schwartz surge por trás da câmera e senta de frente a Scarlett.

— *Pelo que entendi, a senhora não foi ontem à noite.*

— *Não. A família do meu marido veio nos visitar. Não dá para acreditar. É horrível.* — O rosto dela está tomado de preocupação. — *Não dá para acreditar. Vocês têm alguma ideia do que aconteceu?*

— *É por isso estamos fazendo perguntas às pessoas que conhecem Winnie. Esse homem no grupo de vocês...* — Schwartz olha para o seu caderno. — *Token, não é?*

— *Sim.*

— *A senhora o conhece bem?*

— *Na verdade, não. Participei de muitas reuniões quando estava grávida, mas estamos nos mudando agora e tenho andado muito ocupada. Para ser honesta, sempre achei esse apelido infantil.*

— Eca — diz Nell. — Podemos seguir adiante?

Colette fecha o vídeo e abre o terceiro da lista.

— Yuko — diz ela, fechando e indo ao seguinte. Gemma sentada à mesa de jantar. Um homem em pé atrás dela, segurando o filho deles.

— *Cheguei lá por volta de 20h20, acho. Posso olhar no meu telefone. Mandei uma mensagem para o James para ver como estava o bebê.*

Colette sente um nó na barriga. Será que o interrogatório dela com Mark Hoyt está aqui? Será que o Teb já sabe que ela estava lá? Ela clica no último arquivo da lista, se preparando. E ouve Nell resfolegar.

É Winnie. Ela está em casa, sentada no canto de um sofá modular. Os cabelos pendem nos ombros e os olhos estão inchados. Ela observa vagamente a câmera.

— *Conseguiu dormir?* — pergunta uma voz feminina.

— *Um pouco.*

— *Que bom. Fico contente em saber.* — A mulher surge por trás da câmera. Ela está de calça preta e uma blusa rosa sem mangas. — *Tenho apenas algumas perguntas e depois vou embora. Primeiro, entendo que estava frequentando um psiquiatra.*

A mulher puxa um pufe e senta de frente para Winnie.

— *Isso não me parece uma pergunta.*

A mulher abranda a voz.

— *Você mencionou isso ao detetive Hoyt ontem à noite.*

— *Mencionei?*

— *Não lembra?*

— *Todos estão me fazendo as mesmas perguntas. É difícil me lembrar de tudo.*

— *Há quanto tempo está vendo esse médico?*

— *Há muito tempo.*

— *Por quê?*

— *Depressão.* — Ela sacode os ombros. — *Camaradagem. Meu pai meio que me forçou a ir, depois que a minha mãe morreu.*

— *E quando foi a última vez que ele a tratou?*

— *Alguns meses atrás.*

A mulher ergue as sobrancelhas.

— *Desde que deu à luz, não?*

— *Isso.* — A detetive começa a falar, mas Winnie a interrompe. — *Eu estava me sentindo bem quando Midas nasceu. Melhor do que me sentia em anos.*

— *Certo. Eu também quero lhe perguntar um pouquinho sobre Daniel.*

Winnie se remexe.

— *Daniel? Por quê?*

— *Vocês namoraram durante o ensino médio. Por que terminaram?*

Uma nuvem passa no rosto de Winnie.

— *Eu não conseguia lidar com nada naquela época. Incluindo Daniel.*

— *Mas continuaram próximos?*

— *Sim. Ele foi o meu primeiro amor.*

— *E, depois, ele se casou. Vocês já tiveram um caso?*

— *Um caso?*

— *Sei que é constrangedor, mas tenho que...*

— *Não, nós nunca tivemos um caso. Eu não sei bem o quê...*

Colette ouve o barulho de uma chave sendo inserida na porta do apartamento.

— Quem é? — sussurra Nell.

A porta abre e Charlie entra, equilibrando dois cafés para viagem em uma bandeja e um saco branco de papel.

— Ah, oi — diz ele, tirando os plugues do ouvido.

Colette fecha o laptop.

— Oi, meu bem. — Ela tenta evitar que a voz hesite. — Voltou cedo.

— No fim das contas, estão fazendo uma cantoria no café agora. Fui expulso pelos bebês e pelas babás. — Ele espia Poppy dentro do carrinho e volta para Colette. — Ao que estão assistindo?

Colette abre os punhos no colo.

— Um vídeo. Sobre treinamento de sono.

— Ah, é?

— Sim, você sabe — diz Nell. — Coloque a criança na caminha com uma lata de sopa. Tranque a porta. Volte em algumas semanas.

Charlie ri.

— Depois dessa noite, eu vou comprar a sopa. — Ele caminha até a ilha da cozinha e coloca o café e o saco na bancada, ao lado do laptop de Colette. — Eu comprei um croissant de amêndoas e um café. Nell, se eu soubesse que você estaria aqui...

— Estou bem. Na verdade, preciso ir. Tenho que trabalhar.

Charlie beija a testa de Colette.

— Eu também. Até mais.

Colette espera até que Charlie feche a porta do seu escritório. Quando ela ouve o som do jazz, abaixa o volume e aperta o play.

— *Não, nós nunca tivemos um caso. Não sei bem onde quer chegar com essa pergunta.*

— *Me desculpe, Winnie. Sei que é difícil, mas temos que lhe fazer essas perguntas para termos um panorama geral da situação.*

As lágrimas escorrem devagar dos olhos de Winnie.

— *Daniel não tem sido nada além de um bom amigo para mim.*

— *Eu compreendo.* — A detetive entrega uma caixa de lenços de papel a Winnie e depois se inclina à frente, com o caderno pendurado na mão. — *Vamos falar de outra coisa. Conte-me, se não se importar, onde estava ontem à noite. Depois que saiu do bar.*

— *Eu já lhe disse.*

— *Não, você disse ao detetive Hoyt. Eu mesma gostaria de ouvir.*

Winnie fecha os olhos.

— *Fui até o parque.*

— *O parque.*

— Sim. Foi a minha primeira vez sozinha desde que tive o bebê. E aquele bar, não era onde eu queria ficar. Fui lá para fora e resolvi continuar andando. Acabei indo parar no parque.

— Alguém viu você?

— Não sei.

— Indo para lá, talvez? Ou dentro? Você passou por alguém ou falou com alguém?

— Não que eu lembre.

— Está tendo dificuldade de se lembrar das coisas?

— Não. — Winnie analisa as mãos no colo por alguns instantes, mas depois ergue a cabeça de repente. — *Você ouviu isso?*

— O quê?

— É o Midas.

— Midas?

— Shhhh, ouça. — Winnie se levanta, ouvindo alguma coisa a distância. — *Ouviu?*

— Não, o que está…

— Ele está chorando. — Winnie sai do ângulo da câmera. — *Eu estou escutando ele chorar.*

— Winnie…

Ela aparece de novo na câmera.

— Agora ele ficou quieto. — Ela olha na direção do quarto do bebê. *— Mas de onde está vindo isso?*

— Winnie, ouça. Quero ligar para o seu médico. Nós achamos que você deve marcar uma consulta…

— Eu não preciso de um médico. — Ela passa os dedos nos cabelos. — *Preciso que vocês encontrem o meu filho. Ele está chorando nesse momento. Ele me quer. E você está aqui sentada, me fazendo as mesmas perguntas, sem parar. Por que está aqui?* — Ela caminha até a porta e a abre. — *Por que não está por aí, procurando o meu bebê?*

A detetive levanta e caminha em direção à câmera.

— Vamos fazer uma pausa.

O restante das suas palavras é indecifrável. A câmera fica escura.

Colette percebe o silêncio em volta delas e a dor pesada no seu peito.

— Meu Deus — diz Nell. — Ela perdeu a cabeça. Você… Será que ela…

Nell está no vaso sanitário, com a bomba no seio. Ela olha para o telefone e, indo contra o bom senso, fecha a fotografia de Beatrice e digita o endereço da página de Patricia Faith. Como havia imaginado, a apresentadora de televisão está em transmissão ao vivo da praça do parque, embaixo do imenso banner que diz UMA PRECE PARA MIDAS.

Nell abre o vídeo, hesitante, e a tela ganha vida: uma imagem de Patricia, com um vestido florido justo, chamando uma mulher que empurra um carrinho duplo.

— Com licença. Tem um minuto? — A mulher para e Patricia corre até ela, mesmo de saltos altos. Atrás, Nell vê uma roda de mulheres com cravos cor-de-rosa nas mãos, as cabeças baixas, em prece. — Eu sou Patricia Faith, apresentadora do *Hora da Fé*.

— Sim — diz a mulher. — Eu sei.

— Estamos hoje debatendo sobre o que algumas pessoas chamam de fenômeno Jolly Mama.

— Acho que você é a única que chama isso assim.

— Então, ouviu falar a respeito?

— Sim. Infelizmente.

— Maravilha. Você é mãe, é claro. Parece alguém que ama o filho. — Patricia ergue as sobrancelhas. — Como lhe parece a ideia de grupos de mães que se reúnem em bares para beber? Algumas fazem isso até mesmo à tarde, levando os filhos junto, pelo que ouvi dizer. — Ela limpa o suor da sobrancelha com o dedo, e aponta o microfone para a mulher.

— Quem se importa com isso?

Patricia Faith dá uma olhada para a câmera e faz uma careta.

— Não são as crianças que estão bebendo. Você entende isso, não é, Patricia?

— Sim, mas as mães *estão*. Com tantos lugares para se encontrarem, isso não é irresponsável? Na noite em que Midas foi levado, a mãe estava em um bar. — Ela mostra à mulher o panfleto que tem na mão com a foto de Nell e Winnie. — Já viu isso? Essa é a noite…

Nell fecha o telefone e desliga a bombinha, silenciando o zunido do motor. Ela não chegou nem perto de tirar o leite que esperava, mas o banheiro está quente e abafado, e ela precisa voltar ao trabalho. Abotoa a blusa, guarda a mamadeira e espera até que o banheiro fique vazio para sair do cubículo. Ela precisa de um café, está se sentindo insegura desde que deixou o apartamento de Colette, com aquela imagem de Winnie gravada na cabeça.

No corredor, fica surpresa ao ver Ian esperando por ela, as mãos na porta da sua sala, o topete fazendo um cachinho igual a uma vírgula na testa — traço que Nell já ouviu muitas mulheres da empresa dizerem que acham irresistível. O cinto de hoje: flamingos bordados sobre um céu azul.

— Tudo bem? — diz ele, quando ela entra no escritório e coloca a bomba em cima da mesa. — Tem um segundo?

— Claro.

Ele está com uma jovem do editorial que Nell já encontrou algumas vezes, de passagem. Ela tem 20 e poucos anos e usa um vestido de renda branca por cima de jeans preto e sapatilhas baixas cor de laranja. Os cabelos estão arrumados em um coque perfeitamente bagunçado, e ela segura uma pasta.

— Você conhece a Clare? — pergunta Ian. Nell assente e endireita a postura, ciente do repuxo da sua blusa e como os botões estão estufados. Ela ainda não encontrou tempo para comprar roupas que sirvam. Ian vai até a janela e se senta no parapeito, empurrando alguns porta-retratos de Beatrice que Nell colocou ali naquela manhã. — Segundo dia de volta, hein? Como vai indo?

— Ótimo, obrigada.

— É? Tudo bem em voltar ao trabalho?

Ele está com uma meia de cada cor, o que Nell presume ser proposital.

— É uma adaptação. Mas estou feliz por retornar.

— É, sei como é.

Ela sorri. Não, não sabe. Ele é um homem solteiro de 44 anos, que dizem estar namorando uma das assistentes de *Wedded Life*, a revista de noivas da empresa. O que ele sabe sobre deixar um recém-nascido em uma creche por nove horas diárias?

— Estou contente por tê-la de volta. Nós perdemos tanta gente para os bebês desde que entrei aqui. Elas tiram licença-maternidade, dizem que vão voltar e, depois, bum!

Nell ergue as sobrancelhas.

— Bum?

— Sim, bum. Alguns dias antes da data combinada para elas voltarem, recebemos a ligação. — A voz dele fica um pouquinho mais baixa. — "Não posso fazer isso. Não consigo ficar longe do meu bebê." Ainda bem que não foi assim com você.

A imagem surge em um lampejo na sua mente. Jogar esse babaca no chão, ir para cima dele, esfregar a sua cara no carpete.

— Obrigada, Ian.

— De nada. Agora, Clare e eu precisamos da sua juda. — Ele gesticula para que Clare se aproxime. — Estamos discordando sobre uma capa e decidimos vir direto à especialista. — A jovem tira duas impressões de uma pasta e as coloca, lado a lado, em cima da mesa. São sátiras da edição da *Gossip!* dessa semana, a maior revista da empresa, com a atriz Kate Glass, que recentemente deu à luz. Ela está em uma praia em duas poses diferentes, de short e com a parte de cima do biquíni, segurando a bandeira americana, sob a ousada manchete : COMO CONSEGUI MEU CORPO DE VOLTA.

— O que você acha? — pergunta ele.

— O que eu acho? — Nell tem consciência de que Clare a observa, na expectativa.

— É. Como uma nova mãe, como você encara isso?

— Deixe-me ver. — Nell pega as imagens. — Bem, estou muito satisfeita em saber disso.

A cabeça de Ian está inclinada para o lado.

— Que parte?

— Que ela conseguiu o corpo de volta.

— Loucura, não é? — diz Clare. — Só cinco semanas depois que ela teve o filho.

— Nossa — diz Nell. — Deve ter sido bem difícil pra ela. Tentar cuidar de um bebê e, ainda por cima, sem corpo. — Nell se dirige a Clare. — Então, o que aconteceu? Alguém tinha roubado o corpo dela? Esse abdome foi recuperado em uma academia de CrossFit, em Cleveland, por um detetive?

Ian ri.

— Eu lhe avisei que ela é hilariante — diz ele a Clare, com os olhos fixos nas impressões. — Sei que pode parecer meio bobo. Mas essas capas pós-gravidez sempre dão certo. As mulheres adoram esse troço. — Ele observa as duas amostras lado a lado. — Fico me perguntando se não deveríamos usar o Photoshop para tirar a bandeira que ela está segurando.

— Acho que não.

— Não?

Nell não consegue se conter.

— Não. Qualquer mãe que se preze se lembra de levar a bandeira americana para passar um dia na praia.

Ele dá outra risadinha fraca. A impaciência é evidente.

— Desculpe — diz Nell. — É que… — Ela olha para Clare. — Essa revista, particularmente, não é a que eu mais gosto entre as que publicamos.

— Eu sei, eu sei. Mas não esqueça: se não tivéssemos a receita comercial da *Gossip!*, jamais publicaríamos *Writers and Artists*.

— Certo, desculpa. Deixe-me tentar de novo. — Ela observa as imagens de novo. — Gostei dessa — diz ela, erguendo a imagem da mão esquerda. — E, sim, tire a bandeira. É ridículo.

Clara bate palmas sem som, com as unhas pintadas de rosa na frente da boca.

— Eu *falei* que essa foto era a melhor.

Ian assente, e recolhe as imagens com uma expressão pensativa.

— Não sei. Ainda acho que estamos cometendo um grande erro.

— Um grande erro? — fala Nell. Ter uma foto sua tirada em um bar, bêbada e acima do peso, usando calça de gestante, dois meses depois de parir, e ter essa foto distribuída aos residentes do Brooklyn… isso, sim, é um grande erro. Aquilo ali é bobagem. — Vai ficar tudo bem. As fotos são quase iguais.

Ian sacode a cabeça de novo.

— Não é a isso que me refiro. — Ele volta à janela, olhando para fora, para a parte baixa de Manhattan, o rio Hudson a algumas quadras de distância. — É um erro não fazer a reportagem de capa sobre o Bebê Midas.

Nell mantém o rosto inexpressivo quando Ian vira para ela.

— Mas a gente já falou isso um milhão de vezes — diz Clare. — *Todos* vão cobrir isso. Nós estamos apostando em ter todos os leitores que já estão cansados do Bebê Midas.

— Mas ninguém está cansado do Bebê Midas. As pessoas não querem ler menos. Querem ler mais. Não é, Nell? Você não quer ler mais?

— Não — responde Nell. — Qual é o sentido de ficar cobrindo a mesma história? Quer dizer, além de dinheiro. A família precisa...

— Mas quem é o pai de Midas? — Ian está ficando mais aborrecido. — Por que ela não fala nada disso?

— Ouvi dizer que foi doação de esperma e...

— Tudo bem, Clare, tudo bem. Mas, então, por que não vir à público e dizer isso? Por que não conversar com Oprah, como tantas mães já fizeram na mesma situação?

— A Oprah se aposentou.

— Você sabe o que quero dizer, Nell. Nós esperamos esse tipo de coisa, e Gwendolyn Ross *sabe* disso. Ela foi criada na imprensa. Por que está tão silenciosa? Por que está se escondendo?

— Lembre-se de que temos seis páginas dela — afirma, Clare, com delicadeza. — Só estamos debatendo a capa.

— Eu entendo. Mas será que os leitores vão chegar a essa história? Não seria mais inteligente focar no Midas? Já está na hora de termos algumas respostas. Temos uma fonte no Queens que tentou fazer a babá falar. Pelo que ouvi, ela nunca nem *viu* o bebê. Não entrou no quarto dele. Mas essa fonte é fraca. E esse fenômeno Jolly Mama? Poderíamos ficar semanas em cima disso.

— Acho que devemos nos manter acima disso — diz Nell.

Ele gira a cabeça para ela como um raio.

— *Acima* disso? Esse não é o nosso papel, Nell. Nosso trabalho é *criar*.

Ela sabe que a discussão é inútil.

— Bem, de qualquer jeito, ainda concordo com Clare sobre a capa. Eu gostaria mais de comprar a revista com a Kate Glass.

Ian suspira.

— Ok, tudo bem. Espero que estejam certas. Nossos números estão baixos. A moça lá de cima não está feliz. — Ele se levanta do parapeito. — Acho melhor voltarmos ao trabalho. — Ele caminha até a porta e depois para. — Ah, sim, nossa. Eu quase esqueci, Nell. O outro motivo para eu vir aqui é que vamos mandá-la para longe.

— Longe?

Ele ri.

— Não precisa se assustar. Quero dizer que precisamos que faça uma viagem, em algum momento, nas duas próximas semanas. Quatro dias. Para... — ele faz uma pausa para causar sensação — as Bahamas. A empresa está considerando o local para as instalações do novo servidor e querem que você vá. Que conheça os parceiros envolvidos. Parte trabalho, parte diversão. Que tal?

— Quatro dias?

— É. Fica bem na praia.

— Parece ótimo — diz Nell, forçando um sorriso. — Vou botar a minha bandeira na mala.

Nell lê o mesmo parágrafo do manual de treinamento pela quarta vez, fazendo força para se concentrar, mas a ideia volta.

Quatros dias longe.

Ela não pode nem pensar naquilo. A primeira exposição com curadoria de Sebastian começa em três semanas. Ele tem trabalhado até tarde todas as noites e não vai conseguir estar de volta ao Brooklyn até as seis da tarde, horário de fechamento da creche. Quem vai pegar Beatrice? Como Nell vai bombear leite suficiente para quatro dias? Como ela vai suportar ficar longe do bebê por tanto tempo? Ela afasta o pensamento, a viagem, sua realidade. Talvez a mãe dela possa usar alguns dias de férias e vir de carro de Rhode Island. Ela tenta se concentrar, mas está dispersa demais. Ela minimiza o PDF.

Vai pedir demissão.

Vai lá embaixo, até o escritório de Ian agora mesmo. *Bum!*, ela vai dizer. *Pelo menos, eu durei dois dias.*

Não, ela não vai lá embaixo. Ela vai lá em *cima*, direto ao décimo oitavo andar, vai pessoalmente ver a moça lá do alto. Adrienne Jacobs, diretora criativa de 35 anos da Simon French Corporation, ex-blogueira de moda, primeira mulher e pessoa mais jovem a liderar uma empresa de 98 anos de existência. Esposa do irmão de Sebastian. Cunhada de Nell.

Nell está até vendo. Vai entrar lá marchando, passando direto pelas assistentes de Adrienne, irrompendo no seu escritório envidraçado, com as paredes brancas imaculadas, os dois sofás brancos, o tapete branco importado da Turquia, que custou mais do que Nell ganha em um ano inteiro. *Bum!*

E depois? Eles não têm condições de pagar o aluguel com o salário de Sebastian, nem os empréstimos de crédito estudantil, nem as férias que prometeram tirar no Natal — as primeiras em quatro anos. Desde que começaram a namorar, pela primeira vez estão indo bem financeiramente. Muito melhor do que jamais imaginaram em Londres, quando Sebastian estudava arte e ela frequentava as aulas de mestrado e lecionava segurança cibernética em uma faculdade local. Quando costumavam comer miojo algumas vezes por semana e levavam a própria pipoca escondida para o cinema para salvar uns trocados.

E é improvável que ela consiga arranjar outro emprego tão fácil. Não com seu histórico profissional e as coisas que ela teria que contar às pessoas sobre si mesma ao se candidatar a um novo emprego.

Ela tem sorte de ter esse cargo. Tem dito isso a si mesma, desde o primeiro dia na Simon French Corporation, há dezoito meses; até antes disso, quando Sebastian disse a Nell sobre a oferta naquela manhã fria, quando ela entrou no apartamento londrino em que moravam, depois de um dia lecionando, com os braços cheios de compras do mercado.

"Você está brincando", disse ela, paralisada.

"Não." Os olhos dele estavam radiantes de empolgação. "A própria Adrienne ligou procurando por você. Ela está oferecendo um emprego. Vice-presidente de tecnologia. Chefe de todas as coisas da segurança on-line."

"Todas as coisas da segurança on-line? Essa é a descrição oficial?"

"Você pode voltar a fazer o que gosta."

"Não, Sebastian. Ela não precisa..."

"Isso não é um gesto de caridade, Nell. A própria Adrienne falou. *Não tem ninguém melhor que a Nell.* Ela quer você na equipe. Disse que vai cuidar de tudo." Ele limpou a garganta. "E eu expliquei tudo a ela. Que agora você se chama Nell."

"Não posso trabalhar lá."

"Por que não?"

"Porque a revista principal da empresa é a *Gossip!* e eu tenho os meus padrões de qualidade."

Nell anda de um lado para o outro no escritório, lembrando-se da expressão nos olhos de Sebastian. Ele tinha sido recentemente contatado pelo MoMA, para um emprego com o qual sempre sonhara… E ele ia dispensar. Eles não tinham como se mudar para Nova York com o que o museu oferecia, sobretudo porque ele e Nell tinham começado a tentar ter um bebê. Ela poderia mesmo dizer não a ele? Depois de tudo que ele fez por ela. Sem jamais julgar os seus erros do passado. Aceitando-a como ela era e não a pessoa que os outros diziam ser. Além disso, essa era uma chance de mudar de volta para os Estados Unidos. De voltar para casa. Ficar mais perto da sua mãe.

— Certo, tudo bem — disse Nell. — Vou falar com a Adrienne.

Sebastian sorria ao atravessar a sala e beijá-la, antes de pegar as sacolas das suas mãos.

— Obrigado. E não mencione o negócio de tentar engravidar.

De repente, o computador dela apita com a chegada de um novo e--mail. Nell volta à mesa, sabendo que precisa retomar o trabalho. Clica na mensagem, vendo seis novas das Mamães de Maio. As atividades do grupo voltaram a ganhar fôlego, depois de paradas por alguns dias, com a divulgação da notícia sobre Midas, quando ninguém parecia saber o que dizer.

Yuko tinha escrito uma pergunta.

Oi, mamães. Preciso de ajuda. Nicholas acordou com uma alergia nas costas. Estou anexando uma fotografia. Devo me preocupar?

Nell desce a tela, olhando as respostas.

Parecem brotoejas causadas pelo calor, respondeu Gemma.

Evite o médico!, Scarlett escreveu. Eles vão lhe dar algo forte e tóxico, quando tudo de que você precisa é de um creme de calêndula.

Nell deleta as mensagens, e imagina se Winnie ainda recebe os e-mails das Mamães de Maio. Pensa nela naquele vídeo do interrogatório, seu rosto fantasmagórico, os olhos percorrendo a sala. Ouve as palavras de Ian.

Quem é o pai de Midas? Por que ela não fala nada disso? Já está na hora de termos algumas respostas.

Nell fecha os olhos. Pela décima vez desde que assistiu ao interrogatório de Winnie, e a centésima vez desde a noite em que Midas foi levado, algo vem à sua cabeça: quão seguro é o site do Village? Quão difícil seria entrar e dar uma olhada no questionário que Winnie preencheu ao se cadastrar nas Mamães de Maio, o mesmo questionário que todas elas tiveram que preencher? *Seu nome. Nome do seu parceiro. Conte-nos um pouco sobre a sua família.*

Nell se levanta e fecha a porta do escritório. De volta à mesa, ela sente o coração disparado ao abrir o site do Village e começar a digitar, invadindo a página administrativa dele. Leva menos de cinco minutos. Isso é algo intuitivo que ela tem desde a primeira aula de ciência da computação; um instinto, segundo um professor, ou, como ela gosta de pensar, seu superpoder. Na faculdade, ela foi a primeira aluna caloura a vencer uma competição, o que ajudou a ganhar a prestigiada bolsa de estudos — escolhida entre 8 mil candidatos — no Departamento de Estado dos EUA, trabalhando diretamente com o secretário de Estado, Lachlan Raine.

Nell vê o perfil de Francie no topo da lista e clica para abrir. A foto que ela inseriu é exatamente o que Nell esperava: uma selfie com Lowell e a fotografia do ultrassom. Nell logo lê o que Francie escreveu: o casal se conheceu na cidade natal deles, no Tennessee, e ela seguiu com Lowell para Knoxville, onde ele estudou arquitetura e ela fez aulas de fotografia e trabalhou como assistente em um estúdio fotográfico. Também fez trabalhos como freelancer no seu tempo livre, fotografando os gatos das pessoas.

"Somos novos em Nova York e mal posso esperar para conhecer todas as outras mamães!", escreveu Francie.

Nell fecha o perfil de Francie e olha outros, surpresa em ver algumas das coisas que está lendo; como conhece tão pouco dessas mulheres. Yuko foi secretária de um juiz da suprema corte antes de ter filho. Gemma é da mesma cidade natal de Nell, Rhode Island; ela frequentou a escola rival de ensino médio.

O toque do telefone na sua mesa a surpreende e ela fecha o site.

— Alô, aqui é Nell Mackey. — Uma respiração ofegante do outro lado da linha. — Alô? Quem é?

— Nell, sou eu.

Ela recua a cadeira da mesa.

— Colette? — Silêncio, então, Nell a ouve chorando. — Colette, o que foi? Você está bem?

— Estou na sala de cópias do gabinete do prefeito — sussura ela. — Acho que tem alguém lá fora.

— Como assim? Você está bem?

— Não. — Ela faz uma pausa. — Eu olhei o arquivo da polícia. Vi uma coisa. Algo que não foi relatado. Não sei...

— O que foi, Colette? O que é?

— Encontraram um corpo.

Francie passa a mão no tecido do sofá Ektorp e prossegue pelo labirinto, parando para olhar a etiqueta de preço na cadeira de balanço estofada com couro falso. Ela dá tapinhas no traseiro de Will e olha o telefone. Naquela tarde, Colette teria uma reunião com o prefeito e concordou em olhar o arquivo de Midas, para ver se tem alguma informação adicional sobre Archie Andersen. Francie está esperançosa que depois da visita de ontem à delegacia, Mark Hoyt tenha percebido que eles negligenciaram algo crucial. A essa altura, deveriam ter localizado o paradeiro de Andersen e o trazido para um interrogatório.

Francie perambula na direção dos móveis de quarto. É sua quinta ida à IKEA em duas semanas. Lowell enfim instalou um ar-condicionado na janela da sala, um aparelho usado que ela comprou nos classificados do Village, mas é uma porcaria e sopra ar pútrido e quente. Ela está desesperada para ter um pouco de alívio do calor que só vem piorando, mas não suporta ligar aquele troço; quem sabe que tipo de fumaça tóxica ele pode emitir? Ela vem tentando melhorar a situação, buscando refúgio na biblioteca, em aulas de música e aqui na IKEA, que Will parece gostar. Talvez seja o choque da luz fluorescente ou a sensação cavernosa, como se eles tivessem adentrado um útero imenso e bem-iluminado, mas ele se acalma assim que eles chegam, dando-lhe pelo menos quarenta minutos de tranquilidade, deixando que os seus pensamentos descansem, uma fresta de luz na sua mente.

Na seção de almofadas, Will começa a se remexer e ela acelera o passo, caminhando até o café. O cheiro de almôndegas paira no ar e ela vira uma cadeira para a janela, tira da bolsa de fraldas uma mamadeira de fórmula. Ao sacudir, percebe uma jovem mãe sentada ao lado de um carrinho, comendo salmão enquanto vê o envelope de Enfamil na mesa diante de Francie.

Francie desvia o olhar, com vergonha e constrangimento ao colocar o bico da mamadeira na boca de Will. Ela gostaria de ter coragem para explicar que leite do peito é melhor, mas que o seu secou. Seu corpo não pode mais alimentá-lo.

Will está quase terminando a mamadeira quando o telefone toca. É Colette.

— Ah, que bom — diz Francie, sentindo uma onda de alívio. — Eu estava esperando o seu telefonema.

— Eu sei. Desculpe.

— Então? O que descobriu?

— Nada.

— Nada? Tem certeza?

— Escute, Francie. Você tem que parar de me mandar mensagens sobre isso. Não posso nem dizer o tamanho do problema que eu vou ter se alguém descobrir o que fiz.

— Eu sei, desculpe. Mas não entendo. Você olhou o arquivo?

— Sim.

— E?

— Não tem nada desse cara, o Archie.

Francie dá um suspiro irritado.

— *Nada?* Como pode ser? Será que Mark Hoyt não está nem *um pouco* interessado em fazer o seu trabalho? Será que ele não vai nem procurar o cara para interrogá-lo?

— Isso não significa que o detetive não fez essas coisas. Só significa que não está no arquivo. Isso não é tudo. Merda. Francie, eu tenho que…

— Está bem, mas espere. E quanto ao cara com quem Winnie conversava no bar? Tem alguma coisa dele?

— Não tem nada de novo no arquivo. — Francie ouve vozes ao fundo. — Preciso ir — diz Colette, e desliga.

Francie está prestes a cair em prantos, quando Will termina o restinho da mamadeira. Ao se levantar, ela se sente tonta. Francie estava aborrecida demais para comer pela manhã, e considera pedir alguma coisa, mas só de pensar em comida o estômago se revira. Ela sai do café em direção à saída, antes de perceber que foi para o lado errado. Refazendo o caminho, ela fica presa em um labirinto complicado, sem saber o rumo da rua. Will começa a chorar e Francie logo caminha até a seção de tapetes, onde fica empacada atrás de uma mulher com um carrinho que toma o corredor inteiro e que anda devagar demais.

— Com licença — diz Francie, tentando passar, mas então vê o rosto da mulher e para. — Scarlett.

Scarlett olha para ela com uma expressão confusa e Francie fica sem graça. Ela não a reconheceu.

— Sou eu, Francie.

Scarlett dá uma risada constrangida.

— É claro. Desculpe. Meu cérebro congelou por um instante. Eu diria que é o raciocínio da gravidez, mas acho que preciso parar de usar essa desculpa. — Scarlett olha para Will, que se remexe, gritando mais alto. — E o seio entupido? As batatas ajudaram?

— Sim — mente Francie, incapaz de suportar outro conselho naquele momento.

— Fico feliz. Ainda está ingerindo cafeína?

Francie hesita.

— Não, nada. Faz uma semana. Como vai você?

— Cansada. Entre o bebê e essa mudança, não tenho tido nem um minuto para mim. — Scarlett dá uma olhada por baixo da coberta no seu carrinho e baixa o tom de voz. — Ele está dormindo há quase duas horas, graças a deus.

— Duas horas? Will nunca tirou cochilos de duas horas.

Ela franze as sobrancelhas.

— Nunca? Tem certeza de que está alimentando ele direito, antes de colocá-lo para dormir?

— Sim. Acho que sim.

Scarlett assente e Francie não deixar de notar a presunção no seu rosto.

— Eu tenho tido sorte com esse rapazinho. Ele sempre dormiu bem.

— Está fazendo compras para a casa nova? — pergunta Francie.

— Sim. — Scarlett passa a mão em um tapete de fibras. — Meu marido está sempre me dizendo que as coisas daqui são um lixo. Eu sei que ele tem razão. Eu realmente deveria fazer compras na cidade. — Francie nina Will, que está chorando mais alto ainda. — Como vai você? Sinto falta de ver todo mundo.

— Eu também — diz Francie, a voz falhando. — Tem sido difícil, desde o que aconteceu com Midas...

Scarlett fecha os olhos.

— Estou doente com isso. Nem posso imaginar o que Winnie deve estar passando.

— Eu sei. — Antes que Francie consiga evitar, as lágrimas escapam. — Para ser honesta, estou meio deprimida nesse momento. O bebê tem acordado muito à noite e é difícil, porque o Lowell precisa dormir. Nosso apartamento é tão pequeno. — Ela ri. — Com certeza não é nenhuma casa de quatro quartos. Depois, quando ele pega no sono, eu fico acordada e penso em Midas. Tem que haver alguma explicação para o que aconteceu, não é? Como eles entraram ou por que alguém iria querer levar um bebê. — Ela sabe que deveria parar de falar, mas as palavras continuam saindo. — A polícia fez um trabalho terrível, não acha? O detetive Hoyt. Ele parece que não sabe o que faz. Eu me recuso a acreditar que o Midas não esteja vivo. Colette acabou de ligar. Nós estamos fazendo tudo que podemos para tentar desvendar isso. — Ela quer contar a Scarlett que Colette era a sua última esperança em encontrar Archie Andersen, que ela procurou muito na internet, para ver se ele já tinha cumprido pena, se ainda morava em Nova York, se estaria em algum lugar perto da casa de Winnie naquela noite. Francie tira um lenço umedecido da sacola e assoa o nariz. — Também não tenho me alimentado direito. Você quer comer alguma coisa ou, pelo menos, tomar um café? Eu adoraria um pouco de companhia...

Quando Francie olha de volta para Scarlett, ela fica cheia de constrangimento. Scarlett a observa com uma expressão horrorizada no rosto. Francie abaixa a cabeça, humilhada. *Nossa, eu devo estar assustadora!*, pensa ela. No meio da IKEA, com uma blusa manchada e toda amarrotada que tirei da pilha no cesto de roupa suja, toda descabelada, tendo um ataque histérico no meio da seção de tapetes.

— Desculpe. Não tenho a intenção de sobrecarregá-la com...

— Tudo bem. Eu adoraria tomar um café. — Ela dá um sorriso fraco, os olhos estampando pena. — Mas o pessoal da mudança vem em uma hora para me dar um orçamento.

— Ah, claro — diz Francie. — Eu entendo.

— Vamos almoçar essa semana no parque? — diz Scarlett, começando a se afastar. — Nós estaremos indo e vindo entre o Brooklyn e a casa nova por mais alguns dias. Eu mando um e-mail para você.

Francie se despede e segue na direção oposta, soltando o pacote de guardanapos cor-de-rosa que ia comprar em um cesto de pinças plásticas. Ela acaba encontrando o caminho das filas para os caixas, passando por entre as pessoas que tentam andar com os carrinhos cheios de caixas compridas de papelão. Lá fora, no calor escaldante, avista um ônibus parado do outro lado da rua e sai correndo para pegá-lo.

Senta em um banco no fundo e encosta a cabeça na janela, tentando conter a vergonha. Por que ela fez aquilo? A Scarlett é tão centrada, tão confiante... Uma casa em Westchester. Comprando móveis novos. Outra mãe com um bebê fácil e uma vida ideal. E lá está ela, aos prantos na IKEA, com um bebê que não consegue controlar e um marido que não concorda em comprar um ar-condicionado novo para a sala, nem um carrinho novo, mesmo depois que o freio do que a tia dele deu parou de funcionar dois dias atrás. Francie já se imagina perdendo o controle do carrinho, e vendo ele descer a ladeira, depressa demais para que ela consiga pegar. Quando Lowell ligou do escritório, ontem à tarde, para ver como as coisas estavam, ela estava em pânico, exigindo que ele passasse na Target, no caminho de volta para casa, e comprasse um carrinho novo. Ele se recusou.

O movimento do ônibus ajuda a aquietar Will e ela remexe dentro da bolsa à procura de uma garrafa de Coca Zero quente e bebe tudo, imaginando se deve levar em conta o que Lowell disse ontem à noite. Eles estavam deitados na cama, Will entre os dois, quando o marido disse a Francie que ela deveria ir no médico.

"Foi ideia da minha mãe", disse ele. "Liguei para ela hoje. Ela acha que deve haver alguma coisa que você possa tomar para a sua ansiedade e por chorar tanto agora."

"Eu não preciso de um remédio. Preciso que encontrem o Midas. Preciso ajudar aquele bebê a voltar para a mãe."

Um homem senta no lugar vazio ao seu lado e ela encosta mais na janela. Ela não quer mais pensar em Lowell, em Scarlett ou no julgamento da sogra. Tira o telefone da bolsa e verifica o clima (vai passar de 30ºC nos próximos dias), para depois verificar o Facebook. Seu olhar para na postagem do alto da página: o convite ainda fechado de "Um programa noturno", álbum que Yuko criou para a reunião no Jolly Llama. Francie ainda não teve estômago para olhar, mas clica agora, ávida por alguma distração. Vai passando pelas fotos que as pessoas adicionaram. Yuko e Gemma em pé junto ao alambrado do deque. Nell e Colette brindando. Francie perde o ar quando se depara com uma foto de Winnie. Ela está sentada à mesa, o queixo pousado na mão. Tem uma foto dela olhando a multidão, o sol se pondo atrás, uma expressão estranha, quase sonhadora, no seu rosto.

Então, Francie vê ao fundo: um borrão vermelho.

Ela amplia a foto. O boné vermelho de beisebol.

É o cara com quem Winnie estava conversando. Ele está de pé, sozinho, segurando um drinque. E também está em outra foto, o rosto nítido ao fundo. Ele não está apenas em pé ali. Está olhando para elas, observando, olhando para Winnie.

— Com licença — diz ao homem ao seu lado, quinze minutos depois, quando o ônibus encosta no seu ponto. Ela pula por cima das pernas dele e desce apressada em direção ao seu prédio, corada de tanta expectativa. A porta da frente está um pouco aberta. Francie tinha pedido a Lowell, pelo menos quatro vezes, que consertasse o trinco, que não estava fechando direito. Aquilo não era seguro. Lá dentro, a correspondência está empilhada na mesinha de madeira bamba no pequeno hall de entrada, e ela vê a fatura do cartão de crédito e um envelope grande, com o nome dela escrito em letras de forma verdes. Enfia a conta do cartão de crédito na bolsa de fraldas, sabendo que terá que arranjar um jeito de pagar pelos cem dólares de roupinhas de bebê que pediu na Carter, antes de Lowell saber que não conseguiria o trabalho da reforma, e ignora o outro envelope. A letra parece a da sua mãe e ela não quer lidar com aquilo agora, presumindo que seja a porcaria do vestido de batismo que ela insiste em mandar. Francie sobe correndo os três lances de escada, localiza o laptop embaixo das receitas que imprimiu no começo da manhã. Empurrando com o pé a cadeirinha de Will, ela abre o Facebook e vai ao álbum de fotos de Yuko.

Sim.

É ele. O cara com quem Winnie estava falando. Francie examina cada foto, vendo se consegue identificá-lo ao fundo. Ela não consegue deixar de estudar as fotos de Winnie, mais uma vez. A expressão distante nos olhos. O modo como ela foi captada em uma foto observando o telefone. É estranho, mas Francie tenta não pensar nisso. Ela tenta se manter focada na boa notícia.

Agora ela tem um plano.

CAPÍTULO 14

Dia oito

PARA: Mamães de Maio

DE: As amigas do Village

DATA: 12 de julho

ASSUNTO: Conselho de hoje

SEU BEBÊ: DIA 59

É possível que você ainda tenha que perder um pouco de peso. Não desanime! Em vez disso, se levante! Pegue o carrinho (e, talvez, alguns membros do seu grupo de mamães) e dê uma voltinha no parque. Escolha frutas e legumes como petiscos. Mastigue a comida devagar. Fique longe dos carboidratos. Logo, logo você estará fechando o zíper daquele jeans velho.

Colette senta na ilha da cozinha, as mãos de Charlie nos seus seios inchados.

— Charlie, vamos — diz ela, afastando-o. — Agora, não. Você sabe que preciso trabalhar.

— Eu sei, sim. Mas o bebê acabou de dormir no carrinho e você ficou acordada até tarde trabalhando de novo. Conquistou o intervalo obrigatório de quinze minutos para o café, concedido pelo Estado. — Ele desliza as mãos pela barriga dela, descendo até a calça do pijama, segurando as coxas. — Não me faça relatar uma funcionária secreta do prefeito por infringir as leis trabalhistas.

Ela se remexe saindo das mãos dele.

— Por favor, Charlie, pare. Tenho que terminar esse capítulo.

Ele levanta, suspirando.

— Benzinho, você está me matando. Faz três meses.

— Eu sei.

— Temos que mudar isso.

Ela se vira para ele, escondendo a irritação.

— Charlie, eu sei. Mas agora? Eu estou trabalhando. Não tento seduzir você no seu escritório quando está escrevendo.

Ele ri.

— Sabe de uma coisa? Se algum dia você sentir uma mínima vontade de entrar no meu escritório e me seduzir enquanto eu estiver escrevendo, manda ver. Na hora. Mesmo que eu esteja no telefone com o meu editor. Mesmo que os meus pais estejam em casa. Mesmo que eu, por algum motivo, esteja em uma reunião com o papa. Eu paro a discussão e vou satisfazê-la, no mesmo instante, de um jeito espetacular.

Colette sorri.

— Bom saber.

Ele assente na direção do escritório, no fim do corredor.

— Quer tentar? Quer ver se estou dizendo a verdade?

— O papa está lá dentro?

— Não.

— Então, não estou interessada. — Ela estica as pernas e pousa os dedos dos pés em cima dos dele. — Desculpe. Preciso me concentrar. Acabei de usar o dicionário para procurar o verbo *ser*. Isso não está indo muito bem.

Ele recua os pés e vai até a geladeira para pegar a garrafa de leite materno que ela preparou mais cedo.

— Você vai sair? — pergunta ela.

— Sim.

— Para onde vai levá-la?

— Vou correr um pouco.

— Eu fico com ela quando você voltar. Essa reunião deve ser breve.

Charlie assente.

— Leve o chapéu amarelo — diz Colette. — Os outros são grandes demais.

— Eu sei disso.

— Pegou o filtro solar?

— Sim.

— Hoje deve ficar ainda mais quente.

— É. — Charlie fecha a geladeira, ainda de costas para ela. — Eu sei cuidar da minha filha.

— Está irritado comigo?

— Estou.

Ele vira, aflito.

— Isso é frustrante.

— Vai se divorciar de mim?

Ele debocha.

— Sim, Colette, eu vou.

— Você me deixa a cafeteira?

Charlie solta a garrafa na bancada e vai até ela.

— Não.

— A prensa francesa, pelo menos?

— Fale com o meu advogado.

— Você me ama?

— Muito. Mas, meu Deus, como você é teimosa. — Ele se inclina e lhe dá um beijo na testa. — Vejo você mais tarde.

Colette serve uma xícara de café fresco, vai até a janela e observa a rua, molenga de exaustão. Ela passou a maior parte da noite alternando momentos de sono e acordando para dar de mamar a Poppy, sabendo que devia colocar o bebê no berço, forçá-la a se acostumar a dormir sozinha, como todos os especialistas recomendam, deixando-a chorar por alguns momentos, se necessário. Mas não conseguia fazer aquilo. Todos os seus instintos lhe diziam para ficar com a bebê, deixar que Poppy dormisse nos seus braços, pela noite inteira, se precisasse.

A visita ao pediatra não tinha ido bem.

"Ela está ficando para trás", disse o médico. "Isso é claro. Está com um pouco de fraqueza muscular na parte superior do corpo, um pouquinho mais pronunciada no lado direito. E estou preocupado com o modo como ela sustenta a cabeça."

"O que isso quer dizer?", perguntou Colette, aninhando Poppy junto ao peito.

"É cedo demais para dizer. Nesse momento, só podemos observá-la. Volte em três meses."

"Três meses? Por que tanto tempo? Não tem nada que eu posso fazer antes disso?"

"Nessa idade, não. Temos que esperar e ver. As crianças podem superar isso sozinhas."

Charlie surge na calçada lá embaixo. Ele ajusta os fones de ouvido, depois começa uma corrida lenta, virando o carrinho na direção da entrada do parque. Ele reagiu à notícia como ela achou que ele faria. Com calma.

"Certo, então, vamos levá-la de volta em três meses", disse ele. "Se ele nos disser que temos que nos preocupar, começaremos a nos preocupar."

Um carro vira a rua, bem na hora em que Charlie atravessa, sem esperar pelo sinal verde. Colette prende a respiração, conforme ele pisa de volta na calçada, gritando alguma coisa para o motorista. Quando ele volta a correr e vira no muro de pedra, ela fecha a cortina, coloca o café na mesa e ajoelha na frente do sofá, procurando o envelope com o pen drive.

Ela o coloca no bolso interno da bolsa e toma um banho demorado, com a água bem fria, tentando clarear as ideias e despertar, expulsar os pensamentos que a atormentam desde ontem. Eles encontraram um corpo.

A informação era insuficiente, um simples bilhete de Mark Hoyt no alto da pilha. *Restos foram descobertos aproximadamente às dezessete horas de ontem. Enviados ao laboratório; identificação a ser confirmada até o meio-dia de amanhã. Informo o mais depressa possível.*

Ela fecha os olhos embaixo do fluxo de água fria, revendo o sonho que teve ontem à noite. Winnie estava de pé em um campo, acima do corpo sem vida de Midas. Colette se aproxima e estende a mão para pegar o braço dela, mas, quando Winnie vira, Colette percebe que estava errada. Não era Winnie que estava ali em cima de Midas. Era Francie.

Ela fecha o chuveiro e se veste rápido. Uma hora depois, ao chegar no quarto andar da prefeitura, Allison não está à sua mesa. Colette espera na recepção por alguns minutos, antes de ir até a porta de Teb e dar uma espiada no escritório vazio. Seus passos são silenciosos no carpete, conforme ela caminha devagar na direção do bufê, procurando o pen drive no bolso interno da bolsa. Bem na hora em que está prestes a deixá-lo no chão, embaixo de uma fileira de cadeiras, Allison levanta por trás da escrivaninha de Teb.

— Oi — diz ela.

— Ai, meu Deus. — Colette segura o pen drive com força. — Você quase me matou de susto.

— Desculpe — fala Allison, pousando a mão no abdome. — Nossa. Isso me deixou meio tonta.

— O que está fazendo? — pergunta Colette.

Allison suspira.

— Ouça, tem alguma possibilidade de alguém ter entrado e levado alguma coisa da mesa do prefeito enquanto você esteve aqui trabalhando?

— Levado alguma coisa? — Colette limpa a garganta. — Não, não que eu lembre.

— Droga.

— O que foi?

— Ah, nada. Eu jurava que tinha botado algo aqui para o prefeito, mas ele não consegue encontrar. Está injuriado comigo.

— Eu posso ajudar você a procurar — diz Colette. — O que é?

Allison abana a mão.

— Não seja tola. Você já tem bastante com que se preocupar para ter que consertar a bagunça que eu fiz. Mas... — ela franze o rosto — tenho que lhe pedir para esperar lá fora, pois me disseram para ninguém entrar no escritório dele até o próprio chegar. Ele provavelmente não estava falando de você, mas já estou bem encrencada, então...

— É claro — diz Colette. — Posso ficar lá fora, sem problemas.

Colette segue Allison de volta à recepção. Além dos sofás, na frente de uma das janelas com vista para o City Hall Park, um jovem monta um pódio, enquanto outro espera ali perto, parecendo entediado ao segurar um brasão da cidade feito de papelão. Colette senta em uma das poltronas de couro e joga o pen drive na bolsa, bem no momento em que Allison ressurge, com um grande envelope pardo nas mãos.

— Isso chegou para você.

O nome de Colette está escrito na frente do envelope, em letras verdes de forma, endereçado à prefeitura. Quem mandaria uma correspondência para ela no gabinete do prefeito? Ninguém sequer deveria saber que ela está ali.

— Quando?

— No fim da tarde de ontem.

Colette pega o envelope e enfia na bolsa.

— Obrigada.

— De nada. Espero que você não tenha que esperar muito, mas, para ser franca, acho que vai. — Allison assente na direção dos dois jovens montando o pódio. — Hoje tem alguma coisa estranha acontecendo aqui.

Allison volta à sua mesa e Colette se acomoda no lugar, distraída pelo envelope. Algo lhe diz que ela não deve abri-lo agora. Não ali, com gente em volta.

Pelos próximos trinta minutos, Colette folheia antigas edições da *New Yorker*. E enfim ouve pessoas vindo pelo corredor. Aaron entra na recepção, junto com uma mulher. Ela está vestindo um terno cinza-escuro e Colette vê um lampejo da arma no coldre da sua cintura. Há algo de familiar nela.

— Até mais tarde — diz a mulher a Allison e, ao ouvir a voz, Colette se lembra. É a detetive que interrogou Winnie. A que está no pen drive. Ela some no elevador, e Aaron vem até Colette, com o celular em uma das mãos e um envelope grosso na outra. Colette se levanta, mas ele gesticula para que ela volte a se sentar.

— Ainda não, desculpe. Surgiu algo. O prefeito pede desculpas. Nos dê mais dez minutos.

— Eu posso voltar em um momento melhor.

— Não, estou fazendo o máximo para que você entre — diz Aaron, dando uma olhada por cima do ombro de Colette, para Joan Ramirez, assessora de imprensa do prefeito, que está do lado de fora da porta do escritório. Aaron assente para Joan. — Mais dez minutos. — Ele toca o ombro de Colette e vira para sair, mas, ao fazê-lo, a pasta cai do seu braço e os papéis se esparramam pelo chão. Ela abaixa para ajudar a recolhê-los, estendendo a mão embaixo de uma cadeira.

A mão dela para no ar.

É uma foto de Midas. Colette pega a foto e examina. Ele está com um macacão listrado de cinza, chupando o punho fechando. Parece estar deitado em um carpete branco.

— Colette?

Aaron está com a mão estendida. Ela levanta e entrega a foto.

— Obrigado — diz ele, piscando para ela.

Ele conduz Joan para dentro do escritório do prefeito e Colette senta outra vez, a sala girando. Ela pousa a testa nas mãos, lutando contra o desejo de colocar a cabeça entre os joelhos, do jeito que motorista de ônibus a aconselhou a fazer na segunda série, quando ele percebeu que ela estava ficando verde de enjoo no banco atrás dele. *Restos foram descobertos.* Aquela fotografia. A detetive. A coletiva de imprensa que estava sendo preparada.

Midas estava morto.

O que mais poderia ser?

Ela ouve a voz de Teb e ergue os olhos. Percebe que ele está vindo na sua direção. Ela levanta, mantendo a bolsa bem junto ao corpo.

— Tenho más notícias, Colette — diz Teb. Seu tom é sério. — Tem algo aqui que preciso resolver. Lamento muito.

— O que foi? — pergunta ela, mas Aaron já está ali e o celular dele está tocando. Ele enfia a mão no bolso interno do paletó.

— Sim — fala Aaron, ao telefone. — Certo, está bem. — Ele desliga. — O comissário Ghosh acabou de chegar, senhor. Está subindo. — Aaron analisa o pódio diante das janelas e depois se dirige a Teb. — Talvez o senhor queira trocar de gravata. Colocar algo mais solene.

Teb assente e vira para ir ao seu escritório.

— Desculpe, Colette — diz Aaron, conduzindo-a até o elevador e apertando o botão para descer. — Sei que deve ser frustrante quando isso acontece, mas, às vezes, as coisas estão além do nosso controle. Ossos do ofício. — As portas do elevador se abrem e Elliott Falk, do *Post* sai. — Vou pedir a Allison para ligar e reagendar com você. — As portas do elevador se fecham entre eles e quando se abrem de novo, ela sai correndo, já parando um táxi. Ela entra e bate a porta.

— Para onde?

— Brooklyn — diz ela, deslizando no couro quente e rachado do banco. — Prospect Park West.

Ela aperta o botão da televisão na frente do seu banco e a tela pisca, enchendo o táxi com um jingle para a compra de um colchão. O motorista de táxi pressiona com força a buzina na entrada da ponte do Brooklyn. Tem um programa matinal passando, com um segmento de culinária. *Como fazer as crianças comerem mais verduras.* O motorista aumenta o rádio, competindo com o som da televisão. Ele ouve o canal de notícias.

Ela se inclina à frente.

— Ouviu alguma coisa sobre Midas, aquele bebê que foi levado?

— O bebê rico?

— Sim.

— Está morto — diz o motorista. — Um ex-namorado que matou, parece.

— Não. — A palavra sai engasgada. — Onde ouviu isso?

— Minha esposa. Ela me disse isso no outro dia. — Ele faz uma careta. — Está obcecada com essa história.

O telefone de Colette apita. É Nell.

PRECISO VER VOCÊ. Me encontra às cinco? No Spot. Vou sair cedo, escondida, preciso pegar a Beatrice às seis.

Não posso. digita Colette. Hoje não dá.

A resposta de Nell é imediata.

POR FAVOR. É importante.

Colette põe o telefone no colo e fecha os olhos. *Lembre-se de respirar.* Ela imagina a enfermeira ajoelhada à sua frente, nos piores momentos do trabalho de parto, dizendo essa frase, sem parar. *Tudo vem com a sua respiração.*

Estou falando sério, escreve Nell. Tenho que falar com você.

Tudo bem. Estarei lá.

— Com licença — diz o motorista, quinze minutos depois. — Já chegamos.

Charlie está na cozinha fazendo um sanduíche quando ela entra no apartamento.

— Já?

Ela solta a bolsa perto da porta, põe a música no mudo e liga a televisão, passando os canais.

— O que está fazendo?

— O prefeito vai dar uma coletiva de imprensa. Acho que é sobre Midas... — Quando ela encontra o canal à cabo de notícias, ela vê Teb em pé no pódio, erguendo a mão para silenciar os jornalistas.

— Os restos mortais foram descobertos na mata, a cerca de 120 metros da casa de Winnie, na propriedade no interior de Nova York. Pelo fato de o corpo estar muito queimado, solicitamos a ajuda do FBI para a identificação.

— Não. — Charlie vem até o lado de Colette e pega a sua mão. — Eles encontraram Mi…

— Shhhhhh.

— Essa tarde, recebemos a confirmação de que os restos são de Hector Quimby, funcionário da família Ross de longa data. — Teb consulta as anotações à sua frente. — Pelos últimos trinta anos, o sr. Quimby trabalhou como caseiro da propriedade Ross, assim como cuidava da casa da família no Brooklyn, de onde Midas foi levado na noite de Quatro de Julho. — Uma foto surge na tela. O homem tem cerca de 60 anos, cabelos e bigode grisalhos e olhos azuis esbranquiçados. — Ainda não sabemos se há ligação entre a morte do sr. Quimby e o rapto de Midas Ross, mas estamos dando prosseguimento às investigações imaginando que sim.

— Como o corpo foi descoberto? — pergunta um dos repórteres.

— Os investigadores do FBI e do departamento de polícia de Nova York foram levados até o corpo do sr. Quimby… — Teb tosse. — Perdão. Eles foram levados ao corpo do sr. Quimby por cães farejadores de cadáveres enviados à procura de Midas Ross.

Colette desenlaça os dedos dos de Charlie.

— Preciso de um segundo. — Ela caminha até a cozinha, pega a bolsa, entra no banheiro e tranca a porta. Ela senta no vaso e tira o envelope pardo da bolsa, rasgando-o. Não há qualquer sinal de quem mandou. Nenhuma carta, nenhuma assinatura. Apenas uma folha de papel.

É uma foto de ficha criminal.

Ele é adolescente na foto. Não há rugas em volta dos olhos, nenhum pelo grisalho no cavanhaque. Está olhando para a câmera com uma expressão desafiadora no rosto. A placa com o nome que ele segura diante do peito mostra a data de nascimento e o local em que foi preso. Mas não diz do que ele foi acusado. Nem mesmo o seu nome.

Mas claro que é ele. Token.

Francie encolhe a barriga, ciente de que um cara está se aproximando, mas ele passa direto, sentando na outra ponta do bar. Ela verifica o horário de novo: 15h32. Ele está 32 minutos atrasado. Talvez tenha mentido. Talvez não venha.

— Mais um Zinfandel?

Ela puxa o tecido do decote após a olhada do bartender.

— Acho que sim — diz ela, dando uma olhada na mensagem que Barbara, sua sogra, mandou alguns minutos atrás, com uma foto de Will deitado em um cobertor no parque.

Nós estamos ótimos. Espero que a sessão de fotos também esteja indo bem. Boa sorte!

Sua mão está oscilante enquanto ela entrega uma nota de dez ao bartender, pensando mais uma vez na discussão que ela e Lowell tiveram naquela manhã, depois que ele saiu do quarto e a encontrou sentada no sofá, dando mamadeira ao Will, tentando conter as lágrimas.

"O que foi agora?", perguntou ele.

"O que foi o quê?"

"Você parece aborrecida."

"Não estou."

"Francie..."

"Não é nada. Não quero falar sobre isso."

Ela não pode contar a ele o que a incomoda, como ligou para Mark Hoyt ontem e disse que tinha encontrado fotografias do cara que abordou Winnie no Jolly Llama.

"Estou decepcionada que eu mesma tenha que fazer o seu trabalho", disse ela a Hoyt, impressionada pela autoridade na sua voz. "Mas que seja. Vou enviá-las agora, por e-mail, a menos que, por motivos de segurança, prefira mandar um policial para vir retirá-las pessoalmente?"

"Francie, escute. Você precisa se afastar."

"Me afastar? Está..."

"Você me ouviu, sra. Givens. Afaste-se. Encontre alguma coisa para fazer. Leve esse menino ao parque. Ou talvez vá ver um médico. Assegure-se de que esteja tudo bem. Mas nos deixe fazer o nosso trabalho."

"Ver um..." Ela deixou escapar uma risada. "Você tem alguma ideia do trabalho de merda que estão fazendo? Tem consciência de que há um bebê recém-nascido contando com vocês para trazê-lo de volta à mãe? Ver um médico? Está de *brincadeira* comigo? Eu não preciso de outro homem..."

"Até logo, sra. Givens."

Claro que ela jamais contaria isso para Lowell, parado ali, encostado à bancada, de braços cruzados, olhando para ela como se fosse maluca.

"Estou começando a ficar preocupado com você, Francie."

Agora ela se sente enjoada pensando no que disse a ele depois, como o acusou de ser frio e insensível enquanto ele se vestia. Como desviou do seu beijo quando ele seguiu para a porta para buscar a mãe no aeroporto. Aparentemente, Lowell tinha ligado para Barbara e pedido que ela viesse do Tennessee por alguns dias, dizendo-lhe que Francie estava deprimida e que seria bom ter alguma ajuda com o bebê. Ele nem sequer discutiu isso com ela.

Francie detesta quando eles brigam. Antes, os dois quase nunca discutiam, porém, desde a chegada do bebê, ela fica irritada com tudo que ele faz. Francie sabe que deve pedir desculpas e endireitar as coisas, principalmente com Barbara ficando lá, dormindo no sofá da sala, podendo ouvir cada palavra que eles troquem. Ela estende a mão para pegar o telefone, mas sente um par de mãos em volta da cintura.

Ela vira, o telefone parado na mão, perplexa ao ver como ele é lindo de perto: olhos azuis-claros, o queixo forte e quadrado, cabelos escuros embaixo do boné vermelho de beisebol. Mesmo antes que consiga dizer "oi", ele a ergue da banqueta e a puxa para perto, beijando-a de um jeito que ela não era beijada há muito tempo, ajudando-a a se esquecer totalmente de Lowell.

Ele recua.

— Você é a mulher que eu deveria encontrar, certo?

— Sim. Olá. — Francie lamenta a falha nervosa na voz.

Ele senta na banqueta ao lado e sinaliza para o bartender, pedindo uma cerveja e uma dose de uísque, sem oferecer algo para ela.

— Desculpe o atraso. Surgiu um imprevisto. — Ele vira a dose de uma vez só e, em seguida, toma um gole de cerveja. Ela pega a sua taça de vinho olhando para ele. Ela tinha razão. Ele tem 30 e poucos anos, mesma idade que Archie Andersen teria. Ele pede outro drinque e ela vê a maneira como ele segura o copo, o repuxo da camiseta em cima do bíceps. Ele é bem maior do que ela se lembra, de quando o viu no Jolly Llama.

— Gosto do seu estilo — diz ele, limpando a boca com as costas da mão.

Ela ergue as sobrancelhas.

— Você quer dizer do meu vestido? — O olhar dele percorre os seios dela, o pescoço, depois para nos olhos emoldurados por cílios postiços que ela pôs uma hora antes no banheiro de uma Starbucks próxima.

— Bem, sim. Isso também. Mas quis dizer que você não perdeu tempo. Muitas garotas querem passar dias trocando e-mails antes de um encontro.

Francie se orgulha da rapidez com que ela conseguiu criar esse plano, tudo graças a Nell. Ontem, depois que o contato com Mark Hoyt não deu em nada, ela mandou um e-mail para Nell no trabalho.

É um tiro no escuro, mas encontrei algumas fotos daquele cara com quem Winnie estava falando no Jolly Llama, escreveu Francie. Alguma chance de usarmos ela para descobrir alguma coisa desse cara?

Nell levou sete minutos para responder.

Isso foi tudo que consegui descobrir. Coloquei a foto dele em um aplicativo que reconhece rostos. Ele parece legal.

Francie abriu o link e lá estava ele: as fotos acompanhadas por um perfil, em um site chamado Sex Buddies, uma página de namoro ou algo assim. Ele revelava bem pouco de si mesmo: altura, peso e preferência por mulheres de seios grandes, mas não o nome — a menos que fosse de fato Doutor Perigo.

O que você vai fazer com isso? escreveu Nell.

Nada. Deixar por perto, se precisar.

Na realidade, ela passou a hora seguinte fazendo uma maquiagem, tirando selfies, tentando parecer o mais sugestiva possível, e criando o próprio perfil no Sex Buddies. Ela só precisou de três e-mails da conta falsa no Gmail que criou para combinar o encontro. Ler as coisas que as pessoas escreviam naquele site fez com que ela se sentisse deprimida, depois, muito grata por Lowell, pela vida que eles tinham, pela linda família que construíram.

O cara se inclina na direção dela.

— Você tem um perfume incrível.

— Obrigada. Mas, primeiro, qual é o seu nome?

— Que nome você quer que eu tenha?

— Que nome eu *quero*?

— É. — Ela sente o cheiro de cigarro no hálito dele. — Por que não escolhe o meu nome?

Francie finge estar matutando, por um instante.

— Quero que o seu nome seja Archie.

Ele ri.

— Que nem o cara dos gibis?

Ela também ri, e tenta esconder a decepção. Não pode ser ele. A menos que ele seja um ator digno do Oscar, o cara não responderia com tanta soberba se ela tivesse acertado.

— Archie. Gostei.

— Que bom — diz ela. *Tudo bem*, pensa ela. Ele pode não ser Archie Andersen, mas vai poder responder algumas das suas maiores dúvidas: por que ele abordou Winnie? Sobre o que conversaram? Para onde Winnie foi naquela noite?

— Você pode ser a minha Veronica — diz ele. — Agora, quem dera se tivéssemos uma Betty.

Ele olha para algo atrás dela e, sem dizer nada, pega a mão de Francie, tirando-a da banqueta e a leva para o fundo do bar. Ela se esforça para manter o passo, derrama vinho no vestido e tenta se equilibrar nos saltos que está usando. Eles seguem por um corredor estreito e escurecido, fedendo a urina, depois saem em uma sala vazia, nos fundos, com uma mesa de sinuca em um canto e um sofá surrado no outro.

Ele a conduz até o sofá e a puxa para junto dele, os lábios na orelha dela.

— Aqui vamos ter mais privacidade — murmura ele, depois dá um empurrãozinho nela, fazendo-a despencar, desajeitada, no sofá. Ele senta ao lado e pousa a mão calejada no seu joelho, subindo devagar pela coxa.

— Ainda não — sussurra ela, tirando a mão dele. Ela fica aliviada ao perceber dois caras entrando na sala. Eles vão até a mesa de sinuca e estão de botas empoeiradas de trabalho e cintos de ferramentas; provavelmente estão no intervalo de almoço de alguma obra próxima. Ela não pode evitar pensar: e se, por algum capricho horrendo eles a reconhecerem? E se forem colegas de Lowell, caras com quem ele já tenha trabalhado em algum projeto?

— Tenho quarenta minutos antes de voltar ao trabalho, Veronica — diz o falso Archie. Ele parece irritado. Ela não pode culpá-lo. O Sex Buddies não é um site para pessoas se encontrarem em um bar durante o dia para discutir interesses em comum. E ela mesma também não tem muito tempo. Francie disse a Nell que vai encontrá-la no ponto do parque que escolheram, às cinco horas; tem algo que Nell quer conversar com ela e Colette. Enquanto isso, tem esse plano a executar. Um plano no qual passou a noite inteira acordada pensando.

Ela se levanta, senta em cima das pernas esticadas dele e pousa as mãos nas coxas, os seios a centímetros do rosto dele, envolvendo-o no aroma do seu perfume.

— Vou pegar outra rodada para a gente.

No bar, Francie reluta em olhar mais uma vez para a foto de Will no parque, sentindo outra onda de culpa por mentir para Lowell e para Barbara, dizendo-lhes que tinha posto um anúncio nos classificados no site do Village e fora contratada para fazer fotos de um bebê de nove meses. Ela leva os drinques de volta ao sofá, tentando ao máximo parecer centrada e confiante ao sentar-se ao lado dele.

— Então, Veronica. — Ele está de novo com a boca na orelha dela. — Sobre o que quer conversar?

Ela dá um longo gole no vinho, depois fala as palavras que ensaiou, essa manhã.

— Eu preciso mesmo dessa bebida. Perdi o meu emprego.

— Que merda. — Ele tira o boné e afaga o pescoço dela com o nariz.

— É. Eu era garçonete em um lugar muito legal no Brooklyn. O Jolly Llama.

Ele recosta.

— Eu vou lá, às vezes.

— Sério?

— É. Fica a algumas quadras do meu apartamento.

— Que estranho. — Ela estreita os olhos para ele, olhando com mais atenção. — Ah, meu Deus, espere um minuto. É *você*.

Ele franze o rosto.

— Você quem?

— Você! — Ela coloca o copo na mesa grudenta e vira de frente para ele, descansando uma das mãos no seu joelho. — Você estava no Jolly Llama no Quatro de Julho?

Ele pensa.

— É, na verdade, sim. Como sabe?

— Você é *aquele* cara. Quem diria? — Ela ri e dá um peteleco no joelho dele. — Minhas colegas de trabalho não vão acreditar. Todas nós ficamos falando de você.

Ele parece perplexo.

— De mim? Por quê?

— Você é o cara que estava conversando com aquela mulher. Aquela mulher Winnie.

— O que é uma mulher Winnie?

Francie fica surpresa pelo desempenho convincente que ele está tendo ao fingir não saber de quem ela está falando.

— Gwendolyn Ross? A atriz? A que teve o filho raptado?

— Quando?

— Sério? Você não lê jornal, não assiste à televisão?

— Só aos esportes.

Ela não pode acreditar. Ele não sabe.

— Lembra-se de conversar com uma mulher no bar naquela noite? Uma bonita? Você talvez tenha desaparecido com ela por um tempinho?

Enfim, um lampejo de lembrança.

— *Aquela* mulher teve o filho raptado?

— Sim. Midas. Ele foi levado naquela noite.

— Puta merda. Eu tenho, sim, ouvido falar disso. As meninas no trabalho estão sempre falando disso. Midas. Que nem o deus grego. — Ele põe a cerveja na mesa e se inclina para a frente, rindo. — Que doido. Espera só até eu contar para os meus amigos.

— Por quê? — pergunta Francie, em um tom conspiratório. — O que eles vão dizer?

— Foram eles que me desafiaram a fazer aquilo.

A diversão some da voz dela.

— Fazer o quê?

— Falar com ela. Passar uma cantada nela. — Ele parece aturdido. — Tinha uma porção de mães lá no fundo.

— Sim, eu me lembro delas. Ela estava naquele grupo.

— Meus amigos disseram que me dariam vinte pratas se eu cantasse uma delas. Sabe, de brincadeira. Tipo, quem poderia se dar bem com uma coroa gata? Aceitei a aposta. A primeira que tentei me negou, antes mesmo que eu pudesse oferecer um drinque para ela, mas depois, ela, essa tal de Winnie, topou. — Ele debocha. — Ela topou *de verdade*.

Francie dá outro gole no seu drinque. Ela precisa ir mais devagar. O vinho está embaralhando os seus pensamentos.

— Então, você não a conhecia antes daquela noite?

— Não. — Ele dá uma risadinha maliciosa. — Mas com certeza a conhecia antes de terminar a noite.

Ela abranda a voz e olha para ele por baixo dos cílios.

— Estou intrigada.

Ele fica quieto, observando-a. Ele pega a bainha do vestido entre os dedos e dobra por cima, fazendo o vestido ficar mais curto, expondo as coxas recém-depiladas, brilhando com a loção com aroma de pêssego.

— Tem certeza de que quer ouvir? É uma loucura.

Ela força um tom de flerte na voz.

— Eu gosto de loucuras.

— Ah é, Veronica? Prove.

— Provar?

— É. Digamos que eu tenho uma história incrivelmente boa para você.

— Certo.

— Mas você tem que merecer ouvi-la. — O rosto dele está pertinho do dela. — Me dê um beijo e eu vou lhe contar.

Ele se aproxima e encosta bruscamente os lábios nos dela, mergulhando a língua dentro da sua boca. Ele acaba recuando, deixando um gosto amargo de cerveja.

— Primeiro, comprei um drinque para ela.

Francie ergue a sobrancelha e depois franze o cenho.

— Isso não chega a ser uma loucura.

— Não, é só o começo. — Ele traceja a clavícula de Francie com o polegar. — Quer mais?

Ela assente e ele desliza a mão por baixo do seu vestido, delicadamente abrindo as pernas dela. Ele aperta o interior da sua coxa, o polegar passando na beirada da calcinha.

— Vá em frente — diz ela. Sua voz parece oca e estranha.

— Pedi para ela ir até a minha casa. — Um dos trabalhadores de construção na mesa de sinuca olha para eles, enquanto o falso Archie pega a mão de Francie e põe no meio das pernas dele. Francie sente que ele está excitado, e ele guia a mão dela por cima do jeans.

— E ela foi? — Ele a beija. Quando recua, a visão de Francie está embaçada. O cheiro de cerveja no hálito. A barba por fazer pinicando. Não é ele que ela vê, não é esse a quem ela chama de Archie, mas o professor de ciências. O sr. Colburn.

— Não, infelizmente. Ela disse que tinha que pensar no filho. Estava aborrecida com aquilo.

Francie espalha mais os dedos, sentindo uma sensação de declínio enquanto pressiona um pouco mais. Ela fecha os olhos.

— Winnie estava aborrecida?

— Sim. — Ele força a calcinha dela para o lado e ela sente os braços presos abaixo, o arranhar do cobertor barato cobrindo a cama do sr. Colburn. Ela sente o ímpeto de gritar, mas não pode. — Ela disse que tudo que queria fazer era ir para minha casa. Subir em cima de mim. — A mão dela se mexe mais rápido em cima do jeans. — Que ela detestava ficar presa em casa, que ter o bebê a fazia ficar preocupada o tempo todo.

Ela sussurra no ouvido dele.

— Ela disse isso? Que detestava ter um bebê?

— Algo assim. A gente se trancou no banheiro. Eu não conseguia tirar as mãos do corpo dela. Foi incrível. Falei para que ela ficasse pelo menos mais um pouquinho. Que deixasse eu lhe pagar outro drinque.

— E?

— Ela começou a gritar comigo. Dizendo que tinha coisas para cuidar. Que não era assim. Algo sobre ser uma boa mãe. — Ele vai ficando ofegante no pescoço de Francie e ela sente que o corpo dele está ficando tenso. — Eu mataria para levar ela para casa. Para jogá-la na minha cama. Para arrancar aquele vestido. — Ele tira a mão do meio das pernas de Francie e segura o punho, pressionando a mão dela, forçando-a a mexer mais depressa, de olhos fechados, a boca aberta. — Winnie. Meu deus. Ela era um tesão. — Francie sente as lágrimas surgindo nos cantos dos olhos, quando ela geme, baixinho, o som enchendo a sala.

Eles estão olhando. Os dois caras na mesa de sinuca. Estão ali em pé, imóveis, os tacos de sinuca pousados de pé como garfos de lavoura. Archie não parece notar que ela está chorando, quando ele olha o teto, lambendo os lábios, a cabeça recostada no sofá.

— O filho dela. Raptado. — Ele sacode a cabeça, senta ereto e estende a mão para pegar a cerveja. — Com certeza espero que a polícia esteja fazendo algumas perguntas pra ela. Aquela garota é uma doida do cacete.

Nell está em uma mesa perto da janela no Spot, a caneca de café preto esfriando na sua mão, enquanto ela passa as fotos que tirou ontem de Beatrice; dúzias de fotos das suas mãozinhas, dos minúsculos pezinhos, da bundinha tão doce que dá vontade de morder.

Nell olha de novo para a porta, torcendo para que Colette e Francie estejam a caminho. Ela quer ir logo para a creche e pegar a filha. Ela sabe como é ridículo passar essa quantidade de horas olhando fotos dos pés da sua filha, enquanto paga estranhos para cuidar dela.

Nell solta o telefone dentro da bolsa e, quando ergue os olhos, Colette está bem ali, em pé, junto à mesa, com Poppy espiando para fora do sling. Os olhos de Colette estão vermelhos e suas sardas estão pálidas, em contraste com a pele, o que é estranho.

— Você está bem? — pergunta Nell.

— Você viu? — Colette senta na cadeira de frente para Nell. — Identificaram o corpo.

Nell confirma.

— Eu vi na TV da copa do trabalho. Todos estavam grudados nela. Achei que fosse o Midas. Desde que você ligou, ontem, tinha certeza de que o corpo seria dele.

— Eu sei. Eu também. — Colette se aproxima de Nell. — Preciso falar com você sobre um negócio. Recebi isso pelo correio...

Nell avista Francie perto da porta, estreitando os olhos para o menu escrito em giz no quadro acima do balcão.

— Ah, que bom, ela chegou — diz Nell. A mulher levanta para acenar para Francie, surpresa em vê-la com um vestido decotado, com parte do sutiã preto de renda aparecendo por baixo.

— Vocês viram? — Francie pergunta se aproximando da mesa. — O corpo? — O rímel dela está borrado em arcos acima dos olhos, emoldurados por cílios postiços compridos que lembram perninhas de aranha.

Nell assente.

— Eu vi. É...

Francie se senta.

— E Bodhi Mogaro? Eles o soltaram. — Essa notícia tinha sido divulgada mais cedo naquele dia, em uma coletiva de imprensa pedida por Oliver Hood. Em pé nos degraus da cadeia, ao lado de Mogaro, sua esposa e sua mãe, Hood exigiu um pedido de desculpas dos policiais envolvidos na investigação, do comissário Rohan Ghosh e do prefeito Shepherd.

"Departamento de Polícia de Nova York, nos vemos no tribunal", dissera Hood.

— Eu realmente preciso de um café — fala Francie. — E de um pouco de água.

Nell percebe como ela embola as palavras, a camada fina de suor acima dos lábios de Francie.

— Você está bêbada?

Francie lança um olhar irritado a Nell.

— Não. Não estou bêbada. Eu sou uma mãe que amamenta. — Ela estica a mão para pegar a água na frente de Nell e dá uma longa golada. — Estou abalada pela notícia de Hector. Eu vi a caminho daqui. Eles têm alguma ideia de quem o matou?

— Não, mas ouça... — diz Colette, só que Francie a interrompe.

— Ele tinha a chave do prédio dela. Poderia ter entrado. Ou deixado outra pessoa entrar. Eles vão juntar as coisas, certo? Até um idiota como Mark Hoyt vai ser capaz de fazer a conexão?

— Sim — diz Nell. — E eles estão pedindo voluntários para vasculhar a propriedade e os arredores. Nós deveríamos procurar por Midas também.

O rosto de Francie está franzido.

— Você quer dizer procurar pelo corpo dele.

Colette se inclina à frente.

— Ouçam. Eu tenho algo a dizer para vocês, algo bem perturbador que aconteceu ontem. — Ela tira o envelope da sacola de fraldas, o nome escrito na frente em letras de forma verdes. — Isso chegou para mim lá no gabinete do prefeito.

Nell vê as letras de forma. A tinta verde. Ela estende a mão até a bolsa aos seus pés, e tira um envelope semelhante, com o nome dela escrito da mesma forma.

— Isso chegou para mim no trabalho. Por isso que pedi para ver você.

O envelope estava no seu espaço de correspondências quando ela voltou do almoço. Nell o abriu enquanto estava sentada na cabeceira de uma mesa de reunião, antes de um encontro para o preparo de outros gerentes da empresa sobre mudanças iminentes no sistema de segurança. Ela prosseguiu com a apresentação cambaleante, aturdida pelo conteúdo do envelope.

Os olhos de Francie estavam arregalados.

— Ai, meu Deus. Também recebi um desses. Em casa, hoje de manhã. Não abri. O que é? — Ela pega de forma brusca o envelope de Nell e tira a foto de ficha criminal. — Quem mandou isso?

— Não faço ideia — diz Colette, com a voz pouco além de um sussurro. — Alguém que sabe que estou trabalhando com o prefeito, como vocês e o Token, que, no caso, duvido que tenha mandado.

— Por que ele foi preso?

— Aqui não fala — diz Nell. — Eu dei uma fuçada, mas…

— Fuçada? — Francie está olhando para Nell. — Onde?

— Em alguns lugares. Eu queria ver o que poderia encontrar. Quer dizer, por que me mandariam isso? Agora parece mais assustador. Por que mandaram para todas nós? — Ela baixa o tom de voz. — Entrei na página administrativa das Mamães de Maio no site do Village. Invadi para ver o perfil dele, para saber um pouquinho mais a seu respeito.

— Como… — Francie olha Nell atentamente.

— Não importa. É só um negócio que eu sei fazer.

— E? — diz Colette.

— E nada. Ele mal preencheu. Cresceu em Manhattan, o que acho que a gente já sabia. O nome do parceiro é Lou. Ele nem incluiu uma foto.

Francie mantém a voz baixa.

— Você deveria entrar de novo. Olhar o perfil da Winnie. Ver se ela diz quem é o pai do Midas.

Nell hesita, depois se debruça mais para perto.

— Eu fiz isso.

Um homem tromba bruscamente na cadeira de Nell, derramando algo no seu ombro. Ela se vira irritada e vê que é alguém que ela conhece, um vizinho seu.

— Nell, oi. Desculpe por isso.

É um cara que mora em um andar abaixo, o que anda com a bainha da perna direita arregaçada, pronto para montar em uma bicicleta que fica de prontidão, o cara que tem a esposa que vive com a cara franzida.

— Como vai? Como está o bebê?

— Maravilha, obrigada.

O homem assente.

— Parece que ela está tendo problemas para dormir, hein?

— Como assim?

— A Lisa e eu a ouvimos chorando, às vezes. Pelo teto.

— Ah, certo. Bem…

— A Lisa até andou fazendo umas pesquisas. Você dá chupeta ao bebê?

— Chupeta? Sim.

— Ah. Porque a Lisa leu que as chupetas podem fazer os bebês pararem de chorar.

— Imagino que vocês não tenham filhos…

— Ah, agora tem uns cueiros de embrulhar o bebê. Quase como um pijama ou algo assim. Se o bebê chora…

— Bacana da parte de vocês se preocuparem tanto. Mas não precisa. O choro de ontem à noite. Não foi o bebê.

— Não foi? Quem foi?

— Meu marido. Sebastian.

— Sebastian?

— Sim. Ele estava assistindo a *Amigas para sempre* de novo. Toda vez a que assiste, ele fica abalado.

O homem dá um sorriso torto.

— Certo. Até mais, Nell.

Todas elas ficam em silêncio, até que ele termine de pôr leite e açúcar no seu café em uma bancada próxima. Assim que ele sai, Colette se debruça à frente.

— O que dizia o perfil de Winnie?

— Não estava lá — diz Nell. — Ela não tem um perfil. Não há registro da inscrição dela que eu conseguisse localizar.

— O que isso quer dizer?

— Não tenho certeza. Presumo que tenha cancelado e que o sistema não guarde um registro disso. E, para falar a verdade, quem pode culpá-la? Imagine-a abrindo o e-mail torcendo por alguma boa notícia sobre Midas e tendo que passar por dezesseis mensagens sobre Kegels.

Colette abaixa a cabeça.

— Isso está ficando insano. Não tenho ideia do que a gente deve fazer agora.

— Eu sei — diz Francie. Ela desvia os olhos de Colette para Nell, o olhar perturbadoramente opaco, como se uma sombra tivesse sido desenhada sobre os seus olhos. — Nós faremos o que for preciso para encontrar o Midas. Não vamos desistir dele. Não até que sejamos obrigadas a fazê-lo. Não até termos certeza de que fizemos tudo ao nosso alcance para tê-lo de volta, para onde ele deve estar: em segurança com a sua mãe.

CAPÍTULO 15

Noite oito

Tenho pensado, nesses últimos dias, naquela promessa que fiz, quando descobri que estava grávida. Que momento e tanto foi aquele. Em um banheiro de farmácia, ansiosa demais para esperar até chegar em casa para fazer o teste, vendo as duas faixas em tom rosa-chiclete formando uma cruz na mesma hora, como aquela que a minha mãe pendurou acima da porta do quarto.

Prometi a mim mesma que não serei uma daquelas mães.

Não vou ler todos os livros. Nem ficar estressada pela química do meu xampu ou pelos pesticidas no meu creme. Ou o bisfenol na embalagem da minha comida chinesa para viagem. Eu não vou, nem uma única vez, falar alto com o meu filho no mercado, esperando que todos ouçam o quão compreensiva sou, como nós somos próximos, como se o fato de ser mãe fosse a porra de uma encenação de uma peça de teatro.

Não vou me transformar em uma pessoa diferente.

Quanto tempo demorou para que eu quebrasse a minha promessa?

Três minutos.

Sim, três minutos: foi o tempo que levou para embrulhar o teste da farmácia em papel higiênico, guardá-lo na minha bolsa, lavar as minhas mãos e sair. Três minutos e eu era uma pessoa completamente diferente.

Uma mãe.

Como eu soube? Porque fiquei em pé na esquina, com nenhum carro à vista, e esperei a luz verde para atravessar. Nunca tinha feito isso na vida. Ainda posso me ver. Um monte de gente passando por mim correndo, atravessando a rua vazia a caminho da academia, para um brunch, com cafés para viagem respingando nas roupas de ginástica, convencida de que, no instante em que descesse da calçada, um carro viria do nada, desgovernado, dobraria a esquina e achataria nós dois no para-brisa.

E nunca mais voltei atrás. De repente, aquela era eu. Foi como se uma escada rolante tivesse se materializado, me conduzindo contra a minha vontade, me carregando para um lugar onde — puf! — tudo era temeroso: ondas de micro-ondas, tampas de bueiros, poeira da obra ao lado. Tudo era motivo de preocupação, coisas que eu não podia ignorar para que não corresse o risco de perder o bebê. Tê-lo roubado de mim.

Tentei fazer o melhor para protegê-lo.

Fracassei.

Agora é tarde. Acabei de acordar de um sono agitado, torcendo para que um descanso me deixasse melhor, que arejasse a minha cabeça. Que me desse a coragem para ser mais honesta.

Começo a me arrepender da minha decisão.

Pronto, falei. Já era hora de ter coragem de botar tudo para fora. E tem mais: isso não está dando certo, esse negócio entre nós. Tenho medo que, não importa o que eu faça, Joshua nunca seja feliz comigo. Nossos dias têm sido difíceis. Ele anda emburrado, me ignorando, me evitando.

Ele se desliga de mim, como se eu nem estivesse ali. Como se os meus sentimentos não importassem. Eu jamais diria isso a ele, mas, juro, ele é *igual* ao pai.

Hoje de manhã, eu o lembrei que aquilo era algo que nós dois queríamos. Também disse algumas coisas que gostaria de não ter dito. Disse a ele que eu tinha cometido um erro. Que talvez eu estivesse melhor antes. Que eu teria que viver com o que fiz pelo resto da vida e já não acreditava mais que valesse a pena. Às vezes, sou tão má. Não deveria ter dito nada daquilo.

Tenho tentado ver o lado dele da história. Como deve ser irritante a minha necessidade constante de falar sobre as coisas, sobretudo agora que soltaram o Bodhi. Como ainda não entendi tudo. Contei a ele todos os meus segredos, como desde criança sempre fui inteligente, nascida com habilidades naturais para solucionar problemas, como a minha mãe dizia. Acho que ele espera que eu resolva esse assunto, encontre a estratégia certa. Para garantir que estejamos protegidos.

Sabe o que preciso admitir? Que não tenho nada de inteligente. Que, na verdade, sou uma idiota.

Não podemos ir para a Indonésia. O Joshua não pode tirar passaporte, claro. Eu deveria ter percebido isso desde o começo, é exatamente o tipo de coisa com que o dr. H teria me ajudado. Enxergar os buracos na minha lógica, minha incapacidade de ver o sentido das coisas simples. Contudo, estamos de volta ao Brooklyn, de volta à bolha, elaborando um novo plano, pegando leve, organizando as coisas para darmos o fora daqui.

As Mamães de Maio estão por toda parte. Às vezes, fico perto da janela, olho por trás da cortina e tento pegar um pouco de sol no rosto. E vejo elas. Há poucas horas, vi Yuko, caminhando pelo lado com sombra na rua, com um tapete de ioga embaixo do braço e fones nos ouvidos. Menos de vinte minutos depois, Colette. Ela estava com um cara que imagino ser o marido. O escritor figurão, Charlie. Poppy estava presa ao peito dele, os dois de mãos dadas, rindo de alguma coisa, passando um café gelado de um para o outro, ela com os braços cheios de flores do mercado. A família perfeita do Brooklyn. Tão bons em fazerem o ideal parecer fácil.

O que pessoas como eles não entendem é o efeito que cenas assim causam em pessoas como eu. Pessoas que não têm o que ela tem. Joshua e eu saímos para dar uma volta de carro ontem e eu olhava pela janela, em um cruzamento. Prestei atenção em uma mãe no carro ao lado. Ela estava no banco da frente, o braço esticando para trás, de mãos dadas com uma menininha presa na cadeirinha. Tão simples e lindo. Mal sabia ela que estava partindo o meu coração. Na cidade dá para sentir o ritmo das crianças. A explosão de gritos e risadas logo cedo, os corpinhos reunidos, correndo de regadores automáticos de grama nos quintais dos fundos, invisíveis da rua, discutindo nos balanços dos parquinhos. A calmaria por volta de meio-dia, quando elas voltam para casa para lavar as mãos, almoçar e dormir, quietinhos, de boca aberta, até que algumas horas depois, saltam para vida outra vez.

Não vou suportar ficar trancada em casa por muito mais tempo, mas tampouco suporto a ideia de trombar com uma delas na rua, de ter que conversar sobre como estou, por onde andei. Ter que ouvir a pergunta inevitável: *O que aconteceu com Midas?*

Ah, não. Joshua acordou. Tenho que ir. Ele não gosta de me ver chorar.

CAPÍTULO 16

Dia nove

PARA: Mamães de Maio
DE: As amigas do Village
DATA: 13 de julho
ASSUNTO: Conselho de hoje

SEU BEBÊ: DIA 60

Vamos falar de... sexo. É provável que, nas últimas semanas, você tenha andado cansada demais para dar muita atenção ao assunto. Embora seja comum ter pouca libido após dar à luz, há uma boa chance de que as coisas estejam começando a voltar ao normal nesse departamento. E é importante para nós, novas mães, que não nos esqueçamos de que também somos esposas. Por isso, talvez seja hora de abrir uma garrafa de vinho, ligar uma musiquinha e ver o que acontece. (Mas, lembrem-se, moças: UM CONTRACEPTIVO é o seu melhor amigo).

Francie está nos degraus quentes de um prédio de tijolinhos, comendo um pretzel coberto de chocolate e apertando uma bolha que começa a surgir no seu calcanhar, a câmera no colo.

Faz muito sentido, pensa ela novamente.

O jeito como ele olhava para Winnie durante as reuniões, cochichando no ouvido dela, guardando um lugar ao seu lado, no seu cobertor. Era como se ele estivesse obcecado por ela. E para onde ele foi, depois de desaparecer tão bruscamente do Jolly Llama? Francie devia ter focado nisso desde o começo, sem se deixar levar por pistas falsas. Archie Andersen, que parecia ter sumido. O falso Archie Andersen. Pensar naquele cara lhe causava repugnância; as mãos dele no seu corpo, o fedor do seu hálito. Ela se sentira enjoada desde que pediu licença naquele sofá, dizendo-lhe que tinha que usar o banheiro e depois dando o fora.

Ela não contara a Nell ou a Colette que o conhecera, muito menos as coisas que ele havia dito. Não havia necessidade. O cara era um mentiroso. Ela notou no instante em que o viu. Talvez ele estivesse contando a verdade em relação a alguma coisa. Talvez eles tivessem ficado. E daí? Winnie era solteira, podia fazer o que bem entendesse. Francie nunca tinha dormido com ninguém além de Lowell — o professor de ciências não contava —, mas ela tinha consciência de como essas coisas funcionavam no mundo real. Principalmente nos dias atuais, principalmente em Nova York e principalmente para uma mulher tão bonita quanto Winnie. Mas dizer aquelas coisas sobre Midas? Sobre não querer o próprio filho?

Não.

Francie conhecia mulheres que não gostavam dos próprios filhos. Afinal, cresceu com uma delas. Winnie não era assim.

Uma porta bate do outro lado da rua. Ela pega a câmera, mira o zoom em uma mulher com calça de ioga e camiseta regata descendo a escada do número 584, endereço que Nell copiou do perfil de Token no site das Mamães de Maio. A mulher para e se alonga nos degraus, depois vira na direção do parque, iniciando um trote alguns prédios adiante. Francie fica impaciente. Ela está ali sentada há mais de uma hora e as pessoas começam a chegar para consultas no consultório do ortopedista, que fica no térreo. Barbara, a mãe de Lowell, aceitou cuidar do bebê, mas marcara um horário para fazer o cabelo ao meio-dia. Francie disse que estaria de volta antes disso. Ela pega a câmera, e promete que só ficará mais dez minutos, repassando as fotos que têm guardadas na câmera dos bebês das Mamães de Maio, tiradas em uma reunião de cinco dias antes. Ainda não fez nada com as imagens de Hector Quimby usando uma camisa amarela-clara de golfe, em pé, do lado de fora do prédio de Winnie.

Francie fecha os olhos e imagina Hector. As mãos dele enlaçadas atrás das costas, andando devagar de um lado para o outro na frente do edifício de Winnie. Quem era ele? Segundo Patricia Faith, o corpo foi descoberto depois que a esposa ligou para a polícia, dizendo que o marido fora cuidar de algumas coisas na propriedade dos Ross e não voltara para casa. Eles estavam casados havia 52 anos. Dez netos. Motorista voluntário do Meals on Wheels. Ele trabalhou na família Ross por quase trinta anos, considerava Winnie uma filha. As provas do perito sugerem que ele foi morto e depois arrastado até a mata, onde encharcaram o corpo de gasolina e queimaram.

Francie se levanta e recoloca a câmera na bolsa, sabendo que está na hora de ir para casa. Está quente demais para ficar sentada ali por mais tempo. Uma coisa boa na visita de Barbara é que Lowell veio para casa ontem com um ar-condicionado novo em folha, depois que a mãe reclamou do velho. Francie vai chegar em casa e brincar com Will por algumas horas no apartamento fresco. Sua barriga ronca enquanto desce os degraus e vira na direção da colina. Mas, justo naquele momento, ela ouve algo: a porta do prédio de Token se fechando.

É ele.

Autumn está no sling e ele, colocando os óculos escuros e descendo a escada, virando na direção do parque. Francie pendura a bolsa atravessada no peito e vai atrás ladeira acima, tentando ignorar a dor causada pela bolha e tomando cuidado para manter-se a meia quadra de distância dele. Ele vira ao norte, na Eighth Avenue, e caminha duas quadras, até o Spot. Ela atravessa a rua, se agacha atrás de uma caminhonete Volvo e espia através das janelas do carro. Ele se senta em uma banqueta no bar e Francie ergue a câmera para espionar pelo visor, enquanto Token folheia um jornal que alguém deixou no balcão. Ele mexe o café, um espresso duplo pingado de leite, como costumava levar com ele em todas as reuniões.

Ele termina em três goles suaves, dá um telefonema e depois segue para a porta. Francie fica atrás de outro carro e segura o telefone no ouvido, fingindo falar. Ela o vê subindo a rua e vai atrás pela calçada oposta, mantendo-se oculta pelos carros estacionados entre eles. Parece que ele vai virar à direita, direção contrária do seu apartamento, e Francie começa a atravessar a rua. Mas ele para de repente e dá meia-volta. Ela está no meio da rua, diretamente na sua linha de visão. Ela gira e corre de volta para a calçada, tropeça no meio-fio e cai protegendo a câmera. A dor apita no momento em que as mãos e os joelhos batem no chão.

— Minha nossa. Você está bem? — Uma mulher mais velha está parada acima dela com um cachorro de sapatos preso a uma coleira. — Venha, deixe-me ajudá-la.

— Estou bem — diz Francie, se levantando. Tem um corte grande no seu joelho e um filete de sangue escorrendo pela canela.

— Tem certeza? Deixe-me pegar um lenço de papel para você.

— Estou bem — diz Francie, acenando para despachar a mulher. Ela pega a bolsa, se vira e dá de cara com Token.

Token sai da pequena cozinha anexa à sala de estar com o saco de gelo em uma das mãos e duas canecas de café na outra.

— Merda — diz ele, colocando as canecas na mesa de centro. — Esqueci que, ao contrário de mim, que não posso viver sem esse troço, você não está ingerindo cafeína.

— Agora estou. — Francie pega a caneca e o saco de gelo.

— Espere aí. Deixa eu pegar alguma coisa para esse corte. Está bem feio.

Ele atravessa as portas duplas na outra ponta da sala e some dentro do quarto. Tem uma televisão de tela grande presa a uma estante embutida que está ligada no *Hora da fé*, mostrando a propriedade de Winnie no interior, vista de um helicóptero, onde mais de cem pessoas foram ajudar a vasculhar a área. Patricia Faith, ao vivo a semana inteira direto do salão de festas do hotel Ramada, que foi designado como sede da busca, está sentada a uma mesa grande conversando com o pastor de uma igreja próxima. Ela parece bastante preocupada hoje.

— Do meu ponto de vista — diz ela —, há duas opções. — Patricia ergue um dedo com a unha perfeitamente feita. — Hector Quimby estava envolvido no desaparecimento do Bebê Midas. Talvez ele tenha sido pago por alguém, ainda não vamos especular quem, para levar Midas e se livrar dele. E talvez o plano tenha dado errado. — Ela ergue outro dedo. — Ou ele é outra vítima dessa história já tão trágica. Talvez soubesse de alguma coisa que não deveria saber. Talvez tenha sido silenciado.

O pastor sacode a cabeça.

— Com todo respeito, srta. Faith, conheço Hector e Shelly Quimby há quase quarenta anos. Batizei os filhos e netos deles. Juro sobre a Bíblia de meu avô que, de forma alguma, aquele homem cristão e bondoso tenha qualquer coisa a ver com o rapto ou o assassinato de um bebê.

— E o que pode me dizer sobre Winnie Ross? A família dela é proprietária daquela casa há décadas. O senhor conheceu algum deles?

O homem limpa a boca com um lenço de algodão.

— Não, não posso dizer que os conhecia. Até onde eu sei, a família Ross jamais entrou pela porta de *nenhuma* igreja local.

Francie desvia da televisão, hesitante. Token verificou o seu crânio, passando os dedos nos cabelos, delicadamente pressionando cada centímetro da cabeça. Não havia qualquer sinal de um galo e, ainda assim, ela sentia latejar. Ela olha o apartamento, pequeno e arrumado. O sofá de dois lugares com forro de linho, onde ela está sentada, tem uma mesinha vintage de mogno ao lado e há fotografias da vida na cidade em pequenas molduras penduradas acima da mesa de jantar, arrumada com um vaso de rosas fresquinhas. Ela vai com cuidado até a estante de livros, o joelho latejando, e examina algumas fotografias de Autumn, Token e uma mulher. O banheiro fica ao lado da sala e ela dá uma espiada, encontrando frascos de sabão de rosto e gel de cabelo, caprichosamente colocados no parapeito da janela virados para uma viga de luz.

Ela ouve os passos dele e fecha a porta do banheiro.

— Estava embaixo da mesa de trocar fraldas — diz ele, erguendo um frasquinho de Neosporin. — Onde mais poderia estar? — Ele conduz Francie de volta ao sofá. — Senta. Deixe-me colocar um pouco disso no seu joelho.

— Deixa comigo.

Ele se senta na cadeira de frente a ela.

— Para onde você estava indo com tanta pressa?

— Sabe como é. Fazendo um pouco de exercício. — Ela aponta para a barriga gordinha. — Dizem que o peso que sobra da gestação derrete com a amamentação. Mentira.

— Com a sacola da câmera?

— Estou tentando começar um negócio de retratos. Você nunca sabe quando vai se deparar com um cliente em potencial.

Ele assente e se vira para a televisão.

— Não sei por que está no canal dessa mulher horrível. Ela está se refestelando com a notícia da morte de Hector.

— Hector?

— É. Hector Quimby. O cara…

— Eu sei de quem você está falando — diz Francie. — Mas você falou como se o conhecesse.

Token olha para ela.

— Falei?

Francie desvia o olhar. O gelo está ardendo em seu joelho.

— O seu apartamento é legal — diz ela, fraquejando.

Pelas portas duplas abertas do quarto, Francie repara em três violões colocados em suportes.

— Você toca violão?

Ele dá de ombros.

— Não tanto quanto antes.

— Sei. — Ela dá um gole no café. — Então, conte-me sobre Lou.

Um barulho dispara na cozinha.

— Volto já. — Ele retorna com luvas de forno, e segura um pão doce, que coloca em um suporte sobre a mesa.

— Fui dar um passeio e esqueci que isso estava no forno. Graças a Deus me lembrei antes de incendiar o quarteirão inteiro. — Ele corta o pão com uma faca comprida e fina. — Para ser honesto, sou horrível na cozinha. Apenas tento.

— Só quero um pedacinho — diz ela. — Estou cortando os carboidratos e o açúcar.

Token estende um pedaço em um guardanapo, e eles comem em silêncio por alguns instantes. Francie nota como a perna dele dá espasmos, o jeito como ele limpa a garganta, os olhos desviando para a televisão atrás dela.

— Sabe, andei pensando — diz Francie. — Você nunca me contou a história do nascimento.

— A minha história do nascimento? Não achei que teria vez.

— Por que não?

— Não fui eu quem teve o trabalho.

— Você quer dizer a mãe?

— É. — Token ri e amassa o guardanapo que tem nas mãos. — A mãe.

— Você adotou?

— Adotar? Não.

— Então, como arrumou um bebê?

— Como eu a *arrumei*. — Ele estreita os olhos para Francie. — Bem, sabe, Francie, quando duas pessoas se amam...

— Não, eu quero dizer...

Token ri.

— Estou brincando. Lucille a teve.

— Lucille? — Ela se esforça para engolir o pão doce. — Espere. Lou é Lucille?

— É. Minha esposa.

— Mas você é gay.

Ele recosta na cadeira e ergue as sobrancelhas.

— Sou?

Ela ri de nervoso.

— Não é?

— Acho que não.

— Bem, como nunca ouvi você falando de uma esposa? E o negócio do grupo de mães. Isso não é realmente...

Ele assente.

— Eu desconfiava que vocês achassem isso. Negativo. Sou hétero e não houve adoção. Nós a tivemos do jeito antigo. E marcamos uma cesárea. — Ele dá uma risadinha. — Ao menos, esse era o plano. Autumn teve suas próprias ideias. Chegou algumas semanas antes, em uma noite em que eu estava fora da cidade tocando. Tenho certeza de que Lou ficou bem irritada com isso, tanto com Autumn quanto comigo. Não foi um parto fácil.

— Você estão indo bem?

— Eu e Lou? Não. Na verdade, não.

Ele se levanta e leva o pão até a mesa de jantar, de costas para Francie.

— Você sabe como é depois de ter um filho. Precisa se adaptar. — Ele vira de frente para ela. — Vou lhe dizer uma coisa, se não fosse pelas Mamães de Maio, eu estaria perdido. É um isolamento fazer isso sendo um homem. Mas vocês todas foram ótimas. Eu não tinha muita certeza, sabe. Um pai aparecendo em um grupo de mães. Digamos apenas que estava meio nervoso em relação a isso. Essa última semana tem sido mais difícil, sem a expectativa das reuniões. Sinto saudade de todo mundo.

— De todo mundo? — pergunta Francie. — Ou só da Winnie?

Ele inclina a cabeça.

— Winnie? Como assim?

— Quis dizer que você talvez sinta falta dela. Que talvez você esteja se encontrando com ela desde aquela noite. E que talvez saiba de mais coisa do que está demonstrando.

Francie não pode negar o quão animada se sente ao encará-lo nos olhos, pronunciando as palavras em voz alta.

Token cruza os braços e recosta em uma das cadeiras da sala de jantar. Parece incerto quanto ao que dizer.

— Não apenas isso, mas você parece um pouco obcecado por ela. — Ela planta os dois pés no chão e coloca o guardanapo e o saco de gelo na mesa de centro. — Vou falar de uma vez. Sabemos tudo de você.

Francie jura que viu o músculo do maxilar dele contraindo.

— Sabem de mim?

— Sim. Sua prisão. Sua ficha criminal. Isso lembra algo?

— Minha ficha criminal?

— É isso mesmo. — Ela faz uma pausa. — Então, o que você fez?

Um sorriso lento se abre no rosto dele.

— Se sabem tudo de mim, por que não me conta?

— Bem, essa parte nós não sabemos. Nell tentou descobrir, mas não foi tão bem-sucedida.

— Nell tentou descobrir?

— Sim.

— Como ela fez isso? — O pânico que ela acha ter visto no rosto dele foi substituído por outra coisa. Raiva.

— Não sei, para falar a verdade. Ela sabe invadir coisas. Procurou por você. Entrou no seu perfil no site das Mamães de Maio. — Assim que as palavras saem, Francie se questiona se deveria ter falado. Talvez não seja sábio entregar Nell desse jeito, mas ela se sente agitada pelo tom virtuoso da voz dele, pela maneira como a observa. Ela endireita a postura, preparada para exigir uma explicação do motivo para que ele tivesse deixado o bar naquela noite, para onde foi e o que está escondendo. Mas antes que consiga falar, ele vai na direção dela.

— Vocês andam me bisbilhotando? Xeretando, é isso?

— Sim, mas...

Antes que ela possa falar qualquer coisa, ele está em cima dela, estendendo a mão, atracando seu pulso, erguendo-a bruscamente do sofá.

O bebê berra nos braços dele, e ele manda que ela se cale falando mais alto, sentindo a raiva crescendo por dentro. As assaduras de Autumn estão deixando-a mais manhosa; o médico disse que é resultado de muito tempo no sling nesses dias em que faz mais de 30ºC. Mas esse é o único jeito de fazê-la tirar cochilos, e ele precisa que ela durma para poder ter uma folga.

Ele vai até a cozinha, joga o pão doce inteiro no lixo, lembrando-se da expressão de Francie, como ela ficou amedrontada quando ele a levou até a porta e empurrou-a para o corredor. Ele equilibra o bebê no ombro e abre a torneira. O vapor sobe enquanto enxágua o prato. Ele calculou mal quando pensou que poderia confiar naquelas mulheres. Que poderia ingressar no grupo delas, tentar se entrosar, em achar...

Ele inspira devagar e se recompõe. Precisa dormir. Passou a noite quase toda acordado, pensando em Winnie e na mensagem que ela mandou ontem de manhã, antes de surgir a notícia de que haviam encontrado o corpo de Hector. Ele não conseguiu entrar em contato com ela, que não atende às suas ligações. Ele não sabe o que fazer. Fecha a torneira e pega um pano de prato no armário embaixo da pia. Ao fazê-lo, pensa ter ouvido passos do lado de fora do apartamento. Vai até a sala e escuta. Tem alguém à porta enfiando uma chave na fechadura.

— Oi, meu bem. — Dorothy solta a mala perto da porta. — Meu Deus, que calor. Disseram que a alta será um recorde... — Ela para ao perceber a expressão no rosto dele, depois se aproxima e o abraça, Autumn entre os dois. — Tudo bem?

Ele assente, tranquilizado pelo aroma familiar, os braços dela em volta das suas costas.

— Eu esqueci completamente que você estava vindo.

Ela recua e segura o rosto dele com as duas mãos.

— Hoje ainda está bom?

— Sim, é claro.

— O que há de errado?

— Nada, mãe. Não se preocupe. Só estou cansado.

— Como vai a viagem de Lucille? — pergunta Dorothy, tirando as sandálias e deixando-as ao lado da porta, antes de voltar e pegar Autumn nos braços.

— Foi prolongada. — Ele caminha até a cozinha e põe as canecas de café na pia. — Ela só volta amanhã. Mas parece que está tudo ok. — Ainda bem que Dorothy não pode ver o rosto dele. Ela saberia que o filho está mentindo.

Lou havia ligado ontem à noite de Los Angeles dizendo que a última reunião tinha sido adiada em um dia. Ele sabe que não é verdade, que ela ficou lá para passar mais uma noite com ele. *Cormac*. O filho da puta do chefe. O babaca sócio do CrossFit com motorista particular. Já faz um ano que ele descobriu os e-mails de ambos, olhando o telefone dela, à procura do número do dentista, enquanto ela tomava banho.

Os apelidos fofos. Os locais de encontro.

Lou jurou que foi só um flerte, que já tinha terminado tudo. Que estava pronta para fazer o que ele vinha lhe pedindo: ter um filho.

— A minha neta está pronta para o dia da vovó?

No primeiro dia da vovó, Dorothy levou Autumn para passear com apenas 23 dias de vida. Lou já tinha voltado ao trabalho.

Quando a bolsa estourou, duas semanas antes da data agendada para a cesariana, Lou não ficou satisfeita em deixar o trabalho antes de terminar uma negociação importante. Assim, logo depois do parto, retornou para finalizar a tarefa. No primeiro dia, disse que só iria ao escritório por algumas horas. Contudo, só chegou em casa às 21h30 e, desde então, voltou a trabalhar sessenta horas por semana. Ou pelo menos dizer que está no trabalho.

"Não acha que tem que pegar mais leve?", perguntou ele, algumas semanas atrás, com uma voz enfurecida, para que ela soubesse que ele não ia compactuar com aquela farsa. "Todo esse *trabalho*, sabe?"

Ela se irritou e saiu da sala.

"E como eu vou fazer isso?", gritou ela do quarto. "Se não fosse pelo meu salário..."

— Tem certeza de que está bem? — pergunta a mãe dele ao entrar na sala com Autumn nos braços. Ela está com um lindo vestido de algodão de margaridas amarelas.

— Estou bem, mãe. De verdade.

— Ok.

Ela coloca Autumn no carrinho.

— Você comprou esse vestido para ela?

— Não consegui evitar. — Dorothy se aproxima e toca o rosto dele. — O que você vai fazer?

— Ainda não sei.

— Dormir, espero.

— É, provavelmente. — Ele lhe dá um beijo na testa. — Obrigado, mãe.

Ele fecha a porta e espera mais alguns momentos, antes de entrar no quarto, abrir a gaveta da mesa de cabeceira e retirar um envelope. Confere para ter certeza de que os papéis ainda estão ali, depois calça os tênis perto da janela, confirmando que a mãe esteja fora de vista antes dele sair.

Token caminha depressa, antes que desista. *Foda-se a Nell*, pensa ele. *Foda-se a Francie*, que o seguiu de manhã, *escondida* atrás daquele carro, vigiando enquanto ele tomava café no Spot. *Fodam-se todas elas*. Dez minutos depois, quando chega no prédio de Winnie, vê que a quantidade de jornalistas do lado de fora diminuiu, pois muitos deles, sem dúvida, seguiram para o interior para cobrir o progresso das buscas.

Ele mantém distância do outro lado da rua, os olhos escondidos por trás dos óculos escuros, notando que dúzias de novas girafas Sophie foram acrescentadas desde ontem, lendo as mais recentes mensagens a Midas — *Orando pelo Bebê Midas. TRAGAM MIDAS PARA CASA* —, presas ao pé de tília na frente do prédio de Winnie. Ele analisa as janelas, e imagina o que está acontecendo por trás das cortinas grossas de seda. Ele pensa em Mark Hoyt na cozinha, agachado ao lado da ilha, inspecionando um pequeno espaço a ser revelado, como molho marinara que respingou no chão dez dias antes; os peritos especialistas com as mãos enluvadas com látex no parapeito da janela do quarto de Midas, andando pelo quarto de Winnie, checando, mais uma vez, a porta que dá para o terraço. Ele olha para ela, e se recorda da primeira vez em que entrou naquele quarto.

Ele desvia do prédio e retira o envelope dobrado do bolso. Isso apareceu na sua caixa de correio dois dias atrás. Ele ainda não sabe quem mandou ou por quê, e pretendia ignorar o conteúdo, certo de que a pessoa por trás daquele episódio só tinha más intenções.

Ele atravessa a rua e aborda Elliott Falk, que fuma, à sombra, apoiado no capô de um Subaru marrom.

— Você quer uma história?

Falk exala a fumaça.

— Provavelmente. Sobre o quê?

— Sobre a noite em que Midas foi levado. A mulher na fotografia que Patricia Faith divulgou. Aquela que está bêbada no Jolly Llama.

Os olhos de Falk brilham.

— O que tem ela?

— O nome dela é Nell Mackey.

— Nell Mackey?

— É. E você deveria investigá-la.

— Investigá-la? Por quê?

Ela entrega o envelope a Falk.

— Ela não é quem diz ser.

Falk joga o cigarro na rua e confere os papéis. Ele assovia baixinho enquanto lê o conteúdo.

— Nossa, cara, obrigado!

Ele tenta responder, mas as palavras ficam presas na garganta quando ele se vira na direção do parque para ir embora, os olhos fixos no chão, uma pontada forte de vergonha no estômago.

CAPÍTULO 17

Dia dez

PARA: Mamães de Maio
DE: As amigas do Village
DATA: 14 de julho
ASSUNTO: Conselho de hoje

SEU BEBÊ: DIA 61

Não queremos assustá-la, mas você deve começar a prestar atenção ao formato do crânio do seu bebê. Embora "de barriga para cima" seja o melhor modo de dormir, muito tempo nessa posição pode fazer com que o pequenino desenvolva um ponto sensível, conhecido como plagiocefalia posicional. Você pode cuidar disso garantindo que ele tenha o tempo diário suficiente virado de bruços. Se o local chato parecer pronunciado, não deixe de falar com o pediatra.

— Ellen! Ellen! Sorria para nós!

— Ellen, você sabe o que aconteceu com Midas?

Sebastian bloqueia as câmeras com o braço, abrindo caminho em meio à multidão, protegendo Nell.

— Algum comentário sobre a sua foto no Jolly Llama? Você e Winnie estavam muito bêbadas?

— Você está ótima, Ellen! O que achou da indicação de Lachlan Raine para o Nobel hoje de manhã?

Nell se atraca à mão de Sebastian, perplexa com os flashes das câmeras e os disparos incessantes. Ela se abaixa para sentar no banco traseiro, e Sebastian fecha a porta, dando tchau da calçada, enquanto ela dá ao motorista o endereço do seu escritório. Ele observa pelo espelho retrovisor, enquanto segura a bolsa na frente da janela, obstruindo a visão deles, os óculos escuros embaçados pelas lágrimas.

— Você é atriz ou algo assim?

— Não. Por favor, vá — pede ela.

Quando se afastam, a televisão no banco traseiro ganha vida, ligada em um programa matinal. Três mulheres estão sentadas a uma mesa, com canecas de café e rostos entretidos. Nell detesta essas televisões ridículas, instaladas há pouco tempo em todos os táxis. Como as pessoas têm tanto medo de ficarem sozinhas consigo mesmas a ponto de não suportarem uma porcaria de um trajeto de carro por Nova York sem a distração de um entretenimento fútil? Ela se lembra da voz da mãe, ontem à noite, ao telefone. *Respire, Nell. Vai ficar tudo bem.*

Nell estende a mão para silenciar a televisão, bem na hora em que ouve o seu nome.

— Ellen Aberdeen está de volta ao noticiário essa manhã — diz uma daquelas mulheres com os cabelos tingidos de louro, tal como uma Barbie, a testa imóvel que nem vidro. — Ontem à noite, foi relatado por Elliott Falk, do *Post*, que Aberdeen, agora com 37 anos, está morando no Brooklyn, trabalhando na Simon French Corporation. Ela atende pelo nome de Nell Mackey. Acho que se casou.

Uma das outras mulheres dá uma risada.

— Deve ter sido um começo de namoro bem constrangedor. *Ei, você não é aquela mulher do caso Aberdeen?*

— Podemos esperar um minuto, por favor? — diz a terceira mulher, erguendo a mão em protesto. — Ela era uma estagiária de 22 anos. Ele tinha 66 e era secretário de Estado, candidato à presidência. Por que afirmamos que foi um caso dela?

Surge uma fotografia em uma tela embaixo da mesa delas: Nell no Jolly Llama.

— Tem mais — diz a primeira mulher. — Vocês nunca vão acreditar nisso, mas ela *é* a mulher que estava no bar, na noite…

Nell coloca a televisão no mudo, aperta os olhos com as mãos e sente o pânico aumentando por dentro. *Não, não, não. Por favor, não deixe que isso aconteça outra vez.*

Uma fotografia de Nell e do secretário de Estado Raine vem em seguida, a original: os dois na saída de incêndio, uma garrafa de tequila entre eles, os pés descalços de Nell sobre a coxa dele. Depois outras, as mesmas que ilustraram as capas de jornais e revistas pelo mundo afora quinze anos atrás. Nell ao lado da mãe no dia em que se formou em Georgetown. Sozinha, no banco traseiro de um táxi, quando explodiu a notícia do caso, a expressão assombrada nos seus olhos na capa da *Gossip!*.

Ela mergulha na escuridão, permitindo o fluxo das lembranças. O eterno arrependimento por ter caído naquela ladainha; o modo como Lachlan falava com ela, o jeito como ele a olhava quando se conheceram, quando ele foi passando pela fila, apertando as mãos das novas estagiárias. Os presentes que ele deixava na primeira gaveta da mesa que lhe deram no fim do corredor do escritório dele, começando algumas semanas depois que ela passou a trabalhar para ele. Ela havia se candidatado para a vaga por impulso durante o último ano em Georgetown, que cursou como bolsista. Era a única maneira de estudar lá. Com o dinheiro que a mãe e o padrasto ganhavam, eles jamais poderiam ter pagado pelos estudos.

"Você conseguiu, Ellen", disse a mãe, quando Nell ligou para contar que tinha sido escolhida entre mais de 8 mil candidatos. "Não há limite para você, eu sei."

A coisa toda começou com uma moeda rara da uma recente viagem à Índia. Depois, uma caixa de joias com um bilhete anexo dizendo que ele a vira em uma vitrine de Paris e pensou nela; que não pôde deixar de notar que as pedras esverdeadas tinham o mesmo tom dos olhos dela. Por fim, um colarzinho de ouro com um pingente da letra *E*.

Para Ellen, dizia o cartão. *Vou ficar no escritório até tarde essa noite. Apareça por volta das oito.*

Havia motivos de sobra para dizer não. Ele tinha o triplo da sua idade, além de ser casado e ter quatro filhas; a mais velha era um ano mais jovem que Nell. Kyle, seu bondoso e dedicado namorado de quatro anos, a pedira em casamento naquela mesma época. Mas Nell não disse não. Lachlan tinha anunciado que ia concorrer para presidente. Ela estava com 22 anos, receosa de não seguir as suas instruções, curiosa para saber o que ele queria.

Ele estava à sua mesa quando ela chegou. Entrou, fechou a porta e ouviu que ele precisava de ajuda para descobrir como imprimir para uma nova rede. Ele foi informal, charmoso, ria da própria falta de habilidades tecnológicas. Estava prestes a pedir uma comida indiana, ela por acaso gostava de camarão korma? Eles comeram no chão, recostados à mesa dele, enquanto homens armados de ternos pretos do serviço diplomático de segurança andavam de um lado para o outro por trás da porta fechada. Raine lhe deu uma prova do seu pudim de arroz e lhe contou histórias de como esteve presente no discurso "Eu tenho um sonho", do seu recente encontro com o primeiro-ministro britânico, de como eles tomaram duas garrafas de vinho durante o jantar e pegaram no sono logo depois no cinema privativo, na Downing Street, número 10, assistindo *Zoolander*.

A Nariguda. Era assim que a chamavam quando o breve caso foi revelado, depois que um aluno de ensino médio vendeu a fotografia que tinha tirado do telhado, Nell e Lachlan sentados na escada de incêndio. Kyle estava fora naquela noite, e Nell dissera sim, quando Lachlan lhe ofereceu uma carona para casa, no banco traseiro de um sedan descaracterizado. Ela disse sim de novo quando ele se convidou para entrar por cinco minutos.

"É sempre tão interessante ver como os jovens vivem nos dias de hoje", disse ele, enquanto caminhava pelo apartamento apertado na Dupont Circle e afrouxava a gravata.

Ela ainda vê o rosto de Kyle, a expressão nos olhos dele quando ela voltou para casa na noite em que a fotografia saíra na capa do *Washington Post*. O namorado estava sentado à mesinha de jantar da cozinha e bebia conhaque. Ao lado dele, uma mala. Dela.

"Você tem que ir embora."

"Não, por favor. Vamos conversar..."

Ele ergueu a mão.

"Ellen, pare. Não quero nem ouvir." O olhar dele estava repleto de aversão. "Aqui? No nosso quarto?"

"Não. Só aconteceu uma vez. Eu não soube como dizer..."

"Não quero nem ouvir. Está tudo acabado."

Ela ficou de frente para ele.

“Mas, Kyle, os convites do casamento acabaram de ser enviados.”

“Minha mãe já começou a ligar para as pessoas, avisando que não vai ter casamento.” Kyle terminou a bebida, caminhou até a pia e lavou o copo. Ele o colocou no escorredor, depois pegou o casaco no gancho perto da porta. “Eu falei com a Marcy e ela disse que você pode ficar com ela. Saia antes de eu voltar.”

Três dias depois, ela foi excluída do estágio, o que descobriu com a ligação de um repórter; um dos mesmos que a chamaram de destruidora de lares. Vagabunda. Uma garota gorda com um narigão, sem qualquer resquício de preocupação pela esposa daquele homem. Priscilla Raine ficou ao lado do marido na coletiva de imprensa, estoica, enquanto o ouvia expressar o seu arrependimento ao público americano, a voz repleta de falso remorso. Ele admitiu que fora fraco, insinuando que Nell o seduzira, que ela o chamara de bonito e se oferecera para trabalhar até tarde. Raine passou o braço em volta dos ombros de Priscilla e explicou que havia pedido perdão à família, que ele estava passando um tempo com o seu pastor, que tinha começado a buscar tratamento para o alcoolismo e que não ia mais concorrer à presidência dos Estados Unidos. Mídia, autoridades, revistas: todos alegavam que Nell tinha se gabado do caso com as amigas, dizendo que Lachlan ia deixar Priscilla para ficar com ela. Nell nunca disse aquilo. Nunca pensou aquilo. Nunca teve a menor vontade que aquilo acontecesse.

A buzina interrompe os seus pensamentos, e Nell percebe que é do próprio táxi. O motorista se pendura para fora da janela mostrando o punho fechado para um jovem ciclista.

— Chega para lá! Qual é o seu problema? — O cheiro do caminhão de lixo, três carros adiante deles, invade o veículo.

Foi Alma que contou para eles, que revelou a identidade de Nell a Mark Hoyt, que vazou a informação para a imprensa. Só pode ter sido ela. Nell tinha certeza desde que recebera a ligação de Elliott Falk, tarde da noite do dia anterior, pedindo que ela confirmasse a sua identidade, contando-lhe a história que seria publicada na internet em dez minutos.

Nell não planejara contar a Alma sobre o seu passado, mas se abriu naquele primeiro encontro, depois que soube que ofereceria o emprego a Alma. Nell precisava contar. Alma ia passar cinquenta horas semanais com Beatrice. Ela precisava saber, caso este momento que tanto temeu pelos últimos quinze anos chegasse.

Este momento.

O táxi atravessa Manhattan. Ela tenta se recompor e, no entanto, as lágrimas voltam. Ela se odeia. Todo o trabalho que teve, os passos que percorreu para se tornar outra pessoa. Os anos de terapia, se escondendo em Londres, onde o sotaque passou a ser parte natural dela, a conquista do mestrado, o trabalho em uma pequena faculdade, onde lecionava para pessoas jovens demais para terem alguma ideia de quem ela era. Nem mesmo Sebastian sabia até saírem juntos pela oitava vez, quando ela contou tudo para ele, convencida de que ele a deixaria.

Mas não foi embora; muito pelo contrário: ele a puxou para mais perto.

"Lamento muito que isso tenha acontecido com você", disse ele.

"Eu ainda sinto culpa."

Sebastian assentiu e pegou as mãos dela.

"Eu sei. Mas você era só uma garota."

Nell observa o seu reflexo na janela do táxi: o cabelo curto, a tatuagem, o nariz incrivelmente empinado, visual que ainda a surpreende, às vezes, quando se olha no espelho pela manhã. A plástica fora paga pelo pai que ela mal conheceu, que morava em Houston com a segunda esposa e dois filhos, e só ligava algumas vezes por ano. Nada disso importa, esses passos para ficar diferente, de *ser* diferente. Ela ainda era *ela*. *Sempre* seria ela.

— Chegamos — diz o motorista. Nell lhe dá uma nota de vinte, abre a porta do táxi e desce na calçada, de volta aos flashes das câmeras.

Duas horas depois, ela está sentada à sua mesa, repassando a versão final do manual de treinamento, com o sanduíche de salada de ovo que Sebastian fez para ela, hoje de manhã. Ela não conseguiria comer no refeitório da empresa. Não com a maneira como olhariam para ela.

Uma batidinha à porta do seu escritório.

— Bom dia, Nell. — Ian enfia a cabeça para dentro e entra. — Como está indo?

Ela gira a cadeira na direção dele e força um sorriso.

— Ah, você sabe. Um pouco difícil. — Nell tem certeza de que os editores da *Gossip!* estão lá em cima falando sobre a história, imaginando o que devem fazer, como vão lidar com aquilo. — Em alguns dias a poeira deve baixar. Vão encontrar sangue fresco em outro lugar. — *Aqueles tubarões que nem você*, ela queria dizer.

— A quantidade de câmeras lá fora quando eu cheguei essa manhã... Era uma multidão e tanto.

— Falei com o responsável pela segurança — diz ela. — Estão vendo o que podem fazer para manter as pessoas longe da frente do prédio.

— Não podem fazer nada. Já me ligaram. É propriedade pública. — Ele faz uma pausa. — Você sabe como é isso, Nell. As câmeras têm o direito de estar aqui.

— É, bem. — Ela sacode os ombros. — Nunca se sabe. Pode haver uma crise humanitária em algum lugar. Uma eleição fraudulenta. Um governo bombardeando os próprios cidadãos, algo que os americanos vão querer ler em vez da minha vida. Podemos ter esperança, certo?

Ian se inclina à frente, a expressão preocupada no rosto.

— Eu tenho que lhe dizer uma coisa, com sinceridade. Um sotaque britânico? *Genial*. Não fazia a menor ideia. — O sorriso dele some quando ela não responde. — Lamento saber do bebê da sua amiga. Isso deve ser difícil.

Nell assente.

— Então, você estava lá quando aconteceu?

— Sim.

— Você foi uma das mulheres que entraram na casa dela naquela noite? Antes que a polícia fechasse a porta?

Nell assente outra vez.

— Nossa. — Ian fecha a porta. — O que acha que aconteceu? — Ele dá uma piscadela. — Alguma coisa que queira me contar? Só entre nós.

— Pode parar com essas piscadelas, Ian. Nem tente.

Ele suspira e se apoia na porta.

— Certo, Nell, escute. Detesto ser a pessoa a lhe contar isso, mas achamos que você deve tirar uma folga.

— Folga?

— O estresse disso tudo deve ser horrível.

— Eu estou bem. Já sobrevivi uma vez. Vou sobreviver de novo.

— A questão, Nell, é que você não tem sido a mesma desde que voltou.

— Ian, dá um tempo. Faz menos de uma semana.

— Exatamente. Estou lhe oferecendo um tempo. Talvez eu não devesse ter pedido demais de você...

— Ian, eu...

— Vai ser remunerada. Considere isso uma licença de longo prazo. Uma licença-maternidade estendida, se preferir. Por alguns meses, ou mais, se ajudar.

Nell ri.

— É mesmo? Licença-maternidade estendida? É uma nova política da empresa? As mulheres vão ficar muito contentes. — Ian dá um sorriso malicioso e ela tenta conter a raiva. — Quando você quer que a minha licença-maternidade comece?

— Hoje.

— Hoje? O treinamento de segurança é amanhã. Eu venho me preparando para isso. Voltei a trabalhar mais cedo apenas para supervisioná-lo.

— Nós conversamos com o Eric e ele vai assumir as suas responsabilidades. — Ele olha pela janela e evita olhar para ela. — Não vai ser a mesma coisa, mas estamos confiantes de que ele vai dar conta, inclusive ao assumir o seu lugar amanhã. Aproveite o descanso que você precisa. Passe mais tempo com Chloe.

— O nome dela é Beatrice. Olhe, sei que isso é inconveniente, mas não fiz nada de errado. Eles me encontraram. Tudo bem. Mas aconteceu há quinze anos...

— Nell — diz Ian, olhando-a nos olhos. — Eu lamento.

— Fale com a Adrienne.

Ele morde o lábio.

— Por quê?

— Porque ela sabe. Ela sempre soube. E não liga. Você não pode me obrigar a sair.

— Foi a Adrienne que me mandou aqui. Ela se sente terrível com isso. Todos nós nos sentimos. Mas não podemos ter esse tipo de publicidade. É distração demais.

Nell endurece.

— De quê? De escrever a respeito? De decidir que foto minha usar na capa da *Gossip!* da semana que vem? Essa é a questão, não é? Posso colocar um biquíni e sair para comprar uma bandeira, se ajudar.

Ele mantém o olhar fixo no dela.

— Vamos simplificar. Por favor, arrume as suas coisas. Podemos rever isso em algumas semanas. Analisar como a situação está.

Ela fecha os olhos e se vê: colocando os pertences em uma caixa de papelão no departamento de Estado. Pessoas virando a cara, conforme ela caminha em direção ao elevador. Saindo no meio da multidão de câmeras. Os anos seguintes sem conseguir arranjar trabalho, rejeitada em todas as vagas de emprego, a expressão de reprovação no rosto de qualquer empregador em potencial. *Ele abriu mão de uma chance à presidência por causa dela?*

Ela abre os olhos e encara Ian.

— Negativo.

— Negativo?

— Negativo. Não vou sair. Vocês não podem me demitir.

— Ninguém está *demitindo* você...

— Não vou sair. Vou contratar um advogado, se for preciso. Mas não vou sair.

— Nell. Eu estou... isso é...

— Perdoe-me por ser rude, Ian, mas terei que pedir para sair da minha sala. Considere isso uma licença de curto prazo para se ausentar da minha presença. — Ela volta ao computador. — Tenho um treinamento para preparar.

Ian abre a porta e sai em silêncio para o corredor. Nell fecha a porta atrás dele e percebe um jovem bem próximo, provavelmente torcendo para ouvir a conversa, torcendo para tirar uma foto para a sua página imbecil no Facebook.

Ela volta à mesa e lê, anestesiada, o manual de treinamento, tentando afastar tudo aquilo. Ian. O garoto no corredor. Os fotógrafos lá fora. O artigo que leu antes que Ian entrasse.

Na mesma manhã em que o ex-secretário de Estado Lachlan Raine é indicado ao Nobel da Paz, Ellen Aberdeen é ligada ao desaparecimento do Bebê Midas. Na verdade, ela foi identificada como a mãe embriagada dançando no Jolly Llama no dia Quatro de Julho, a noite do rapto.

Nell pega a bolsa no chão e procura a carteira, pensando em Alma. Ela também revelou alguns segredos na manhã em que Nell admitiu a verdade sobre o seu passado: um cara do Queens que lhe vendeu cartões falsos do seguro social, as mentiras que o marido contou para conseguir o emprego como gerente do Hilton perto do aeroporto. Detalhes que Nell ficou imaginando se a polícia saberia.

Ela liga para o número que está no cartão de visita que Mark Hoyt deixou com ela, admirando a foto de Beatrice em cima da mesa. O detetive atende no segundo toque.

Nell desliga. Ela liga para outro número, aos prantos, quando ouve uma voz suave atendendo.

— Mãe, eu preciso de você. Pode vir, por favor?

Colette desliza a esmeralda da corrente de ouro de um lado para o outro. Ao acordar, encontrou a caixa no travesseiro vazio de Charlie. *Essa é a pedra de nascença de Poppy, no seu aniversário de dois meses,* dizia o cartão. *Obrigado por ser uma mãe tão boa.*

Ela pega o telefone.

Lamento muito, digita ela, afastando o bolo na garganta ao pensar nas imagens que dominaram o noticiário dessa manhã. As fotos de Nell ainda jovem; os vídeos dela saindo de um táxi e entrando no prédio da Simon French, naquela manhã, tentando esconder o rosto com a bolsa. Queria que você tivesse me contado.

A Nariguda. Era Nell. Colette se lembra bem do escândalo. Sua mãe estava no coro das ativistas pelos direitos das mulheres contra o que aconteceu, que tentavam desconstruir a situação pelo que era: não a história que a mídia estava ávida para apresentar, de uma jovem promíscua tentando ir para cama com um chefe poderoso, mas a história de uma jovem sendo coagida por um homem poderoso.

Ela olha para o relógio acima da mesa de Allison, tentando ignorar o formigamento nos seios. Isso não está certo: a primeira vez que ela se esquece de trazer a bomba é o dia em que pode realmente precisar dela. Estava tão aborrecida com a notícia de Nell que teve dificuldades para se arrumar e não se lembrou de bombear o leite antes de sair. Ela estava tão atrasada que até esqueceu a carteira, tendo que voltar para pegá-la. Agora percebe a ausência da bomba, deixada na bancada da cozinha. Além disso, Teb está atrasado, depois de prometer que chegaria na hora. Ele sabe que ela precisa voltar para casa até as duas horas.

Hoje é importante terminarmos na hora. Ela escreveu a Teb mais cedo. Charlie tem uma reunião.

E não era uma reunião qualquer. O editor da revista do *The New York Times* o convidou para um almoço no último minuto para conversar sobre a possibilidade de veicular um trecho exclusivo do seu novo romance.

"Não, Colette, eu não posso arriscar", disse Charlie, ontem à noite. "Se você não pode mudar a reunião com Teb, vou contratar uma babá."

"Eu vou estar de volta. Prometo. Teb também prometeu. Não vou me atrasar."

Ela pega a bolsa e vai até o banheiro, os saltos tilintando no piso de madeira. Alguém está no primeiro cubículo; ela se senta no vaso do segundo e checa o telefone. Nell respondeu à sua mensagem.

Eles que se danem. Isso me destruiu uma vez, mas agora não. Não com a Beatrice aqui para ver.

A mulher do outro cubículo sorri quando Colette se aproxima da pia, mas a expressão muda no momento em que ela percebe os seios dela, que olha para o espelho. Dois grandes círculos cinzentos se espalham pela blusa branca de seda. A mulher termina de lavar as mãos logo e sai. Colette vira para o secador de mãos e segura a blusa embaixo do ar quente, mas a mancha ressurge assim que seca. O papel higiênico dobrado que ela enfia no sutiã deixa um monte de rugas visíveis por baixo da blusa.

Ela segura a bolsa junto ao peito, sentindo o leite vazar e pinicar, enquanto ela caminha de volta à recepção. O telefone apita dentro da bolsa. É uma mensagem de Charlie.

Tenho que sair. Imagino que você esteja a caminho, e vou deixar a bebê lá embaixo, com a Sonya. Vai ficar tudo bem. Nós conversamos. Você pode pegar ela lá.

— Colette. — Allison está de pé, ao seu lado. — Ele está pronto.

Colette silencia o telefone e mantém a bolsa na frente ao entrar no escritório de Teb. Sonya? A garota do segundo andar que eles encontraram, o quê, duas vezes, nas festas no prédio? Teb está sentado verificando o celular. Ele assente para uma das cadeiras de couro à sua frente e não se desculpa pelo atraso.

— Sente-se.

— Como vai? — pergunta ela.

— Ótimo — diz ele, mas seu tom e sua fisionomia são frios.

— Parece que...

Ele a ignora e se inclina à frente para apertar um botão no telefone da mesa.

— Aaron, entre. — A porta se abre quase na mesma hora, como se Aaron estivesse esperando o chamado. Ele assente para ela e caminha até a mesa, erguendo uma pilha de papéis no seu colo. Ela vê o nome de Midas escrito na pasta do alto. — Certo, Colette. — Os olhos de Teb estão sérios. — Estamos com sérios problemas aqui.

Ela sente um nó no estômago. Eles sabem.

Sabem que ela estava com Winnie naquela noite e que pegou a pasta. Fizeram um teste no sangue que ela deixou cair nos papéis depois de se cortar, alguns dias atrás, e descobriram o seu DNA. De alguma maneira, concluíram que ela pegou o pen drive que ainda está no seu apartamento, escondido na bolsa no armário. O leite começa a encharcar o papel higiênico amassado, escorrendo pelo tecido do sutiã. Ela tenta elaborar como vai começar, como vai explicar por que vem escondendo a verdade, os motivos por não ter evitado o arquivo de Midas, quando Teb fala.

— Esse livro está horrível. — Teb esfrega os olhos.

Ela expira.

— Certo.

Ele se recosta na cadeira.

— C, o que aconteceu? Por que está tão ruim assim?

Por quê? Uma gravidez inesperada. Privação de sono. Preocupações com a saúde de Poppy. O pânico que Midas esteja morto.

— Em parte, pode ser por você estar mais ocupado agora — diz ela. — Não é como da última vez. Tem sido um pouco difícil manter as nossas reuniões agendadas...

Teb sacode a cabeça.

— Não. A questão não é essa. A questão é que isso não parece como algo que eu tenha escrito.

— Bem, você não escreveu.

Aaron lança um olhar a Colette; Teb gira a cadeira na direção dela devagar.

— O que quer dizer?

Ela está com a boca seca, queria ter trazido uma garrafa de água.

— Quero dizer que você não escreveu o livro, Teb. Eu escrevi.

— Colette. — Há um tom cauteloso na voz de Aaron. — Não tenho certeza se...

— Desculpe. Claro que fico feliz em refazer o trabalho, mas temos que formular uma programação em que possamos conversar mais a respeito dessas experiências que você deseja incluir. Com o devido respeito, Teb, tem sido difícil sentar para conversar com você.

— Acho que o que o prefeito quer dizer é que isso não está funcionando.

— Entendi. Vamos debater como consertar.

Aaron começa a falar, mas Teb o interrompe.

— Lamento dizer isso, C, mas conseguimos outro escritor.

— Outro escritor?

Aaron se inclina à frente na cadeira.

— Conversamos com o editor — diz Aaron. — Contratamos outra pessoa para consertar o livro. Alguém com mais renome. Aquele cara da *Esquire*.

— Você está brincando. Já providenciou isso? E nem falou comigo?

— Ora, vamos, Colette — diz Aaron, apertando a ponte do nariz. — Esse livro vai ser parte integral da corrida do prefeito à reeleição. Você sabe disso. Não podemos levar o que escreveu ao editor ou aos eleitores. Estamos atolados na merda com esse negócio do rapto do bebê. Aquele construtor maluco doando fortunas para o nosso adversário. Mal conseguimos nos segurar.

Ela busca a resposta certa e não diz nada. Acabou.

Ela não tem mais que fingir que consegue cuidar do bebê e do trabalho. Ela vai ficar em casa com Poppy.

— Tem certeza disso? — diz ela se dirigindo a Teb, mas é Aaron que responde.

— Receio que sim, Colette. — O telefone dele apita. — E nós, infelizmente, temos que ir. — Teb evitar olhar para Colette e se vira para a janela. — O pessoal do banco chegou — diz Aaron, abotoando o paletó, gesticulando na direção da porta. — Colette, muito obrigado. — Seu jeito é leve, como se ele estivesse concluindo uma conversa em que decidiu onde vai comer um brunch. — O prefeito gostou muito de trabalhar com você.

Ela se levanta, e espera que Teb diga alguma coisa, mas ele continua em silêncio. Ela sai do escritório e vai para o elevador. Sua cabeça está girando. E agora? O que isso vai significar para sua carreira? Ela deve ligar para o seu editor ou para a sua agente, ela precisa se explicar.

Então, ela imagina Poppy sozinha com uma mulher que não conhece.

Ela corre para as escadas e desce os quatro andares apressada. Lá fora, não há nenhum táxi à vista e ela vai o mais depressa possível para o metrô. Há um trem na plataforma e as portas começam a se fechar quando ela passa pela roleta. Ela chega a tempo de enfiar o braço entre as portas, que fecham no seu cotovelo. As portas, então, se abrem alguns centímetros e ela força com as duas mãos, o suficiente para entrar e pegar um dos últimos lugares vazios. A mulher ao seu lado cheira a laquê, e Colette vê outra mais velha com uma pilha de sacos plásticos alaranjados no chão, entre os pés. Ela estala ruidosamente a língua, lamentando.

— Atrasando todo mundo... — diz ela, fazendo cara feia. Colette vira o rosto. O cotovelo dói.

Um som de rap estronda do fone do homem sentado de frente para ela. Colette pressiona os dedos nos ouvidos, e pensa em como vai explicar isso a Charlie. Ele não sabe do péssimo andamento do livro, a dificuldade que ela está tendo. O que vai dizer? Colette abre os olhos e vê que o homem em frente está segurando uma edição do *New York Post* com a fotografia de Nell no Jolly Llama na capa.

O ar é preenchido pelo som do rangido de uma freada e o choro súbito de um bebê. A mulher ao lado agarra a coxa de Colette quando o trem dá um solavanco brusco e para. Um homem mais velho, perto da porta, cai no chão.

— Desculpe — diz a mulher ao seu lado, tirando a mão. Um casal de jovens ajuda o senhor a se levantar. As pessoas se entreolham, conforme um silêncio perplexo paira no vagão. A mulher mais velha, com as sacolas, estala a língua de novo, e começa a dizer alguma coisa, mas as palavras são engolidas pela voz do condutor.

— Polícia nos trilhos. Se puderem me ouvir, solicito a polícia nos trilhos do nível mais baixo, próximo à plataforma F. Temos uma pessoa nos trilhos amarrada a alguma coisa.

A energia é cortada, silenciando o ar-condicionado e apagando as luzes; um silêncio fantasmagórico se instala no vagão. Colette sente a mudança nas pessoas em volta, todas olhando os celulares, como ela, sabendo que não vão conseguir sinal.

Tenho que chegar em casa.

A porta do fim do vagão se abre.

— Vocês acharam que isso não fosse acontecer? — O cara está de short jeans e uma camiseta branca fina, que revela braços musculosos. Ele caminha pelo vagão, na direção da porta na outra extremidade, passando por entre as pessoas que estão de pé. — Vocês não acharam que veríamos um terrorista em Nova York com esse babaca que temos como presidente?

O pânico aumenta no peito dela. Ela vê o rosto de Poppy, como ela estava no meio da noite, mamando, com os olhos azuis cheios de amor, olhando para Colette. Ela está incrédula, imóvel, por sentir um amor tão insondável quanto aquela pedreira abandonada que ela ficou com medo de pular quando era criança, aquela que depois engoliu um menino de seu colégio, cujo corpo nunca foi encontrado. Ela pega o telefone no colo e digita uma mensagem para Charlie. Não vai ser enviada sem sinal, mas se alguém encontrar o telefone, se o aparelho sobreviver à explosão...

Eu te amo mais que tudo. Poppy, por favor, faça com que ela saiba...

A luz reacende e o ar-condicionado volta a funcionar.

— Senhoras e senhores, aqui é o condutor. Vamos abrir as portas do vagão da frente. Sigam em direção à saída da maneira mais rápida e ordenada possível.

Colette se levanta, entrando no fluxo de pessoas que seguem pelo corredor lotado. No vagão seguinte, uma adolescente está sentada sozinha junto à janela, e segura o telefone, uma lágrima escorrendo pelo rosto. Ela usa uma calça marrom rasgada no joelho e um brinco de ouro que reluz em uma das narinas. Colette toca o seu braço, e a menina olha para cima.

— Preciso ligar para minha mãe, mas não tenho sinal.

— Venha — diz Colette, pegando a menina pelo braço. — Ande comigo. — Ela fica com a mão no cotovelo da menina, conduzindo-a em frente. Quando as duas chegam ao primeiro carro, fica aliviada ao ver que a metade dianteira do vagão está dentro da estação; elas não vão ter que caminhar pelos trilhos. Após saírem do vagão e correrem pela plataforma com o resto da multidão, passam pelas roletas e sobem as escadas. A menina desaparece em um mar de gente, e Colette dispara para fora da estação do metrô. No outro quarteirão, vê alguém saindo de um táxi e arranca na direção do veículo, passando a frente de um homem que ia embarcar no banco traseiro.

— Desculpe — diz ela. — Preciso muito chegar em casa.

Ela bate a porta, entreouvindo os termos horríveis com que ele a ofende, o som dos seus punhos batendo no vidro.

— Brooklyn — pede ao motorista, dando-lhe o endereço. — Por favor, depressa.

Ela fecha os olhos e parece que horas se passaram. Ao chegar no prédio, o céu não tem mais luz e as pernas dela estão fracas. Ela entra e se aproxima da mesa do porteiro.

— Preciso do número do apartamento da Sonya.

No segundo andar, ela se recompõe e então bate devagar na porta de Sonya. Nada. Bate de novo, e força os punhos com tanta força que chega a doer.

— Olá? Sonya? — A porta do outro lado do corredor se abre. É um homem de 20 e tantos anos e pés descalços, com um cachorro e música clássica ao fundo.

— O que está fazendo? — pergunta ele, conduzindo o cachorro de volta para dentro do apartamento.

— A Sonya não responde. Ela está com a minha filha. Eu moro lá em cima.

— Ela saiu.

— Saiu?

— É, eu a ouvi saindo. Dá para escutar tudo através dessas paredes.

— Que horas?

— Não sei. Há uns vinte minutos, talvez?

Vinte minutos? Será que o Charlie deixou leite para ela? Será que passou o filtro solar em Poppy? Colette não sabe o telefone daquela mulher. Ela nem tem certeza se sabe o sobrenome de Sonya.

Ela sobe as escadas correndo, pulando de dois em dois degraus. Colette vai ligar para Charlie, interromper a reunião e exigir que ele volte para casa para procurar o bebê. Ela busca o telefone na bolsa e enfia a chave na fechadura.

Charlie.

Ele está ali, deitado no chão com Poppy, que pega os dedos do pé dele em um colchãozinho ao lado. Colette larga a bolsa e corre até a bebê, erguendo-a do chão, beijando o seu rosto sem parar. Poppy se contorce irritada. A voz de Charlie sai rouca; ele tinha adormecido. Poppy sente a pele morna do peito de Colette e procura por leite. Ela sente o peso da exaustão, a sala começa a girar. Fecha os olhos e se imagina contando tudo a Charlie: o episódio no metrô, a demissão, o pavor que sente, a necessidade de saber o que houve com Midas. Ela quer explicar a ele a sua culpa de estar longe do bebê, o esforço que ela tem feito para conseguir coordenar tudo. Quer acordá-lo para dizer que não pode esperar três meses até a próxima consulta de Poppy para começar a se preocupar. Ela já está aterrorizada.

Mas fica com muito medo. Medo de que, se começar, vai chorar e não parar nunca mais, medo de ser engolida pela tristeza, por tanta opressão, pela certeza de que está tudo desmoronando.

— Você tem que fazer isso aqui, na minha frente? — O som da voz de Charlie lhe dá um susto que provoca um tranco no seu corpo. Ele está acordado.

— Fazer o quê?

— Isso. Cobri-la de beijos assim. — Ela não responde. Não encontra palavras. — Não é fácil ver o afeto que você tem com ela, se toda vez que me aproximo, você se retrai.

— Charlie, não. Por favor. Eu achei... você tinha a...

— Eu não fui.

— Por quê?

Ele levanta e caminha pelo corredor até o escritório.

— Eu sabia o quanto você ficaria aborrecida se eu deixasse o bebê com alguém. Não quis fazer isso com você.

Ela vai atrás dele e estende a mão para pegar o seu braço. Ele recua.

— Agora, não, Colette. Preciso de um tempo.

— Charlie, me desculpe. Ouça, há algumas coisas...

Mas ele já fechou a porta.

CAPÍTULO 18

Dia onze

PARA: Mamães de Maio
DE: As amigas do Village
DATA: 15 de julho
ASSUNTO: Conselho de hoje

SEU BEBÊ: DIA 62

Todos nós tivemos alguns dias particularmente extenuantes, e até momentos em que nos sentimos tristes e oprimidas. Esses sentimentos agora devem passar, à medida que você e o seu pequenino estabeleçam uma rotina. Mas se você ou alguém que você ama começar a se perguntar se o que está sentindo é algo além de tristeza passageira, não deixe que o constrangimento ou o orgulho a impeça de conversar com o seu médico. Receber ajudar pode também ser a melhor coisa que você pode fazer pelo seu bebê.

Francie caminha pelo estreito corredor de ficção da livraria nos fundos do Spot, com o romance de estreia de Charlie nas mãos, tentando se convencer de que tudo vai ficar bem, que Nell vai superar isso. Ela não fazia ideia de todas aquelas coisas ruins que os repórteres estavam falando de Nell. Ela nem tinha conhecimento do escândalo do candidato à presidência que deixou a disputa eleitoral depois de ter um caso com uma estagiária de 22 anos do departamento de Estado. Francie tinha 16 quando aquilo aconteceu, e sua mãe não era do tipo de expor a família a escândalos sexuais políticos — ou nada que tivesse a ver com um político democrata, fosse bom ou ruim.

E também tinha Token. A maneira como ele a colocou para fora do apartamento, dois dias atrás, sem dar qualquer explicação sobre a sua prisão, apenas deixando mais perguntas.

Mas o pior foi o que tinha acontecido naquela manhã. Francie caminha até a frente da loja para pagar pelo livro de Charlie, sentindo outra onda de náusea ao imaginar o momento.

Barbara está no sofá assistindo à televisão, esperando por Francie, que se oferecera para fazer um sanduíche de ovos com gemas moles, igual ao que ela comia todas as manhãs. Francie estava fazendo o melhor para se desligar da sogra, que falava sem parar sobre a cidadezinha em que morava. Como a sobrinha da amiga tinha acabado de ter o quarto filho, uma garotinha linda. Que um novo salão de beleza tinha sido aberto e foi lá que ela fez as unhas para a viagem. Como o novo local era administrado por quatro mulheres que deviam estar no país ilegalmente. *Orientais.*

Francie ouviu o nome de Colette bem na hora em que a torradeira saltou. Ela virou para observar a TV, a amiga na tela, correndo pela calçada, perto do seu prédio, com o rosto vermelho e ofegante.

"Me deixem em paz", disse ela, passando apressada pelas câmeras, protegendo o rosto com os braços. "Sem comentários."

"Colette Yates é filha de Rosemary Carpenter, a conhecida ativista pelos direitos das mulheres", disse o repórter. "Ela também está romanticamente envolvida com o escrito Charlie Ambrose, com quem teve uma filha há dois meses." Colette era uma das mulheres com Winnie no bar, o repórter prosseguiu, e, embora a fonte tenha relatado que Colette era próxima do prefeito Shepherd, ele não quis comentar a história. Então, de repente, eles estavam falando dela, Francie. Eles até colocaram uma foto sua, da noite no Jolly Llama, o rosto colado ao de Nell.

O repórter acrescentou que Francie estava desempregada e, no momento em que Lowell entrou na cozinha, Francie ouviu a respiração acelerada de Barbara.

"Seu marido, Lowell Givens, é um dos principais proprietários da Givens and Light Architects, uma nova empresa do Brooklyn."

"Isso é horrível", disse Barbara, olhando para o filho. "O que isso vai fazer com o seu negócio?"

Francie entrega o dinheiro ao caixa, sabendo que não deveria comprar o livro de Charlie, que deveria esperar para pegar na biblioteca. Mas a biblioteca só abre ao meio-dia, e o seu apartamento é tão pequeno que ela precisava sair, ficar longe de Barbara e daquela expressão no rosto dela. O julgamento. A decepção.

Francie pega o troco e vira para procurar uma mesa. Então, ela a vê, caminhando lá fora, na calçada.

Está de óculos escuros, jaqueta comprida e sem forma, os cabelos presos embaixo de um boné de beisebol, mas Francie sabe que é ela.

— Winnie!

Francie gritou mais alto do que esperava, silenciando a aglomeração que esperava pelo seu café. Francie passa por todo mundo, sai correndo pela porta até a calçada.

— Winnie! Espera, Winnie!

Apertando Will junto ao peito, ela corre desajeitada atrás da amiga, que caminha pela rua.

— Winnie, espere, por favor! — Ela não entende por que Winnie não para. Will começa a choramingar, conforme Francie sai correndo atrás dela, alcançando-a bem na hora em que ela chega ao prédio. Winnie procura a chave na bolsa. — Winnie, por favor, eu preciso falar com você. Tenho andado tão preocupada. — Francie tenta recuperar o fôlego. — Você recebeu os meus recados? Lamento muito que nós...

Um carro freia cantando os pneus a uma curta distância. Um homem baixinho e gordo, usando chapéu panamá e short xadrez, pula do banco do motorista e pega uma câmera volumosa pendurada no pescoço.

— Gwendolyn! Olha para cá. Como você está? Gwendolyn!

Winnie se apressa para colocar a chave na porta e Francie vai atrás, cambaleando por cima do degrau e entrando no hall fresco e escurecido. Winnie aperta a porta para fechá-la nos punhos do homem, e Francie segue atrás dela, pelos degraus de mármore e pelo corredor, o flash da câmera refletindo nas paredes. Cortinas grossas de seda estão fechadas na sala e Francie se espanta com o cheiro abafado no ar, de comida podre. Winnie escancara as cortinas da porta do terraço e Francie leva um minuto para se acostumar ao choque da luz solar. Há dois tapetes grandes enrolados, encostados na parede dos fundos. Caixas de mudança estão empilhadas em um canto. Há embalagens de comida espalhadas pela mesa e pelo chão; uma garrafa de vinho vazia caída de lado, perto das portas do terraço. Francie não consegue deixar de notar duas taças de vinho ali perto, ao lado de um robe rosa embolado, largado no chão.

Winnie tira a jaqueta. Ela está esquelética.

— Recebi os seus recados. Desculpe. Não tenho tido energia para retornar.

Francie está em pé no centro da sala, dando tapinhas no traseiro de Will, tentando recuperar o fôlego.

— Winnie. Não sei o que dizer. Você vai... se mudar?

— Mudar? — diz Winnie.

Francie gesticula para os tapetes enrolados, as caixas de mudança.

— As caixas...

— Ah. — Os olhos de Winnie percorrem a sala. — A equipe de detetives fez isso tudo. Nos dias seguintes ao... — Ela deixa o pensamento passar. — Vi o que aconteceu com a Nell. E agora você e Colette. Estão todas no noticiário.

— Nós? Não se preocupe conosco. Como você está? Eu não posso...

— Estou bem.

— Bem? — Francie tem dificuldade para encontrar palavras, perplexa pela forma como Winnie parece indiferente. Tão magra, oca. Nada da mulher que Francie conheceu e admirava tanto, apenas alguns meses antes, quando ela a viu caminhando pelo gramado na direção do salgueiro, exuberante pela gravidez. Nada daquela mulher linda e bondosa que sentou de frente a Francie naquele dia no Spot, nem a menina de rosto cheio de frescor dos DVDs de *Bluebird*, a que Francie assistiu sem parar.

— O que quer que eu diga, Francie? — pergunta Winnie. — Meu bebê sumiu. Não há nada que eu possa falar para descrever o que eu estou passando.

Francie sente os olhos lacrimejarem. Eu entendo, ela queria dizer. Mais do que você imagina, eu entendo o que é perder um filho. Mas não se atreve.

— Tem alguma coisa que eu possa fazer para ajudar? Alguma coisa de que você precise? Tem alguma ideia do que aconteceu? — As palavras saem depressa demais.

Winnie se vira para as portas do terraço.

— Claro que não sei o que aconteceu.

— Eu tenho pensado muito — diz Francie. — Não consigo acreditar na maneira como a polícia conseguiu errar tanto. Primeiro, eu tinha certeza de que era o Bodhi Mogaro. Acreditei neles, sabe? Depois, comecei a pensar em outras possibilidades. Como aquele cara com quem você estava conversando no bar.

Winnie vira para encará-la, com um lampejo de alguma coisa no olhar, mas Francie não sabe identificar o que é. Ou talvez seja o rosto, a maneira como ela fala. Parece afetada, vazia.

— O cara no bar?

— O que abordou você. Aquele com quem você... tomou um drinque.

— Eu não tomei drinque com ninguém naquela noite.

Will se acalma, relaxando a cabecinha no peito de Francie, e ela reluta em ir embora. Por que Winnie está mentindo para ela?

— Então, onde você estava? Depois que deixou a mesa?

Winnie evita os olhos de Francie e parece não ter ouvido o que ela disse. Ela vira e vai até a cozinha, voltando com uma garrafa de vinho e dois copos plásticos. Serve um pouco e entrega um copo a Francie. Ela aceita, mas não se mexe, lembrando-se de Winnie na última reunião das Mamães de Maio, no parque, os lábios nos cabelinhos de Midas, acenando para recusar o vinho que Nell oferecia. *Não, obrigada. Álcool nem sempre me cai bem.*

— Eu fui ao parque — diz Winnie.

— Ao parque? Por quê?

— Para visitar a minha mãe. — O copo treme na mão de Winnie.

— Sua mãe? Mas, Winnie, sua mãe está morta.

Ela lança um olhar a Francie.

— Obrigada, Francie. Eu sei disso. — Ela dá um gole no vinho. — Lá tem um pé de corniso que o meu pai e eu trouxemos do nosso terreno do interior. Nós plantamos no parque uma noite, no lugar preferido da minha mãe, perto de um campo longo. É uma coisa secreta que eu sempre tive, um lugar para me sentir mais próxima dela. Naquela noite, eu fui lá.

— Por quê?

— Sinto falta dela. — Winnie abre a porta do terraço e sai para a varanda. Francie vai atrás. O barulho do riso de crianças brincando em um canteiro de areia penetra o ar pesado em volta delas. Vasos com ervas secas perfilam o alambrado. — Não é um álibi muito bom.

— Álibi? O que quer dizer?

— Que eu estava no parque. Ninguém me viu. Eu sei o que as pessoas estão dizendo. Sei onde... — Ela dá outra golada no vinho. — Eu jamais machucaria o meu bebê.

Francie se lembra do copo na sua mão e toma um gole também, tentando engolir, apesar do bolo que vai se formando na garganta.

— Achei que a pior coisa que poderia acontecer era perder a minha mãe. Eu estava errada. — Francie estende a mão até o braço de Winnie, mas ela se afasta. — Não quero mais perguntas. Não consigo pensar com clareza, de forma linear. O tempo está girando em círculos.

Seu rosto parece ficar mais sério quando ela percebe algo a distância. Francie olha e vê uma mulher em pé, em uma varandinha de fundos, com um bebê pousado no seu ombro em um cobertor, regando um vaso. A mulher coloca o regador no chão e poda algumas plantas, antes de voltar para dentro, fechando a porta atrás dela.

— Mães e bebês. Vocês estão por toda parte. Espero que sejam gratas pelo que têm. — Winnie toma o resto de vinho, depois olha para baixo, para Will. — Não quero ser rude, Francie, mas não consigo lidar com...

Francie fica tomada de remorso. Por que ela não pensou naquilo? Como era egoísta e insensível ao forçar Winnie a ver Will. Como cada dia deve ser difícil para ela, cercada pela visão de mães com os filhos. Agora ele entende por que Winnie correu dela, do lado de fora da cafeteria.

— Peço desculpas, Winnie — diz Francie. — Eu deveria ter tido mais consideração. — Elas caminham para dentro, e Francie fecha a porta do terraço. Winnie está de costas para ela, quando começa a subir a escada.

— Você pode sair.

— Se tiver alguma coisa de que precise... — Francie para. — Ele está vivo, Winnie. Eu sinto. Por favor. Não perca a esperança. Eu não perdi.

Lá em cima, Winnie vira em um corredor e some de vista.

Francie caminha hesitante pela sala, passa por outra pilha de caixas de mudança — entristecida pela ideia de estranhos vasculhando a casa de Winnie, mexendo nos seus pertences. Ela abre a porta que dá na calçada. Caminha sem saber para onde, percebendo o som de passos correndo na sua direção. O cara com o chapéu panamá vem apressado da esquina, com a câmera cobrindo o rosto.

— Ei! Mary Frances! O que foi que a Winnie disse... — Ele clica a câmera impiedosamente e grita perguntas, mas Francie não lhe dá atenção. Ela continua andando de cabeça baixa, olhando a calçada, os braços em volta do bebê, a mente turva.

— O que você está fazendo? — Lowell pergunta à Francie mais tarde, naquela noite. Ela está sentada no chão da sala, com um nó na barriga, e coloca velas com aroma de lavanda em um círculo ao redor de Will, que está deitado na coberta à sua frente.

Ela tenta manter a voz equilibrada.

— Estou praticando *hygge*.

Lowell assente.

— Ah, é? E o que é isso?

— É uma moda na Dinamarca. — Francie sopra dentro da sua caneca de chá de camomila sem gosto, consciente da maneira como Lowell está olhando para ela. Observando-a. — Quer dizer "estar aconchegado". Por isso que as pessoas de lá são tão calmas e felizes. Achei que poderia ajudar no humor de Will.

— É uma boa ideia. — Lowell senta no sofá e abre uma cerveja. — E como vai o seu humor?

Francie põe um par de meias limpas nos pés do filho. O artigo dizia que era melhor se cercar de pele de carneiro, mas ela não se atreveria a gastar dinheiro no tapete que encontrou on-line, sabendo que meias de algodão da Carter teriam que servir.

— Meu humor? Bom. Por quê?

— Como assim, por quê? Não posso perguntar para a minha esposa como ela está se sentindo?

— Bem, a sua mãe me disse essa tarde que acha o nosso piso anti-higiênico. E que eu deveria lavar o chão com alvejante. — Francie mantém a voz baixa. Barbara está de molho na banheira, com uma máscara de lama no rosto e ouvindo música no seu iPod.

— O que você disse?

— Nada. Mas não posso usar alvejante nesse piso. *Alvejante?* Perto de um bebê? Parece que ela está botando defeito no nosso apartamento. E em metade das coisas que eu faço.

— Francie. — Seu rosto fica sério. — Ela não acha isso. Você está imaginando coisas.

Francie dá um gole no chá para conter a ansiedade. Ela não quer falar de Barbara, ela quer fala de Winnie, da conversa que as duas tiveram mais cedo. Mas não pode, não com Lowell. Ela não lhe contou o que aconteceu, sabendo como ele ficaria zangado com ela por ter levado Will à casa de Winnie. Para piorar as coisas, Barbara ficou no apartamento a tarde toda de bobes plásticos nos cabelos, sussurrando ao telefone no quarto deles. Francie acha que ela estava ligando para amigas do Tennessee, perguntando se tinham ouvido falar que Lowell foi mencionado no noticiário, contando-lhes que ela estava certa sobre os perigos de Nova York. Barbara só saiu do quarto depois que Lowell chegou em casa e, a essa altura, Francie já estava receosa demais para falar qualquer coisa.

— France, vamos. Ela tem boa intenção. As coisas eram diferentes quando ela teve filhos. Ela só...

— Meu Deus! — O grito de Barbara vindo do banheiro assusta Francie e ela respinga chá quente no bracinho de Will. Ele começa a berrar, quando Lowell fica de pé, trombando na mesa e derramando a cerveja, apagando duas velas. Ele corre pelo corredor até o banheiro e bate na porta.

— Mãe! — Ele tenta a maçaneta, mas está trancada. — Mãe! Você está bem?

— Eu sabia! — A voz de Barbara é triunfante. — Desde o começo, eu sabia.

— Do que você está falando?

A porta se escancara e Barbara sai no corredor, embrulhada em uma toalha, o rosto esticado com uma camada cinza, bolhas de sabão escorrendo das canelas para o chão.

— Eles a estão levando para um interrogatório oficial — diz Barbara, com a máscara rachando. — Aquela sua amiga. A mãe. Eu sabia que ela estava escondendo alguma coisa.

CAPÍTULO 19

Noite onze

Tenho a imagem de alguém me cortando.

Uma faca longa e fina penetrando na minha barriga, pouco abaixo do meu umbigo, um corte fácil, uma linha direta até o meu coração. Estou vazia por dentro. Escurecidos como cinzas, meus órgãos parecem poeira. Com um toque, meu coração se desmancha em mil fagulhas de fuligem, um pó preto caído pelo chão, deixando pegadas escuras em qualquer lugar que eu ande.

Eu sempre fui assim. Uma garotinha má. Meu pai dizia isso, o tempo todo.

"Deixa ela em paz", gritava minha mãe com ele. "Melhore", cochichava ela para mim, quando ele não estava por perto. "Pare de dar motivos para ele ficar zangado."

Achei que me tornar mãe me modificaria, mas estava errada. O bebê só piorou tudo. E agora todos vão saber a verdade. Era inevitável, não era, que iam ficar em cima de mim? Francie, aquela palerma intrometida.

O cobertor de Midas. Por que eu não cuidei disso antes? Por que

Por que

Por que por que por que

Meus pensamentos se descarrilam. Tenho que ficar calma. Ouço uma voz retumbante na minha cabeça, como se falasse por um megafone. Consigo visualizar a voz. Ela tem bigode e usa cartola, óculos redondos de armação de metal e sapatos cor de esmeralda com as pontas curvas para cima.

Ei, moça, diz a voz, pelo megafone. *Você tem que ficar calma. Não é hora de bancar a histérica.*

Rá! Sabe de uma coisa, voz? Eu fiz isso. Tornei-me exatamente o que o meu pai diz que todas as mulheres se tornam. Histérica.

Nós vamos sumir. Eu sei que estou sempre dizendo isso, mas, dessa vez, é para valer. Amanhã. O problema é que, bem...

O dinheiro está quase acabando. Estava com medo de olhar, mas olhei. Ontem. Lá estava: US$ 743,12. É isso.

Eu não tinha escolha, a não ser dizer para Joshua.

"Mas, não se preocupe", falei ontem à noite, de costas, para que não visse o choque e a raiva nos seus olhos. "Não é tudo." Pela primeira vez em meses, fiquei feliz pelo dr. H não estar por perto. *Eu já avisei, um milhão de vezes: cuidado com esse dinheiro*, ele diria, com uma expressão decepcionada, como se eu ainda fosse uma adolescente.

Depois, Francie apareceu, me fazendo esquecer do dinheiro, me lembrando de que tenho problemas maiores. E se não acreditarem em mim? Eu enfim fiz a pergunta em voz alta. E se virem tudo, enxergarem a história toda que criamos?

E se eu for para a cadeia?

Mas Joshua só virou a cara para mim. Sei que só de mencionar isso, ele já fica apavorado. Mais tarde, enquanto comíamos o jantar em silêncio, eu sabia muito bem no que ele estava pensando.

A mocinha esperta não consegue nos tirar dessa bagunça. A mocinha que era astuta em matemática no segundo ano ainda não arranjou uma solução para uma equação tão simples: para onde vamos?

Não posso perder mais tempo. Com o jeito que estão fechando o cerco, não posso. Tennessee. Montana. Alasca. Vamos dirigir até encontrar um lugar onde ficar ou até acabar a gasolina. Vamos nos estabelecer. Vou arranjar um emprego. Alugaremos uma cabana no meio do mato. Joshua está torcendo por algo remoto e privado. Uma terra onde possamos nos perder e recomeçar. Algum lugar onde nunca seremos encontrados.

Eu também quero isso. Ao menos, eu acho que quero, quando tento imaginar. Uma horta nos fundos. Talvez umas galinhas.

Uma arma perto. Para proteção. Só para garantir.

CAPÍTULO 20

Dia doze

PARA: Mamães de Maio
DE: As amigas do Village
DATA: 16 de julho
ASSUNTO: Conselho de hoje
SEU BEBÊ: DIA 63
Faz nove semanas que você deu à luz e é hora de falar de EQUILÍBRIO. Nós sabemos como é. Cuidar do bebê. Fazer compras no mercado. Voltar à forma antiga. Para algumas de nós, se preparar para voltar ao trabalho. Não é fácil. A melhor coisa que você pode fazer por você e pelo bebê é se esforçar para ter o equilíbrio certo na sua vida. Talvez você contrate uma ajudante, algumas horas por semana, ou peça a uma amiga para ficar de babá, para que possa ir à academia. Talvez você gaste um dinheirinho extra mandando entregar as suas compras. Descubra o que funciona pra você. Afinal, quando a mãe está feliz, o lar está feliz.

O corpo de Nell parece feito de cimento, as pernas parecem engessadas. Ela ouve o choro, mas é abafado. O bebê está chamando, submerso na água. Ela tenta se mexer, mas não tem força suficiente.

— Nell.

Ela sente um cheirinho de baunilha, do creme de mãos da sua mãe e abre os olhos. Margaret está em pé, acima dela.

— Estou atrasada para o trabalho? — pergunta Nell.

— Não. Ainda não são nem sete horas. — Sua mãe agacha ao seu lado. — Detesto ter que acordá-la, mas você precisa ver uma coisa.

Nell percebe a expressão no rosto da mãe. Ela senta.

— A Beatrice está bem?

— Sim, querida. Está ótima, dormindo. O Sebastian acabou de sair para o trabalho. Mas venha até a sala comigo.

Nell se ergue dos lençóis quentinhos e segue a mãe pelo corredor. Margaret chegou ontem à noite, deixando o trabalho logo após a ligação de Nell, dirigindo quatro horas de Newport até o Brooklyn, sem parar. Ela dormiu em um colchão inflável na sala, com o monitor ao lado, cuidando de Beatrice para que Nell e Sebastian tivessem a primeira noite inteira de sono desde que o bebê nasceu.

A televisão da sala está ligada e Nell vê o prefeito Shepherd de pé em um pódio, dando um passo ao lado para abrir lugar para Rohan Ghosh na bancada de microfones.

Nell olha para Margaret.

— O que aconteceu?

Ghosh ergue a mão e pede silêncio.

— Só vou me pronunciar quando todos estiverem quietos — diz ele, parando para dar um gole em uma garrafa d'água. — Ontem à noite, fomos levados a uma nova busca no carro de Winnie Ross, no qual descobrimos um cobertor azul enfiado no compartimento do estepe. O cobertor combina com a descrição do que foi levado do berço de Midas na noite em que ele foi raptado. A equipe de peritos confirmou que as fibras do cobertor contêm traços do DNA de Midas Ross, assim como provas do seu sangue.

— Não — diz Nell, sentindo o peito apertar.

— O que o levou a olhar o carro de novo? — grita alguém na multidão.

Ghosh continua a falar, elevando a voz.

— Por volta das seis horas da manhã, Winnie Ross foi levada presa e acusada formalmente pelo desaparecimento do seu filho, Midas Ross.

Nell fica ofegante e a mãe vai até o seu lado, pegando a sua mão.

— Encontraram o corpo?

— Teremos mais detalhes sobre isso mais tarde, ainda hoje. No momento, gostaria de agradecer ao detetive Mark Hoyt pelo excelente trabalho. E, é claro, reconhecer a importância do prefeito Shepherd. A imprensa foi muito dura com esses dois, mas todos os envolvidos prestaram um trabalho exemplar. — Ghosh recolhe os papéis do pódio. — Por enquanto é só. Obrigado.

Nell agarra a mão de Margaret, enquanto surge a imagem de Winnie sendo levada na traseira de uma caminhonete descaracterizada para a sede da polícia, em Lower Manhattan.

Winnie olha para as câmeras por baixo dos seus cabelos escuros, os punhos algemados nas costas, um homem uniformizado segurando cada cotovelo.

Ela entra no prédio e o rosto do repórter preenche a tela da televisão, mas depois o vídeo recomeça, desde o início: Winnie saindo do carro, caminhando em direção à delegacia de polícia, olhando para a câmera, os olhos vagos, o rosto petrificado.

Não. Francie nina Will de um lado para o outro no corredor, dizendo a palavra em voz alta.

— Não!

Ela pega o telefone na bancada e digita.

Você tem recebido as minhas mensagens? Precisamos falar sobre isso. Eu tenho uma ideia.

Ela precisa que Will pare de chorar. Precisa de um momento para pensar. Ela vai até a cozinha, aliviada em finalmente ter o apartamento só para ela. Lowell está a caminho do aeroporto com a mãe. Ela não come desde o almoço de ontem e está fraca, mas não tem nada que queira nos armários. Ela abre o freezer e tira um pacote de milho congelado e o segura na nuca. O apartamento está abafado e apertado, e ela quer ligar o ar-condicionado, mas hoje de manhã Lowell lhe pediu, falando baixinho, para que ela evitasse usá-lo para economizar na conta de luz, até que ela recebesse o pagamento pelo trabalho de fotografia. Trabalho que ela mentiu ao dizer que tinha.

— Não. — Ela fala a palavra mais alto agora. Eles não encontraram o corpo. Midas ainda pode estar vivo.

O interfone toca de novo. Está tocando há duas horas. Jornalistas em busca de um comentário. A síndica, a sra. Karan, ligou para Francie mais cedo, dizendo que ela precisa fazer com que eles saíssem da frente do prédio e fossem embora, e reclamou que alguém quebrou o seu vaso de gerânios. Francie verifica o telefone, impaciente por uma resposta de Nell e Colette. Escreve de novo, digitando com o polegar livre.

Estou falando sério. Vamos falar com a Scarlett. Acho que ela pode ajudar.

Aquela mulher que Francie viu da varanda, em frente ao prédio de Winnie, regando as plantas: Francie acha que pode ter sido Scarlett. A princípio, ela não tinha certeza, mas, ontem à noite, enquanto Lowell dormia no quarto e Barbara estava no sofá, ela se trancou no banheiro quente e sem janela, estudando o caderno que guardava na gaveta de calcinhas, procurando por alguma coisa que pode ter deixado de ver. Trinta minutos depois, nua na banheira, a água gelada caindo como agulhas nas costas e no couro cabeludo, os cabelos escorridos como uma cortina nas suas bochechas, ela se lembrou de uma coisa: a última reunião das Mamães de Maio foi algumas semanas antes, quando Scarlett disse a elas que Winnie estava deprimida. Francie se lembra bem disso: elas estavam sentadas nos cobertores, bebericando o vinho que Nell levou. Scarlett disse o quanto se preocupava com Winnie. Que elas eram vizinhas e caminhavam juntas.

Francie coloca Will no balanço e põe a chupeta na sua boca.

Talvez a Winnie tenha dito alguma coisa a Scarlett, digita ela. Algo que possa ajudar.

Ela aperta enviar e o telefone toca na mesma hora. É Colette. Parece que ela está chorando.

— Francie, você precisar parar com isso. Está se agarrando a fiapos.

— Não estou, não. — Francie também começa a chorar. — O cobertor azul. A polícia não tinha checado o porta-malas de Winnie até ontem à noite?

— Não, não foi isso que eles disseram. Eles checaram de novo. Alguém…

— Eu fiquei acordada a noite toda pensando nisso. Se a Winnie confiou em Scarlett para falar sobre a depressão, talvez tenha confiado para contar mais coisas, algo que ninguém saiba…

— Não. — Ela ouve a impaciência na voz de Colette. — Você tem que me ouvir, Francie. Sei que é difícil. É difícil para todo mundo. Mas eu estou ficando preocupada.

— Eu sei. Eu também. Eu tenho estado preocupada...

— Não, Francie. Estou falando de você.

— Eu? Isso não é sobre mim...

— Você precisa descansar um pouco, Francie. Não está sendo racional. Você precisa...

— Mas não disseram que ele está morto. Não encontraram o corpo. — A garganta de Francie está tão apertada que ela sente que pode asfixiar. — Talvez ele ainda esteja vivo. Talvez ainda haja tempo de salvá-lo. Ele precisa da mãe...

— Não! — A palavra soa áspera nos ouvidos de Francie. — Ele não pode ficar com a mãe dele, Francie. A mãe dele foi a pessoa que o machucou. Aceite. Acabou.

Francie joga o telefone no sofá. *Acabou?*

O interfone toca de novo e depois ela ouve passos na escada. Uma batida forte na porta. É a sra. Karan vindo dizer que não aguenta mais viver nesse caos. Ela veio para despejá-los. Ela, Lowell e o bebê não vão ter onde morar.

— Oi? Francie? — É a voz de um homem.

Ela chega mais perto da porta.

— Quem é?

— Daniel.

— Daniel? — A cabeça dela está girando. Esse nome é familiar. *Daniel.*

Ela fecha os olhos e pressiona as têmporas. O artigo. A entrevista que Winnie deu depois que a mãe morreu. *Tenho contado com Daniel. É a única pessoa que me ajuda a passar pela tristeza.*

Ele bate com mais força.

O namorado de Winnie? Ele, ali, no apartamento dela? Foi Winnie que o mandou? Talvez com um recado... algo que leve a Midas?

— Francie, abra a porta. Por favor. Preciso falar com você.

Ela gira o trinco e abre uma fresta, olhando o corredor. A palavra sai em um sussurro.

— *Token?*

— Você foi namorado dela?

— Sim — diz ele. — Há muito tempo.

— E agora... vocês estão *juntos?*

— Não, não. Não é nada disso. — Will dá um grito e Francie levanta, mas Token chega até ele primeiro, erguendo-o do balancinho. Ele o segura junto ao peito e começa a andar pela sala.

Ela senta de novo na poltrona, de olho no bebê.

— Mas vocês dois...

— Somos apenas bons amigos. — Ele olha para o chão, e evita olhar dela. — Depois que a mãe de Winnie morreu, foi um caos. Ela se distanciou de todos, inclusive de mim. Fiz tudo que pude para fazê-la mudar de ideia, mas ela se recusava a se encontrar comigo.

— Eu não entendo. Por que você está aqui?

Ele dá uma risada estranha, amarga até.

— Para ser franco, eu não sei. Só queria ver você. Talvez você seja a única pessoa que vê o que está acontecendo de verdade.

— Como assim?

— A Winnie não é culpada.

Francie está cansada, sua mente está confusa. Ela não gosta de ver Token segurando Will, mas se sente meio tonta.

— A vez em que você foi preso. O quê...

— Como você descobriu isso?

— Vi a sua foto na ficha.

— Foi o que imaginei. Você a encontrou na internet. Mas por quê...

— Nada disso. Foi postada para nós.

Ele para de andar.

— Postado? Para quem?

— Nós. Eu, Nell e Colette.

— Como assim, foi postado para vocês? Por quem?

— Não sei. Chegou pelo correio. Alguém mandou para Colette, no gabinete do prefeito. Não tinha endereço de remetente.

— No gabinete do prefeito? — Ele fecha os olhos. — Não entendo.

— O que você fez?

— Eu quase matei uma pessoa.

Francie levanta e pega Will dos braços dele.

— Vá embora. Agora mesmo. — Ela dá as costas para ele, protegendo o filho. — Vou chamar a polícia.

— Não, Francie, escute. Não foi assim. Foi para proteger a Winnie. Ela estava em perigo.

Ela vira de volta.

— Perigo?

— Ela tinha um *stalker*.

— Sim, eu sei. Archie Andersen. Li a respeito.

Token assente.

— Foi depois que a Winnie e eu terminamos. Ela não sabia, mas eu a seguia aos ensaios, depois que ela voltou a trabalhar, para garantir que chegasse em casa a salvo. Winnie achou que Archie tivesse perdido o interesse, mas então ele apareceu no funeral da Audrey. Aquilo a deixou apavorada. Eu queria ter certeza de que ela estava segura.

— E?

— Foi no terceiro dia de trabalho, depois que a mãe morreu. Ele estava esperando por ela na esquina, depois que Winnie saiu do metrô. Primeiro, eu não tinha certeza se era ele, mas fiquei próximo. Ele a seguiu para dentro, depois a agarrou e a forçou a entrar na escada. Eu pulei em cima dele em um segundo. Ele nem me viu. Bati com a cabeça dele no chão com tanta força que o crânio rachou. Ele ficou hospitalizado durante semanas.

— Você foi preso?

— Nove meses. Aleguei que era culpado por agressão, em troca de uma pena mais leve. Um ano na cadeia, mas saí antes, por bom comportamento. O juiz encerrou o caso, a pedido dos advogados de Winnie, e conseguimos evitar que saísse na mídia. Winnie deixou o programa logo depois disso. Fez tudo que pôde para sair dos olhos do público.

— Ele se recuperou? Archie Andersen?

— Não só se recuperou como se mudou para West Virginia, onde matou um casal de idosos em uma tentativa frustrada de roubo. Está na cadeia há onze anos.

Francie sacode a cabeça.

— Isso não foi relatado.

Token olha para ela.

— Não?

A boca de Francie está seca e ela pressiona os lábios na testa de Will. Ele está na cadeia.

— Por que não nos contou que você e Winnie eram amigos?

— Winnie é muito reclusa. — Token se senta no sofá. — Você deve ter notado, não? Depois que os nossos filhos nasceram, ela me incentivou a ir a uma reunião das Mamães de Maio. Ela não gosta de falar sobre aquele tempo.

— Não dá para acreditar. Você foi para cadeira por causa dela.

— Fui. — O rosto dele fica um pouco sombrio. — E iria de novo, sem pensar duas vezes. Eu faria qualquer coisa para protegê-la. — Ele olha para o chão. — E para proteger Midas.

Francie o observa por alguns segundos.

— Ouça — diz ela, sentando ao lado dele, no sofá. — Tenho uma ideia. Ontem me ocorreu uma coisa. Algo que acredito que possa ajudar.

Ele continua com o rosto virado para baixo, mas Francie acha que notou uma mudança na sua fisionomia. Quando ele enfim ergue a cabeça, está sorrindo.

— Algo que acredita que possa ajudar?

CAPÍTULO 21

Dia treze

PARA: Mamães de Maio

DE: As amigas do Village

DATA: 17 de julho

ASSUNTO: Conselho de hoje

SEU BEBÊ: DIA 64

Quando você tem um bebê, todo mundo parece ter uma opinião. Como lidar com isso? Primeiro, encare o que ouve com alguma — ou muita — reserva. Nada vai minar mais a sua confiança do que levar em consideração todo e qualquer conselho que lhe derem. Também perceba se a pessoa é bem-intencionada. Apesar de amarmos nossos bebês mais que qualquer coisa no mundo, muita gente — estamos de olho em vocês, vovós — quer participar da garantia da segurança do pequenino.

Colette traça os fachos de sol no rosto de Charlie. A mão dele está na sua cintura.

— Em quinze anos, você sabe quantas vezes chorou na minha frente?

Ela assente e fecha os olhos, vendo a imagem de Winnie sendo levada para a delegacia ontem. Outra onda de tristeza a invade.

— Eu gostaria que tivéssemos falado disso antes — diz Charlie, puxando-a para mais perto.

Ontem à noite, depois de assistir ao noticiário, Colette desabou, admitindo tudo. Falou sobre as cópias do arquivo policial e o pen drive que pegou. Sobre como tem lutado para não afundar na depressão e sua preocupação com Poppy, como ela vem observando-a loucamente em busca de sinais de melhora. Como é difícil tentar equilibrar tudo: ser uma boa parceira, uma boa mãe, uma boa escritora.

— O que você quer fazer? — pergunta ele.

— Não sei. — Poppy choraminga no monitor e Colette levanta para ir buscá-la, mas Charlie pousa a mão nas suas costas.

— Vamos dar a ela um segundo para que ela melhore por conta própria.

Colette relaxa de volta para junto dele.

— Na verdade, isso é mentira. Sei o que quero fazer. Quero garantir que ela fique bem. Quero ser só mãe por um tempo. E, em algum momento, voltar a escrever. Minha própria escrita. — Ela seca as lágrimas na fronha. — Embora o meu cérebro não funcione mais e eu não tenha nada sobre o que escrever.

Charlie sorri.

— Faça o que toda mãe nova faz. Escreva sobre ter um bebê.

— Eu preciso ir ver como ela está — diz Colette, quando Poppy grita de novo.

— Eu vou. — Ele senta e procura a cueca pelo chão. — É sábado. Fique na cama. Durma um pouco.

Colette desliga o monitor e se afunda embaixo dos lençóis, inalando o cheirinho de Charlie no seu travesseiro. Do lado de fora da janela, os passarinhos pousam na saída de incêndio, comendo do alimentador que ela colocou alguns dias atrás. Ela fecha os olhos, desejando poder passar o dia inteiro ali, bloqueando sua tristeza e as imagens de Winnie sendo levada para a cadeia, esperando que, a qualquer momento, ela ouça a notícia de que acharam o corpo de Midas.

O telefone toca na mesinha ao lado. Ela quer ignorar, mas não consegue. Ela se senta e estende a mão para pegá-lo.

— Alô?

— Você está vindo?

Colette pausa.

— Não.

— São quase nove. Você ainda vem, certo?

Colette esfrega os olhos.

— Nell, não tenho certeza. Eu…

— Colette, não. Não faça isso. Você disse que estaria lá. Nós duas dissemos. — Ela faz uma pausa. — Eu estou falando sério, Colette. Temos que fazer isso. Prometemos a ela que faríamos.

Quando Colette entra na cozinha, já usando seu vestido amarelo, Charlie prepara o café e Poppy dá gritinhos alegres na cadeirinha aos pés dele.

— Preciso sair um instante — diz ela.

— Você não me disse. Para onde?

— Tenho que fazer uma coisa, bem rápido. — Ela lhe dá um beijo. — Volto logo. E sabe o que a gente vai fazer à noite?

Ele passa os braços em volta da cintura dela e pressiona o quadril junto a ela.

— Tenho uma ideia.

Ela ri.

— Isso. E fiz uma reserva para o jantar.

— Nós três?

— Não. Arranjei uma babá.

— Você está brincando. Quem?

— A Sonya, lá de baixo. Você sabia que ela foi babá de gêmeos por dois anos?

Ele inclina a cabeça.

— É *claro* que eu sei disso, e obrigado. Vai ser ótimo. — Ele a beija devagar. — Leve um guarda-chuva, está começando a chover. E volte logo.

Nell está na frente do Spot, com um jornal pingando acima da cabeça, para protegê-la da chuva. Tem um café gelado na mão.

— Desculpe, me atrasei — diz Colette.

— Vamos. — Nell dá um gole no resto do café e joga o copo em uma lixeira próxima. — A Francie já me ligou três vezes.

Colette aperta o passo para acompanhar Nell, sabendo que essa é a coisa certa a ser feita. Francie apareceu na casa de Colette ontem à noite, os olhos inchados, as palavras saindo afobadas: Token tinha ido ao seu apartamento, ele e Winnie namoraram durante o ensino médio. Francie disse a ele o que Scarlett dissera na última reunião das Mamães de Maio, sobre Winnie estar deprimida, e contou sobre a certeza cada vez maior de que Scarlett fora a mulher que ela vira do prédio de Winnie.

"Ele acha que devo falar com Scarlett", disse Francie a Colette. "Ele acha uma ideia muito boa. Mas já mandei vários e-mails e ela não responde. Token disse que eu devo confiar na minha intuição e ir em frente. Quero ir atrás dela. Nós dois achamos que essa talvez seja a última esperança de encontrar Midas e ajudar Winnie."

"Francie, essa ideia é loucura", falou Colette.

"Não, não é. Nós nem tínhamos ideia que Winnie estava deprimida. Além disso, ela é uma daquelas mulheres. Ela sempre sabe o que fazer. Estou dizendo. Precisamos falar com ela."

Colette não tinha conseguido afastar a imagem dos olhos desesperados de Francie conforme se apressa ao lado de Nell.

— Certo, qual é o plano? — pergunta Nell.

— Nós vamos juntas para que ela deixe a carta lá. Depois, eu sugiro que a gente vá tomar um café. Aí, conversamos com a Francie e falamos o quanto estamos preocupadas com ela.

— Eu gostaria de poder pular essa parte e irmos direto para o café. Imagine o que a Scarlett vai pensar quando ler a carta?

— Eu sei, é ridículo, mas é o melhor que podemos fazer. — Um trovão ecoa em volta delas, conforme a chuva começa a cair com mais força. Colette chega mais perto de Nell, que a protege com o guarda-chuva. — Eu falei com a editora de Charlie. Ela passou por isso, depois que o primeiro filho dela nasceu. Ela me deu os nomes de três terapeutas.

— Que bom. Se Francie disser que não vai marcar uma consulta, nós ligamos para o Lowell. Ele precisa entender que há algo maior acontecendo.

Elas viram a esquina e Colette vê Francie esperando na frente de um prédio no fim da quadra. Tem alguém de pé, junto com ela embaixo do seu guarda-chuva.

— É o Lowell? — pergunta Colette.

Nell estreita os olhos.

— É o Token. Ela lhe disse que ele viria?

— Não. Achei que fôssemos apenas nós três.

— Vocês estão atrasadas. — Ela ergue o envelope. — Querem ler? O Token... — Ela olha para ele. — Desculpe, o Daniel acha que está bom.

— Tenho certeza de que está bom — diz Colette. — O que você escreveu?

Francie lambe o envelope e lacra.

— Só o que eu falei, ontem à noite. Que nós estávamos pensando se ela sabe de alguma coisa que possa ajudar.

— Ótimo — diz Colette.

Francie respira fundo e caminha até a entrada. Token vai para mais perto de Colette.

— Você se importa? — pergunta ele, assentindo para o guarda-chuva. Colette e Nell chegam para o lado, a fim de dar espaço para ele. Seu ombro encosta no de Colette e ela sente a respiração dele no pescoço, enquanto elas olham Francie se curvar embaixo do guarda-chuva para olhar os nomes nas caixas de correio.

— Eu estava certa! É *sim* o apartamento dela — diz bem na hora em que uma mulher abre a porta por dentro, batendo no quadril de Francie.

— Desculpe — fala a mulher. Ela segura a porta aberta. — Você vai entrar?

Francie dá uma olhada de volta para eles, e Colette sacode a cabeça.

— Não — diz ela. — Apenas deixe...

Francie estende a mão para segurar a porta.

— Sim, obrigada.

— Ah, porra — diz Nell, baixinho.

— Vamos — diz Colette, vendo Francie sumir para dentro do prédio. Ela sobe os degraus de entrada correndo, com Nell atrás, e pega a porta, antes de fechar. — Você vem? — pergunta a Token.

— Não — diz ele, puxando o capuz. — Acho melhor ficar por aqui. Só por precaução.

— É, fique de olho — diz Nell, depois baixa o tom de voz para um sussurro exagerado. — Se não voltarmos em três dias, chame a polícia.

Colette e Nell entram no prédio.

— Francie — chama Colette, na escada acarpetada. — Deixe a carta e vamos embora.

— Eu realmente não tenho tempo para isso — diz Nell, subindo a escada. — Minha mãe vai embora hoje.

Colette vai atrás de Nell até o terceiro andar, onde ela vê o guarda--chuva molhado de Francie encostado à parede ao lado de uma porta aberta, no alto da escada. Colette entra na pequena cozinha do apartamento. Com caixas caprichosamente arrumadas, perfilando o corredor, marcadas com letras em negrito: PANELAS. LENÇÓIS. LOUÇA. A bancada está cheia de mamadeiras, vitaminas pré-natais, ervas chinesas e caixas de chá lactante.

Francie está de pé na sala, separada da cozinha por uma bancada de ladrilhos brancos, observando o ambiente.

— Como você entrou? — pergunta Nell.

— A porta abriu.

Colette olha a maçaneta que está batida e solta, notando uma chave de fenda no chão.

— Francie, você forçou a entrada?

— Não. A maçaneta estava solta.

— Isso já foi longe demais — diz Colette. — Deixe a carta do lado de fora.

— Vou deixar. — A voz de Francie está distante, conforme ela caminha, seguindo por um corredor, passando pelas caixas, na direção do quarto. — Só preciso de um minuto.

Colette suspira e depois percebe Nell, que folhea um caderno na bancada da cozinha.

— Olha só isso. É um gráfico com refeições e trocas de fraldas do bebê. — Ela vira outra página. — Deus, ela escreve até quando ouve um arroto.

— Você não? — pergunta Colette.

— Eu escrevo, sim — diz Nell. — Mas só quando é um arroto do Sebastian. Eu tenho uma sala inteira de armazenagem para isso.

Francie volta à cozinha e passa direto por elas.

Sem dizer uma palavra, ela abre a porta de vidro e sai em um pequeno terraço. A grade é perfilada de vasos de flores e ervas e o começo de um pé de tomate. Ela olha do outro lado do quintal por alguns instantes, depois volta para dentro, os cachos molhados de chuva, e espia dentro do armário da cozinha.

— Vocês acham que seria possível que ela tivesse um monitor de vídeo ou uma câmera de babá?

— Não — diz Colette. Ela caminha até o armário e fecha a porta. — Isso com certeza é impossível. — Colette põe as mãos nos ombros de Francie. — Deixe a carta. É tudo que você pode fazer.

Nell se aproxima.

— A Colette tem razão, France. Vamos até o Spot. Foram dias difíceis. Os bolinhos são por minha conta. — Nell belisca a gordura da barriga. — Está vendo?

Francie limpa o nariz.

— Vocês acham que ela vai ligar quando vir a carta?

— Acho — diz Colette. — Você está fazendo o certo. Mas é hora de ir.

Francie assente.

— Deixei a bolsa no quarto. — Ela segue pelo corredor até os fundos do apartamento, enquanto Colette entra na sala e fecha a porta do terraço.

Nell observa o corredor.

— Seria estranho se eu usasse o banheiro? Eu não deveria ter tomado aquele café. — Então, sua expressão muda e ela chega mais perto da porta.

— O que foi? — pergunta Colette.

Nell ergue a mão.

— Ouça. — Então, Colette entende a que ela se refere: um bebê chorando.

— Não pode ser ela — cochicha Colette.

— Eu sei. Ela está fora, certo?

— Shhh, meu amor, shhh. — Os passos sobem a escada correndo. — Estamos quase chegando.

— Ai, meu Deus — cochicha Nell, agarrando o braço de Colette. — É ela. Ela voltou.

Colette segue Nell pelo corredor até o quarto, e fecha a porta. Elas ouvem Scarlett entrar na cozinha.

— O que vamos fazer agora? — pergunta Nell.

— Eu não sei.

Ela corre até a janela.

— Tem uma saída de incêndio ou algo assim?

— Francie — diz Colette. — Você está prestando atenção? Ela está aqui.

Mas Francie não parece ouvi-la. Ela está na frente de uma escrivaninha, no canto do quarto, mexendo em uma gaveta, a expressão vaga. Scarlett canta na cozinha.

— Quietinho, bebê, não chore. A mamãe vai cantar para você. Certo, meu querido — diz ela. — É hora do almoço. Agora silêncio. A mamãe está aqui. Deixe-me primeiro tirá-lo dessa roupa molhada.

Ao abrir a porta, o quarto é tomado pelo som estridente do grito ensurdecedor de Scarlett.

— Colette. — Os cabelos de Scarlett estão molhados, caídos nas costas, o rosto tomado de pavor. Ela olha para Nell e Francie, com o braço protetor em volta do bebê inquieto no seu peito, embaixo do capuz preso ao sling. — O que vocês estão fazendo aqui?

Colette ri.

— Scarlett. Meu Deus, que coisa constrangedora, né? Nós pedimos desculpas. Isso é…

Francie dá um passo à frente.

— Estamos aqui por causa da Winnie.

— Winnie? Eu não entendo. Isso tem a ver com os e-mails que você tem me enviado?

— Sim. Você não respondeu. Não me deixou alternativa a não ser vir aqui. — Há um tom assustador na voz de Francie e uma expressão turbulenta nos seus olhos. Nesse momento, Colette pensa em onde o Token está. Por que ele não alertou que Scarlett tinha voltado para casa?

— Para ser franca, Francie, se eu respondesse, teria sido para pedir que você parasse. A quantidade de e-mails que você me mandou… foi ligeiramente perturbadora.

— Eu vi você outro dia na sua varanda, lá da casa da Winnie.

— Na minha varanda? Como assim? Nós estávamos fora.

— Não, eu vi você — diz Francie. — Você estava com um regador.

Scarlett sacode a cabeça, como se estivesse confusa.

— Certo...

— Winnie contou segredos para você — diz Francie. — Foi isso que você falou na última reunião. Ela admitiu que estava deprimida.

O bebê de Scarlett dá um grito de fome e ela começa a niná-lo.

— É, e...

— E você estava em casa naquela noite, certo? — A voz dela é rígida. — Com os seus sogros?

— Eu já falei aos detetives tudo que sei. — Scarlett desvia o olhar de Francie para Colette e Nell. — Lamento, mas seja o que for que estejam fazendo... Primeiro, os e-mails incessantes, e agora isso, vir aqui, entrar à força no meu apartamento... É inaceitável. — A voz dela demonstra raiva. — Sem contar que é contra a lei.

Colette sente o calor do constrangimento subir pela garganta.

— Scarlett, pedimos desculpas. A gente só ia deixar uma carta...

— Como foi que entraram aqui?

— A porta... estava destrancada — diz Francie.

— Minha porta estava destrancada? — Ela fica vermelha. — Que burrice a minha.

— Nós não pretendíamos... — Colette tenta equilibrar a voz. — Nós...

— Não era a nossa intenção entrar — diz Nell, caminhando para pousar a mão no cotovelo de Francie. — Que tal irmos embora para deixarmos você seguir com o seu dia?

O bebê de Scarlett chora mais alto. Ela vai na direção da cozinha.

— Boa ideia.

Colette expira.

— Vamos.

Nell conduz Francie na direção da porta, mas ela sacode o braço e se solta de Nell, caminhando de volta até a escrivaninha.

— Francie. Não tem mais graça. *Vamos.*

Em silêncio, Francie pega uma pilha de papéis da primeira gaveta e a ergue.

— Remédios naturais para dutos mamários entupidos. Seis dicas para dormir, não tem como errar.

— Francie, vamos...

Francie mostra a elas as páginas seguintes, impressas de um artigo da internet.

GWENDOLYN ROSS PRESA PELO DESAPARECIMENTO DO FILHO

LACHLAN RAINE ADMITE CASO COM ELLEN ABERDEEN, ESTAGIÁRIA DO DEPARTAMENTO DE DEFESA

Francie pega outra folha. É o e-mail de Nell. No Jolly Llama, às oito horas, no Quatro de Julho. Venham todas, principalmente a Winnie. Não vou aceitar um não como resposta.

As mãos de Francie tremem quando ela segura um caderno aberto e elas leem juntas a página.

E se não acreditarem em mim? Eu enfim fiz a pergunta em voz alta.
E se virem tudo, enxergarem a história toda que criamos?
E se eu for para a cadeia?

Francie vira a página seguinte e uma porção de papéis dobrados cai no chão. Nell pega um e desdobra.

A foto da ficha de Token. Três cópias.

Colette fecha os olhos, ouvindo apenas o barulho da chuva batendo na claraboia acima delas.

— Meu Deus — Nell diz baixinho.

Colette abre os olhos. *Vá*, Francie articula, sem fazer som.

Scarlett está perto da porta. O bebê chora com mais força.

— Ele parece estar com fome — diz Francie. — Posso fazer alguma coisa para ajudar?

— Pode ir embora — diz ela. — Meu marido está estacionando o carro e vai estar aqui a qualquer momento. E, pode acreditar, ele não será tão compreensivo quanto eu.

Colette caminha até Scarlett. Ela se imagina descendo a escada com pressa, saindo pela calçada, disparando pela chuva, de volta para Charlie e Poppy. Nada disso é real. Mas o seu olhar encontra o de Nell, depois o de Francie, e ela sente que está dando alguns passos na direção de Scarlett.

— O que está fazendo? — diz Scarlett, as mãos na cabeça do bebê.

Colette estende a mão até o capuz. Scarlett recua, mas Colette vê um lampejo dos cabelos, do rosto.

— Midas — diz Francie por trás de Colette, enquanto Scarlett caminha para a cozinha. Colette a segue, as pernas fracas.

Quando alcança Scarlett, os gritos do bebê ficam mais fortes. Ela enfia a mão dentro do sling, e segura em volta dele. Ela sente Scarlett se inclinar na direção da pia e vê a mão dela se fechar no cabo de uma faca.

Em um instante, ela percebe uma dor dilacerante na lateral do corpo. Ela ouve o som da voz de Nell. Vê o rosto de Poppy. Então, tudo fica preto.

Eu coloco a faca na mesa.

Francie está ali em pé, imóvel. Nell está ajoelhada ao lado de Colette, que caiu no chão. O bebê está berrando no meu peito.

— Agora, veja só o que vocês fizeram — falo, olhando para ele, para baixo. — Vocês aborreceram o Joshua.

— Scarlett, o que você… — Francie se aproxima de mim. — Passa ele para mim, me dá o Midas.

— Midas? O Midas está morto. Esse é Joshua.

Vejo a expressão apavorada nos olhos dele e sussurro no seu ouvido.

— Não se preocupe, meu benzinho. Vamos ficar bem.

Tudo começa a girar. A poeira cintila pelo ar. Elas vieram visitar.

Eu sou a anfitriã de uma reunião das Mamães de Maio.

Nell chora e segura o telefone ao ouvido. Tenho que pensar rápido. Vou até ela e arranco o telefone das suas mãos.

— Não! Devolve! — Ela está frenética. — Temos que pedir ajuda para ela.

Eu coloco o telefone na pia e abro a torneira com calma.

— Nada de telefonemas durante as nossas reuniões. É grosseiro. — Eu me viro para Francie. — Você também.

— Eu também?

— Sim. — Estendo a mão. — Me dá o seu telefone.

Francie põe a mão no bolso traseiro do short velho, azul-marinho, que usa em todas as reuniões. Pobre garota.

— Meu telefone? Eu não…

Passo por cima de Colette e giro Francie, cravando as unhas no seu braço mole. Arranco o telefone do bolso dela. Jogo na pia, ao lado do aparelho de Nell, aperto um pouco de detergente azul em cima dos aparelhos e observo enquanto eles somem embaixo de uma nuvem de espuma. Vejo o meu reflexo no armário de vidro, noto as bolsas escuras embaixo dos meus olhos, o estado do meu cabelo. Estou horrível.

Aperto as minhas bochechas para ficarem rosadas e afofo os cabelos. Eu realmente deveria ter me empenhado mais para ficar bonita para essa reunião. Sei o quanto essas mulheres se preocupam com esse tipo de coisa.

— Desculpe — digo, virando de volta para Francie. — Não tive a intenção de ser mal-educada. Joshua tem andado um pouco manhoso e isso está começando a me afetar. Vocês sabem como é isso, certo?

Vou até a porta do apartamento, giro o ferrolho e passo a corrente. Ajoelho e encontro forças para deslizar algumas caixas de mudança para frente da porta. Fico meio tonta quando me levanto.

— Não faz sentido ir para o parque com essa chuva — afirmo, indo até a geladeira. — Vamos fazer a reunião aqui. É mais confortável. E tenho que alimentar o bebê.

Tiro uma mamadeira de leite do freezer. O que consegui bombear antes que o meu leite secasse está quase acabando. Sei que deveria ter sido mais disciplinada em relação a isso, pondo o relógio para despertar no meio da noite, tomando mais ervas, bebendo mais daquele chá lactante horrível. Fracassei de novo.

— Senta — falo a Francie, colocando a mamadeira no micro-ondas. — E, por favor, não me diga que esquentar o leite do peito no micro-ondas destrói todas as propriedades nutritivas. Eu já sei disso. Li os mesmos livros que vocês. Escolhi aderir à minha própria filosofia maternal. Ela se chama *Mães: que se fodam todas elas.* — Dou uma risada e olho para Colette, que deixa uma poça de sangue nos ladrilhos da cozinha. — Talvez você devesse escrever um livro sobre *isso.*

Levo a mamadeira até o sofá e olho as demais, percebendo uma coisa.

— Espere aí. Onde estão os seus bebês?

Francie está em silêncio, mas algo muda na sua expressão. Ela parece se recompor.

— Hoje é dia só das meninas — diz ela, sentando ao meu lado, de olho no Joshua. — Lembra? Nós dissemos que não era para trazer os bebês. Certo, Nell?

— Dia das meninas? — Puxo o tecido do sling e encosto o bico da mamadeira na boca de Joshua. — Parece divertido. Eu não devo ter lido esse e-mail. Só espero que não estejam com fome. Essa reunião foi inesperada.

Colette geme no chão da cozinha e vejo que Nell está pressionando uma das minhas tolhas de rosto boas no ferimento que ela tem na lateral do corpo.

— Você trouxe muffins? — pergunto a Colette.

O rosto de Nell está branco como giz.

— Muffins?

— Isso não é o que ela faz? Ela traz muffins e o resto da gente leva o tédio. — Joshua se remexe no meu peito, e tiro a mamadeira da sua boca. Ele solta um arroto. Não chega a ser aquele arroto, mas serve. Levanto para fazer uma anotação no caderno, mas depois decido me sentar de novo. Farei isso depois, quando elas já tiverem ido embora.

— Bem, que tal um café? — pergunta Francie.

— Café? E quanto ao duto entupido? Eu lhe falei que cafeína só piora.

— Eu sei. Eu desisti. Agora estou dando fórmula para ele.

— Fórmula? É mesmo? Que pena. — Joshua me olha e sei que não adianta evitar os olhos dele. Logo vejo a expressão de repreensão, a raiva. Ele lembra tanto o meu pai nesse momento. Perguntando como fui deixar que isso acontecesse, por que não me saí melhor em evitar isso, como prometi que faria. Desvio o olhar. — Café? Vamos ver.

Caminho de volta até a cozinha estreita e abro os armários. — Não. Já embalei a cafeteira. O chá lactante vai ter que servir. Agora, onde estão as canecas?

Abro a água e as procuro em uma caixa na frente da porta. Encontro uma cafona, que tem escrito *Cape Cod é para amantes*, dada pelo dr. H, de brincadeira, durante o nosso primeiro fim de semana juntos em uma viagem, há dois anos. A primeira vez que fizemos sexo sem ser no chão do consultório dele, com a maquininha de ruído no volume máximo, caso algum paciente chegasse cedo. O fim de semana em que ele assumiu, pela primeira vez, estar apaixonado por mim; e muito antes que eu descobrisse o monstro que ele era.

Eu desencavo um vidro fechado de picles e uma lata de feijão no fundo do armário. Abro o pote de picles e despejo o feijão em uma vasilha limpa. Quando a água está pronta, levo para a mesa de centro junto com o chá.

— Parece ótimo — diz Francie, mas o rosto dela não demonstra gratidão pelo meu empenho. Eu conheço ela, sei que me julga porque não preparei alguma coisa. Ela pega o chá. — Agora, como você sabe, nós temos um determinado modo de começar as reuniões — diz.

— Você quer contar a história do nascimento? — Começo a rir. — Isso foi ideia minha, não foi?

Francie assente.

— Já que é a anfitriã, você começa.

Eu incentivo Joshua a aceitar a chupeta presa à blusa.

— Bem, eu dei à luz no Dia das Mães. Deitei para tirar um cochilo...

— Não — interrompe Francie. — Antes disso. Comece com a gravidez.

— Ah, certo. Vamos ver. Então, o dr. H não queria ter filhos. Ele diz que eu enganei ele, mas eu estava tomando pílula. Eu sou o um por cento. — Dou uma risada. — Não *aquele* um por cento. O outro. O um por cento que a embalagem da pílula avisa.

— Dr. H?

— Meu psiquiatra. Pai de Joshua. Uma vez, eu o chamei de namorado. — Eu me encolho, lembrando-me daquele momento no bar do Queens, ao lado do hotel onde nós às vezes nos encontrávamos. "Meu namorado vai querer outro uísque", falei à bartender, uma mulher de 70 e poucos anos, brincos de plástico pendendo dos lóbulos esticados, um copo de isopor cheio de guimbas nadando, entre as garrafas empoeiradas de vodca de vários sabores atrás dela.

Ela se virou para fazer o drinque e ele espumou de raiva ao meu lado.

"Nunca mais me chame assim", sussurou no meu ouvido, segurando a minha coxa, e deixando cinco pontos roxos que eu descobri depois ao tirar a roupa para ele. "Nós não somos a porra de um casalzinho de adolescentes."

— Ele é casado, mas ficamos juntos por dois anos. — Reviro os olhos. — Você sabe, terminando e voltando.

Francie assente.

— É ele que está estacionando o carro nesse momento? Seu marido?

— Hã? — Ah, é. Eu tinha dito aquilo antes. — Não. Não sou casada.

— Então, o dr. H...

— Nós não nos falamos há meses, desde que disse a ele que ia ficar com o Joshua. Ele é meio doido. Se quer saber a minha opinião, ele tem uma disfunção de personalidade narcisista. Isso torna difícil a pessoa amar o próximo. Na verdade, eu descobri isso com ele. *A única pessoa que o seu pai foi capaz de amar foi a si mesmo*. Era isso que o dr. H sempre dizia, mas, juro por Deus, ele poderia estar falando dele próprio.

Fico surpresa ao sentir um bolo aumentando na garganta. Não é fácil falar disso.

— De qualquer modo, meus pais não foram os melhores exemplos, e eu não planejava ter filhos. Mas, depois, o Joshua veio e nunca quis tanto uma coisa. Desde o minuto que ele apareceu no teste de gravidez, como um sinal positivo cor-de-rosa, entre duas folhas plásticas, eu o *conheci*.

Eu afago as costas de Joshua, pensando naqueles dias, como foi bom senti-lo dentro de mim. Lendo livros para ele dentro da banheira. Levando-o para passear de manhã no parquinho, prometendo que um dia o traria de volta. Eu andava descalça na caixa de areia, e imaginava vê-lo catando pedrinhas, aprendendo a subir em árvores. Todas as coisas que as crianças devem fazer.

— Ele era um garotinho tão ativo. Chutava muito. Sempre me dizendo o que queria. — Eu rio ao colocar outra pedra de açúcar no meu chá. — Lembra-se de como eles falavam conosco, de dentro?

Pela expressão vazia no rosto de Francie, percebo que me desviei do assunto.

— Desculpe. O dr. H sempre disse que falo demais e que corro o risco de matar as pessoas de tédio. — Eu pressiono as têmporas, e tento organizar os pensamentos, me concentrar no que estou dizendo, e não na forma como Joshua está me olhando. — Permaneça focada, Scarlett — digo a mim mesma. Sorrio para Francie. — Eu tinha um plano de nascimento muito específico. Sabe, sem peridural, contato pele com pele, pó cósmico orgânico encantado. Sem limpá-lo antes de me entregarem. O negócio é que ninguém pareceu se importar com o meu plano. Antes mesmo que eu pudesse segurá-lo, eles já o tinham levado para aquela mesinha, com todas as luzes e fios.

"Não consigo me lembrar do nome da médica, mas me lembro dela gritando alguma coisa, vociferando ordens às pessoas. Depois, ela plugava fios e o levava embora da sala em uma maca, sem nem me deixar ver o rostinho; para ver se ele era como eu imaginava. Então, o outro médico chegou e me disse que eu tinha que ser costurada. *Você precisa ficar deitada, mãe. Precisamos cuidar de você primeiro.*

"Quer um picles?" Estendo o vidro para Francie. "Não? Nell?" Os olhos dela estão inchados. Ela sacode a cabeça. "De qualquer forma, encefalopatia hipóxico-isquêmica. Foi o que médico disse. Em outras palavras, ele morreu asfixiado durante o parto. Em outras, óbito fetal. *Óbito fetal.* Não parece um nome de uma banda punk feminista?" Eu começo a rir e vejo que tenho dificuldades de parar. "Desculpe. Não é engraçado. Para ser honesta, eu estou cheia de culpa. Fui *tão* cuidadosa durante a minha gravidez. Fiz tudo para protegê-lo. Não sei o que aconteceu. Não tive a intenção de machucá-lo..."

Francie toca a minha perna.

— Scarlett. Não foi nada que você...

— De qualquer maneira — eu me levanto e me distancio da expressão de pena no rosto dela —, outra mulher entrou para me perguntar se eu queria segurar o meu filho antes que eles o levassem. Eu não sabia se queria isso. *As pessoas aceitam?*, perguntei. *Sim*, respondeu. *Encerramento.* Foi essa a palavra que ela usou. Alguém pensou em pôr uma touca nele antes de o trazerem pra mim. Como se ainda tivéssemos o luxo de nos preocupar com ele sentindo frio.

Paro para enfiar uns grãos de feijão frio na boca, percebendo como estou faminta. Não me lembro mais quando foi a última vez que comi.

— Eles me disseram que eu tinha 48 horas para registrar a morte dele. Mas nunca fiz isso. Para ser honesta, estou ficando um pouquinho nervosa. Você acha que pode ser crime? — Eu nino Joshua até a porta da varanda e abro. Preciso de ar fresco. Estico a mão para pegar os binóculos na estante e olho do outro lado dos quintais molhados, vejo a casa de Winnie, imagino o que ela está fazendo. Faz dois dias que não a vejo; desde que Daniel esteve lá, quando eu o vi abrindo a cortina e depois preparando o jantar para ela, sentado ao seu lado no sofá, entregando-lhe lenços de papel de uma caixa no seu colo, o prato dela intocado na mesinha de centro.

Ah, certo. Eu lembro. Coloco o binóculo de volta no lugar. Ela não está em casa. Está na cadeia.

Me viro para Francie.

— De qualquer maneira, é isso. Essa é minha história. Fico feliz que tenha sido a minha vez. Eu quis me oferecer para contar, naquela noite, quando a Winnie se recusou. Mas, sei lá. Me senti acanhada.

— Que noite? — pergunta Nell.

— No Quatro de Julho. No Jolly Llama.

— Você estava lá?

— Sim. Primeiro, fiquei do lado de dentro, no bar. Observando vocês. Eu ia me juntar à mesa, mas parecia estranho. Nunca senti que fazia parte do grupo de verdade. Depois, claro, conheci aquele cara.

Eu o vejo, ali em pé, me olhando. Eu sabia o que ele queria. Tinha acabado de vê-lo tentar a mesma coisa com Winnie. O olhar direto, do seu lugar, no bar. O sorriso. O jeito como ele olhou para o meu corpo, quando enfim me abordou. Winnie o rejeitou na hora, mas eu não pude evitar.

— Aceitei um drinque dele e uma coisa levou à outra. — Senti as mãos dele por baixo do meu vestido no cubículo do banheiro, me implorando para ir para casa com ele. Se ao menos eu pudesse dizer sim. Suspiro e sacudo a cabeça. — Fazia um tempo.

Francie está imóvel.

— Ele estava com boné vermelho?

— Era difícil deixar de notar ele, não é? Tão bonito. Mas, sim, aquele boné vermelho ridículo.

— Eu não entendo — diz Nell. — Como você levou o bebê? Com Alma...

— Alma teve sorte.

— Sorte? — diz Nell.

— Sim. Depois que saí do bar com a chave que você me deu, eu tinha certeza de que teria que machucá-la. Mas ela me poupou de muitos problemas. Dormia profundamente.

As lágrimas se acumulam no queixo de Nell.

— Eu dei a chave para você?

— Sim. Nós conversamos no bar. Não lembra?

Nell fecha os olhos, bem apertados.

— Eu lembro, ou achei que lembrava. Mas todo mundo falou que você não estava lá. Disseram que conversei com a Gemma.

— Não. Espere aí. — Eu me levanto e vou até o armário pequeno, ao lado da cozinha, e tiro a peruca loura e o chapéu de caubói da prateleira do alto. Coloco a peruca, mas não encaixa direito. Olho no lado de dentro e o telefone de Winnie cai no chão, aos meus pés. — Ah, aí está. Fiquei me perguntando onde eu tinha colocado esse negócio. — Eu coloco a peruca de novo e me viro para Nell. — Parece familiar?

— Era você mesma.

— Sim, eu não consegui acreditar que você me reconheceu. Colette e Daniel... desculpa, Token ficaram bem do meu lado por, tipo, dez minutos e não faziam ideia. Claro que eles estavam ocupados demais se admirando com olhos arregalados. Lembra, Colette? Você contou ao Daniel sobre o seu emprego com o prefeito, fazendo-o jurar que guardaria esse segredinho entre vocês.

"Acabei decidindo arriscar a sorte, me aproximar mais, ver do que vocês estavam falando. Fiquei junto ao alambrado, com a cara no telefone. E depois tirei aquela foto sua, Nell, com a cara de maluca descontrolada." Não consigo evitar e solto uma gargalhada. "Enviar aquilo para o detetive Hoyt deu mais certo do que eu jamais sonhei. Achei que fosse apenas botar o Hoyt no seu encalço, para que eu ganhasse um pouco de tempo. Em vez disso, distraiu todo mundo da questão principal. Que a polícia tinha fracassado em encontrar o bebê."

Ponho a mão no vidro e procuro por mais picles.

— Eu assisti a tudo. Winnie deixando o telefone. Você deletando o aplicativo. Colocando o telefone dela na sua bolsa. Depois, você trombou em mim, quando saí do banheiro, bem na hora em que eu estava prestes a ir para casa. "Vamos", você falou. "Vamos fumar um cigarro. Faz séculos que não fumo."

"Fomos até o pátio de fumantes, onde um cavalheiro muito gentil lhe deu um de seus cigarros. Eu estava com uma taça de vinho tinto e você com um Camel Light e um gim-tônica batizado com meus quatro últimos comprimidos de Xanax. Em meia hora, eu estava com o telefone e a chave de Winnie. Pode acreditar. Eu e Joshua, juntos, no final? Nem por um segundo achei que fosse possível. Não continuei indo às reuniões acreditando que o levaria de volta."

— Nossas reuniões — disse Francie. — Você ia. Você tinha um bebê.

— Não. — Ergo as sobrancelhas. — Eu tinha uma boneca de porcelana dentro de um carrinho. Obrigada por nunca pedir para segurar, aliás. O nível de absorção pessoal nesse grupo *realmente* foi um ponto a meu favor.

— Ai, meu Deus. Você... — As palavras de Nell saem falhadas e ela chora.

— Eu a segui até o banheiro. Você tentou lutar, mas, àquela altura, já estava bem grogue. Espere um segundo. Ouçam. — Escuto um barulho no corredor. — As outras estão vindo?

— Não — diz Francie e ergue a caneca. — Meu chá esfriou. Posso tomar outro?

— Acho que sim. — Eu levo Joshua ao meu ombro e pulo por cima de Colette, de volta à cozinha.

— Então, você e Joshua vão se mudar para Westchester? — pergunta Francie, enquanto acendo o fogão. — Isso vai ser legal.

— Westchester? Nem morta eu iria pra West... — Então, lembro. — Ah, isso também era mentira. Deus, eu sou terrível. Nem sei para onde eu vou. Minha mãe está morta há anos e Deus sabe que eu jamais ficaria com o meu pai. Ficamos no interior por alguns dias, na casa da Winnie, mas não podemos voltar para lá.

Os olhos de Francie estão arregalados.

— Espere. Você quer dizer que...

— Que a Winnie sabia? Claro que não. Mas você pode descobrir qualquer coisa na internet, se estiver disposto a procurar com afinco. Que nem a foto da ficha criminal de Daniel. Sua verdadeira identidade. Nell, se você tiver facilidade de se lembrar de rostos e acesso ao Lexus Nexus. O endereço da casa de campo de Winnie Ross estava bem ali, no boletim de ocorrência policial da morte da mãe dela. Eu tinha certeza de que, de forma alguma, ela esconderia uma chave, mas veja só. Embaixo do vaso de flores. Mesmo lugar que a minha mãe escondia a nossa. — Sinto uma onda sinistra passando por mim ao pensar naqueles quatro dias tranquilos com Joshua; que paz eu senti. — Por mim, nós ainda estaríamos lá. Mas aí o Hector chegou para cortar a grama e ferrou com tudo.

— Hector. — A expressão de Francie é severa. — Scarlett, você não...

— Eu tive que fazer. Ele viu a gente. Eu nem pude acreditar quando Hector entrou na cozinha. Eu estava fazendo ovos mexidos para o café da manhã. "Você deveria estar no Brooklyn", falei. Eu o observei por um tempo. Depois que os jornalistas foram com as suas almas sombrias de volta para casa, Hector ia à casa de Winnie com compras do mercado. Arrumava. Ele não deveria voltar para o interior, isso não estava nos meus planos. Mas ele foi e teve que pagar o preço. Agora, a Winnie também vai ter que pagar.

Eu caminho para fechar a porta do terraço, para abafar o som das sirenes que irrompem no ar. Pego a caneca de Francie e levo de volta para a cozinha, despejo água fervendo em cima de outro saquinho de chá.

— Estou sendo honesta quando digo isso, mas realmente não queria que Winnie fosse para a cadeia. Aquela mulher infeliz já passou por muita coisa na vida. Tentei pôr a culpa nos outros. Sabem quantas vezes liguei para aquela linha da polícia dando pistas? O cara no banco. O molestador no fim da rua. Alma. Coitada. Não demora muito, e ela será deportada. — Coloco a chaleira de volta no fogão e subitamente ouço uma comoção atrás de mim. Nell está empurrando as caixas para o lado e Francie mexe na fechadura. Antes que eu possa assimilar o que está acontecendo, Daniel está ali, forçando para abrir a porta.

— Daniel! Eu sabia que tinha ouvido alguém batendo mais cedo. Você está atrasado.

— Eu estava lhe mandando mensagens — diz ele a Francie. — Eu vi ela chegando. Tentei entrar no prédio, mas... — Ele para de falar, notando Colette no chão. O rosto dele fica pálido.

— Daniel — diz Francie, baixinho. — Ela está com o Midas.

Ele me observa com uma expressão peculiar no rosto. Quando se aproxima, ele de repente parece tão grande. Sinto a luz mudando ao nosso redor. Um tom cinzento encobrindo o ambiente, como nuvens passando por cima do sol. Minhas pernas amolecem e seguro na bancada, amparando a cabeça de Joshua. Eu não me sentia tão fora de mim desde o meu primeiro trimestre.

— Você pegou o Midas?

— O nome dele é Joshua.

— Joshua?

— Daniel, por favor, afaste-se de mim — digo. — Preciso me sentar. Tem feijão.

Então, Francie está ao lado dele.

— Scarlett, só queremos ajudar. Você teve um dia longo. Só você com o bebê.

— Eu tive mesmo. É difícil.

— Eu sei. — Francie pousa a mão nas costas de Joshua. — É, sim. É difícil.

Eu olho para o Daniel e, apesar da feição endurecida no seu rosto, sinto uma onda de tristeza por ele.

— Deve ser muito mais difícil para você. Tentar fazer isso sendo homem. — Eu consigo dar uma risada. — Eu sei. Um cara bem-educado, abastado e branco. Buá, buá. Que peso tem isso. Mas, sério, ser um pai do lar? Não pode ser fácil.

— Dê o bebê para mim — diz Daniel. Ele agarra o meu braço. A pele dele é macia, seus dedos são fortes, exatamente como imaginei que as mãos dele seriam no corpo de uma mulher.

— Não, não vou dar o bebê para você. Você já tem o seu. — As sirenes ficaram mais ruidosas, minhas costas estão coladas na parede e ouço passos na escada. Talvez seja Gemma, ou Yuko, chegando com o tapetinho de ioga, atrasada de novo. Mas, então, a porta é arrombada e homens de camisa preta entram correndo.

Francie grita o nome de Midas, e Daniel está com as mãos em Joshua. Há muitos gritos e não consigo entender o que está acontecendo.

Sinto cheiro de chuva.

Estou na escada, descendo com dificuldade, de barriga na calçada, rezando para que o serviço de motorista se apresse e chegue logo. Sinto a dor tomando as minhas costas, vejo a expressão no rosto do motorista. O líquido vaza de mim e estou deitada na cama do hospital, desejando que o dr. H estivesse aqui. Grace, a enfermeira, me manda respirar.

Sinto a dor e a escuridão, e sei que tem alguma coisa errada. Algo está terrivelmente errado. Sei que vou perder o Joshua. De novo.

— Espere! — grito. Francie segura os meus braços e Daniel tenta tirar Joshua de mim. — Não posso deixar que você fique com ele. Deixe-me ver o rosto. Eu quero ver como ele é!

— Mãos na cabeça! — grita Grace. Mas não é a Grace. É uma policial.

— Por favor, não deem banho nele. Eu quero segurá-lo. Pele com pele, contato imediato após o nascimento. — Sinto a pressão apertando no meu peito. — É grave.

— Mãos na cabeça! — diz Grace mais alto, com a arma apontada direto no meu coração.

Eu ponho as mãos na parede e fecho os olhos.

Encerramento.

Meus dedos se abrem sobre a parede e estendo a mão até a faca pendurada na faixa magnética. Sinto a lâmina de metal lisa e fria e passo os dedos em volta do cabo, arrancando-o do ímã, vendo os campos magnéticos se separarem um do outro.

A sensação fica comigo, enquanto ouço o grito de Francie; conforme eu vejo o brilho de luz onde a lâmina refletiu um raio de sol que entra pela janela do terraço.

Fecho os olhos e, bem na hora em que a faca encontra a minha pele, chamo por ele uma última vez.

— Joshua.

EPÍLOGO

Um ano depois

PARA: Mamães de Maio
DE: As amigas do Village
DATA: 4 de julho
ASSUNTO: Conselho dessa semana
SEU FILHINHO: CATORZE MESES
Em homenagem ao feriado, o conselho de hoje é sobre independência. Você percebeu que o seu pequenino, antes tão destemido, de repente ficou com medo de tudo quando você não está por perto? O cão amistoso do vizinho ao lado agora é uma fera aterrorizante. A sombra no teto se transformou em um monstro sem braços. É normal que ele comece a sentir o perigo do mundo, e agora sua função é ajudá-lo a passar por isso. Faça com que ele saiba que está protegido e que, mesmo quando você não esteja à vista, a mamãe sempre estará ali para protegê-lo, não importa o quê.

Winnie coloca os óculos escuros e enfia os cabelos embaixo de um boné de beisebol, antes de sair para o pequeno jardim. Ela atravessa a rua rapidamente, de cabeça baixa, contra o vento.

Um homem de cartola está em pé diante da entrada do parque, com uma marionete pendurada em cada mão, uma fila de crianças atentas sentadas à sua frente, os rostos relaxados de tanta admiração. Uma rajada de vento sopra o chapéu da cabeça dela, e Winnie dá as costas para a aglomeração, seguindo em direção oposta, descendo a calçada rumo ao vão no muro de pedras. Ela manobra o carrinho passando por cima das pedrinhas sob o arco e, quando ascende na colina e adentra o gramado vasto, desacelera. Observa as pessoas. Duas jovens com a parte de cima do biquíni estão deitadas de bruços, rindo de alguma coisa, com cafés gelados nas mãos, seções do *The New York Times* espalhadas na grama na frente delas. Um jogo de futebol está em curso, com dúzias de homens sem camisa correndo e levantando poeira, gritando uns com os outros em *creole*, um dialeto da Louisiana. Winnie as vê de longe, onde elas disseram que estariam, em cobertores embaixo do salgueiro delas.

Ela caminha pelo gramado desviando os olhos do corniso à esquerda, sob o qual mais de uma dúzia de pessoas estão reunidas; há balões vermelhos, azuis e brancos amarrados às pernas de uma mesa plástica. Ela se vê embaixo daquela árvore — a árvore da sua mãe — há um ano. Não voltou ao parque desde aquela noite, quando veio até aqui vinte minutos depois de deixar o Jolly Llama, caminhando sem rumo pelas ruas desertas. Os mosquitos circulavam e o calor esmagador daquela noite de julho a atacavam, sentada de pernas cruzadas, encostada no tronco nodoso, escrevendo uma carta para a mãe.

É uma prática que ela manteve durante anos, vir aqui com o caderno de capa de couro que encontrou na noite da morte de Audrey, embrulhado em papel prateado na mesa de jantar, e deixado quando a mãe deu um pulo na rua para comprar sorvete. O texto na primeira página, com a letra delicada de Audrey, já tinha desbotado: *Hoje você faz 18 anos, mas será sempre o meu bebê. Feliz aniversário, Winnie.*

O caderno está quase todo preenchido com longas cartas que Winnie escreveu para a mãe, sempre que tinha algo que precisasse compartilhar: que ela tinha saído de *Bluebird* e que ela e Daniel haviam terminado. Que ela usara parte do dinheiro da família para montar uma fundação para jovens dançarinos. Que Archie Andersen enfim fora para a cadeia, na mesma semana em que o seu pai morrera de ataque do coração durante uma viagem de negócios à Espanha. Foi também sob o corniso que Winnie escreveu para Audrey, dois anos antes, para contar que conseguira: ela havia encontrado o doador certo de esperma. Ela ia ter um bebê.

Na noite em que Midas foi levado, ela não tinha planejado vir até a árvore da mãe, mas, assim que Alma chegou, ela soube que preferia ficar sozinha a ir a um bar lotado. Depois de entrar devagarzinho no quarto de Midas e dar um beijo de despedida no filho adormecido, ela tinha tirado o caderno da prateleira. Mais tarde, naquela noite, enquanto o céu cintilava com os fogos de artifício lançados pela multidão do outro lado do gramado, ela chorava, sob a luz de um poste próximo no parque, escrevendo sobre o bebê tranquilo que ele era. Falando do seu cheirinho e de como ele parecia tão miúdo nos seus braços, que os olhos dele eram iguaizinhos aos de Audrey; tão parecidos que, às vezes, quando o olhava, Winnie pensava estar vendo a mãe.

Um grupo próximo de pessoas começou a cantar "Parabéns para você", e Winnie viu que Nell estava acenando embaixo do salgueiro. Ela apressou o passo, tentando afastar a lembrança daquela noite, e só quando estava bem perto dos cobertores é que percebeu que estava errada. Ela não conhecia aquelas mulheres.

— Oi — diz uma delas. — Podemos ajudar?

— Winnie! — Francie gesticula debaixo da árvore seguinte. — Aqui. — Atrás dela, Colette e Nell espalham caixas de presente em uma coberta. Beatrice, Poppy e Will estão brincando na terra ali perto.

— Desculpe — diz Winnie às mulheres enquanto Francie caminha até ela, com Amelia, a filha de duas semanas, dentro do sling junto ao peito.

— Você chegou — fala Francie. E Winnie vê o alívio na voz dela. — Que bom que veio.

Winnie vai atrás dela até os cobertores.

— Perdemos a nossa árvore — diz Colette, sorrindo.

— Fomos substituídas por mulheres mais jovens — fala Nell. — Ainda bem que nenhuma de nós conhece essa sensação. — Ela sacode a cabeça para Colette, que está tirando guardanapos e pratinhos de uma sacola. — Pela quinta vez, você quer me deixar fazer isso?

Colette espanta as mãos de Nell.

— Eu consigo erguer *guardanapos* — diz Colette. — Na verdade, Poppy e eu fizemos a nossa última fisioterapia ontem. Ela está exatamente onde deveria estar e — ela pousa a mão na lateral do corpo, em cima do local do ferimento —, eu estou quase cem por cento.

Francie observa Winnie.

— Tudo bem?

— Sim.

— É? Está saindo de casa?

No caminho pavimentado por trás das árvores, um casal passa de patins.

— Um pouco.

Colette abre a tampa de uma vasilha de bolo.

— Você trouxe um bolo com um… quadrado laranja? — pergunta Nell.

— Era para ser uma casa. — Colette lambe o glacê do dedo. — Eu que fiz.

— Você está brincando. Eu não podia imaginar.

— Está deslumbrante — diz Francie. — A casa está proporcional. Lowell está sempre dizendo às pessoas que nós compramos uma casa de três quartos, mas ele está exagerando, a menos que ache que alguém vá dormir dentro de um armário. É tão legal da parte de vocês fazerem isso para mim. — Ela pega um guardanapo na pilha. — Esses hormônios. Eu me esqueci como fico tão emotiva com um recém-nascido. — Ela assoa o nariz. — Vou sentir falta de vocês.

Nell ri.

— Francie, você nasceu para se mudar para Long Island. Até o Natal, já vai ser eleita como prefeita da cidade. Se bem que, nesse ritmo, até lá você provavelmente será mãe de seis.

— Me solta, mamãe. — Midas olha para Winnie, se remexendo com o cinto do carrinho, olhando para as outras crianças. Winnie o desprende, ele desce e sai correndo para se juntar a elas na terra.

Colette distribui o bolo e elas comem em silêncio, por alguns instantes.

— Não sei se queremos falar sobre isso — diz Colette. — Mas prefiro tirar logo do caminho. Eu assisti ao programa ontem à noite.

— Achei que você assistiria — diz Nell. — Também vi: *Bebê Midas, uma história de destruição e maternidade moderna*, com Patricia Faith. Um especial de duas horas exibido no aniversário do rapto de Midas.

Daniel apareceu na casa dela no fim da tarde de ontem com um saco de hambúrgueres e um pacote com seis latas de cerveja.

“Não sei se você quer assistir”, disse ele. “Mas, se sim, fico e assisto com você.”

Ela já sabia a maior parte dos detalhes. Mark Hoyt lhe fez uma visita alguns dias depois que Midas voltou para casa e lhe contou o que Scarlett havia admitido. O bebê que nasceu morto. Depois que voltou do hospital, ela passou horas no apartamento escuro, observando Winnie de binóculo, fantasiando que Midas era seu filho. Contou como mentiu ao dizer às Mamães de Maio que Winnie tinha confessado estar se sentindo deprimida e que ela havia pago trezentos dólares a um chaveiro para entrar no carro de Winnie, alegando ser seu, e enfiar o cobertor de Midas no compartimento do pneu.

— Ela entrevistou Scarlett — diz Colette. — É de partir o coração.

Francie para de mastigar.

— Você está brincando. Eu não consegui nem ligar a TV.

— Ela foi visitá-la na prisão. Mesmo com Scarlett mantida na ala psiquiátrica, permitiram que Patricia Faith a colocasse sentada diante das câmeras durante uma hora. A apresentadora aparentemente está fazendo uma doação bem volumosa para a prisão.

Nell sacode a cabeça.

— Será que Scarlett não tem ninguém que se preocupe com ela?

— Faço de tudo para não pensar mais nisso — diz Francie. — Durante o nascimento de Amelia, só pensava nela. Dá para imaginar? Deitada lá, sem saber o que estava acontecendo. Para onde tinham levado o bebê. Depois, falarem que…

— Não — diz Colette. — Não dá.

— Quando me entregaram Amelia, perguntei às enfermeiras se ela estava bem, se estava respirando. Elas tiveram que me dizer várias vezes que, sim, ela estava bem. Só então me permiti acreditar que era real.

— Ela disse a Patricia Faith que a sua maior tristeza foi ter sobrevivido ao ferimento à faca no dia em que encontramos o Midas. — O olhar de Colette está na roda de novas mães, embaixo do salgueiro. — E que ela costumava levar aquela boneca aos parquinhos e às aulas de música, sempre deixando no carrinho. Ninguém jamais notou.

Winnie brinca com o bolo no prato.

Você já teve vontade de machucar a si mesma?

Nós olhamos os seus prontuários médicos. Você sofreu de ansiedade severa após a morte de sua mãe. Detestamos ter que perguntar isso, Winnie, mas você, alguma vez, já pensou em machucar o Midas?

— Eu não consegui assistir a tudo — diz Nell. — Aquelas histórias sobre o pai abusivo. E o terapeuta que a engravidou? Que ser humano horrendo.

Estavam sempre lhe dizendo que ela devia sair — as Mamães de Maio, o Daniel, o pediatra. Todos argumentavam que seria bom para ela ter uma folga de algumas horas dos cuidados com o Midas. Mas ela não queria uma folga.

"Eu encontrei esse aplicativo para o seu telefone" disse Daniel, enquanto eles comiam sanduíches no parque no dia anterior. "O nome é *Peek-a-Boo*. Você pode ficar de olho nele. Acho que elas estão certas, Winnie. Você precisa de uma folga."

Mas depois ela deixou o telefone na mesa com a chave dentro. Uma profunda onda de tristeza se formou dentro dela. Ela fecha os olhos e se vê no bar pedindo chá gelado. Lucille tinha ligado para Daniel, dizendo que Autumn não parava de chorar e que ele precisava voltar para casa. Então, aquele cara se aproximou, chegando perto demais, pegando o seu pulso. O hálito azedo, a batida da música, a multidão esmagadora de jovens.

Ela precisava sair dali.

Ela soube. Winnie estava recostada na árvore, com o caderno no colo, olhando os fogos acima do gramado, quando ouviu as sirenes da polícia. Ela soube do mesmo jeito que soubera daquela vez, no instante em que olhou nos olhos daquele policial que surgiu à sua porta vinte anos antes.

"Aconteceu uma coisa."

Ela procurou o telefone na bolsa, frenética, precisando falar com Alma e descobrir se Midas estava bem. Sentiu o ardor nos tornozelos, o sapato ralando a pele, conforme ela seguia pelo caminho de pedras, disparando pela calçada, o som dos pés no pavimento na sua cabeça. A porta se encontrava aberta e a polícia estava lá, Alma estava aos prantos. Eles faziam perguntas. Cadê ela? Alguém viu ela saindo do bar? Até onde ela sabia, havia alguém que quisesse machucar o Midas?

— De qualquer maneira — diz Colette — chega disso. Eu trouxe algo para todas vocês. — Ela tira três volumes de folhas impressas e encadernadas com espiral e entrega a cada uma delas. — Meu romance.

— Você acabou?

— Dois meses na recuperação da cirurgia me deixaram com tempo de sobra para escrever — diz ela.

Nell folheia.

— Mal posso esperar. O que a editora do Charlie achou?

— Eu não queria dizer nada até que tivesse certeza, mas acho que ela gostou. — Os olhos de Colette brilham de empolgação. — Eles querem publicar.

O vento aumenta, e Francie dá um gritinho, enquanto Nell estoura a rolha de um champanhe.

— Eu deveria ter comprado duas garrafas!

Nell serve uma taça plástica para cada uma e elas tilintam os copos juntas, enquanto risadas irrompem das novas mães sob o salgueiro.

— Eu penso a mesma coisa *sempre* — diz uma mulher de vestido vermelho. — Eu estava na manicure ontem, e entrei em pânico por achar que tivesse deixado o bebê na calçada, na cadeirinha do carro. Ele estava em casa com a minha sogra. Estraguei a unha toda. Acho que estou ficando maluca.

Francie dá uma olhada na direção delas e ri baixinho.

— Mães de primeira viagem. — Ela tira o bebê do sling. — Minhas costas estão me matando. Alguém quer segurar ela?

— Eu — diz Colette, estendendo as mãos para pegar o bebê. Ela mergulha o rosto nos cachos escuros de Amelia. —Tem coisa mais deliciosa do que cheirinho de bebê?

— Esse bolo. — Francie olha para Nell. — Você vai ler o negócio inteiro, agora?

Nell coloca o manuscrito de Colette ao lado no cobertor.

— Não, amanhã. Vou pegar um trem para Washington. — Ela puxa para trás os cabelos que agora batem nos ombros e voltaram à cor natural. — Nós vamos fazer uma conferência sobre licença remunerada. — Faz meses que Nell se demitiu do emprego na Simon French Corporation para se tornar diretora executiva da Women for Equality. — Ouçam só — diz ela e Winnie se esforça para prestar atenção, mas está com dificuldades em se concentrar, sua atenção está voltada para as mães embaixo do salgueiro. A mulher de vestido vermelho se levantou da coberta e caminha até uma porção de carrinhos.

— Vocês viram o artigo ontem? — diz ela ao grupo, dando uma olhada dentro de um carrinho. — Diz que agora acham que embrulhar o bebê em cueiros pode *causar* a síndrome da morte súbita infantil.

— Isso é um absurdo. O livro que estou lendo diz o contrário!

Winnie se vira de volta para Francie, que estende a mão para pegar outra fatia de bolo, mas para com a faca suspensa no ar quando percebe uma comoção atrás delas. Tem uma mulher no meio do gramado gritando o nome de uma criança.

— Lola! — A mulher gira em círculos, as mãos em concha em volta da boca.

Um homem vai correndo até ela.

— Não sei onde ela está.

— Lola! — grita a mulher.

— Ela estava bem aqui um minuto atrás.

Os olhos de Winnie se desviam para Midas. Ele está perto das mesas de piquenique, cavando a terra com as duas mãos.

— Lola!

— O que está acontecendo? — pergunta Colette, olhando na direção do casal.

— Ali — diz Nell, apontando a colina. — Tem uma menina ali. — Winnie vê a menina, a distância, correndo na direção do caminho arborizado, afastando-se do casal que chama por ela.

Colette se levanta.

— Temos que ir buscá-la.

— Sim, depressa. Vai. — Francie estende os braços para pegar Amelia. — Me dá o bebê.

— Lola!

Winnie sente um movimento quando um cachorro spaniel marrom e branco passa correndo pela coberta delas, com uma bola velha de tênis na boca. O casal cai de joelhos para pegar o cachorro, que pula entre eles brincando, passando a pata nas canelas e nos peitos deles.

— Essa é a última vez que deixamos você correr solta — diz o homem, prendendo a guia à sua coleira.

Colette se senta de novo, com o rosto corado. O riso dela é forçado.

— Acho que o meu coração quase parou.

Elas ficam em silêncio e Nell estende a mão para pegar um presente na coberta.

— Aqui. — Ela joga na direção de Francie. — Abra alguma coisa.

Francie desembrulha o presente de Colette, um conjunto caro de vasilhas culinárias de cobre, e Winnie tenta conter o tremor nas mãos. Ao pousar o copo na grama, ela nota uma silhueta a distância.

É uma mulher, parada no caminho, sob a sombra, pouco depois do grupo. Ela está de óculos escuros, blusa preta, chapéu de aba larga. Alterna olhares entre as mães sob o salgueiro e o local onde Midas está brincando.

— Para ser franca, eu estou mais nervosa em me mudar do que imaginava — afirma Francie, pegando outro presente. — Espero que venham me visitar.

— Ah, com certeza — diz Colette. — Não é, pessoal?

— Sim — diz Winnie. Ela não consegue identificar as feições da mulher, mas é a mesma cabeleira cheia sob o chapéu. O mesmo traço do maxilar forte.

Não é ela. Não pode ser.

Francie coloca ao lado a manta de bebê bordada com o nome de Amelia que Winnie lhe comprou, e pega uma mamadeira na bolda de fraldas.

— Isso é *fórmula?* — pergunta Nell.

— Eu falei. Dessa vez, estou fazendo diferente. Nada de ser a mãe perfeita. — Francie ri e o som da risada ecoa nos ouvidos de Winnie.

— Vou ao banheiro — diz a mulher de vestido vermelho. Ela sobe o caminho, distanciando-se do salgueiro, o vestido tremulando ao vento. — Alguém fica de olho nela, por favor? — grita para trás, mas nenhuma das mulheres do grupo parece ouvir. Uma delas está contando uma história. Elas passam um saco de pretzels entre si.

A mulher de chapéu só observa.

— Midas — chama Winnie, mas ele não ergue os olhos. A mulher começa a caminhar na direção do salgueiro. Em direção a Midas. — Midas! — Winnie levanta. O boné de beisebol voa da sua cabeça e os gravetos pinicam seus pés descalços, conforme ela segue apressada em direção à árvore, e pega Midas pelo braço. Ao som do seu choro, o grupo embaixo da árvore olha na direção de Winnie, bem na hora em que a mulher chega até elas. Ela tira os óculos de sol e Winnie vê que não é uma blusa preta que ela está vestindo e sim um cueiro de amarrar.

— Oi — diz a mulher. — Vocês são as Mamães de Maio?

— Sim.

Midas está segurando o próprio ombro.

— Ah, que bom. Eu não tinha certeza se estava no grupo certo. — Ela joga o chapéu no chão e tira a mochila dos ombros, depois tira o bebê do suporte que o traz preso ao corpo. — Sou Greta.

— Greta! Você conseguiu vir. — As mulheres se mexem abrindo espaço. — Que bom.

— Dodói, mamãe. — O rostinho de Midas está molhado de lágrimas. Winnie agacha e o aperta junto a ela. As mulheres embaixo do salgueiro param de falar e olham para ela, conforme Midas dá um grito agudo. — Apertado, mamãe, dodói.

— Desculpe — sussurra ela. — Me desculpe.

— Winnie. — Ela ouve alguém chamando o seu nome. — Winnie.

Winnie, você realmente tem que vir. Nós insistimos.

Winnie, conte a história de seu parto.

Não entendo, Winnie. Alguém a viu deixando o bar?

— Winnie, está tudo bem. — Ela se vira. Daniel está ali em pé ao seu lado.

— Você veio? — diz ela.

— Claro que sim. — Ele pega Midas e depois sorri. — Venha. Venha sentar. Está tudo bem.

Ela estende o braço e pega a mão dele. Enlaça os dedos aos dele e se deixa ser conduzida de volta à roda, enquanto as mulheres embaixo do salgueiro observam, segurando os seus bebês junto ao peito, os olhos repletos de preocupação, cobertas revoando com o vento quente de verão.

AGRADECIMENTOS

A autora expressa seus profundos agradecimentos a Billy Idol, por sua permissão generosa do uso da letra da sua música nesse trabalho.

Este livro foi impresso em 2019,
pela Exklusiva, para a HarperCollins Brasil.
O papel do miolo é pólen soft 70g/m², e o da capa é cartão 250g/m².